"실례하마."

"어?"
있다.
마루 가운데쯤,
하얀 짐승이
이쪽을 보며 앉아 있다.
그냥 거기 있을 뿐,
눈에 띠는 존재감을
뿜어내는 모습에서는
신기하게도
무서운 느낌이
들지 않았다.

하리마 사이가

27세. 남몰래 '사악한 존재'와
싸우는 현대의 음양사이며,
이래 봬도 무투파.
성실한 성격이며 고생이 많다.

토리카

세리

산신의 권속.
장남이며 성실한 세리,
장녀이며 착실한 토리카,
막내이며 자유분방한 우츠기.
서양 과자파.

우츠기

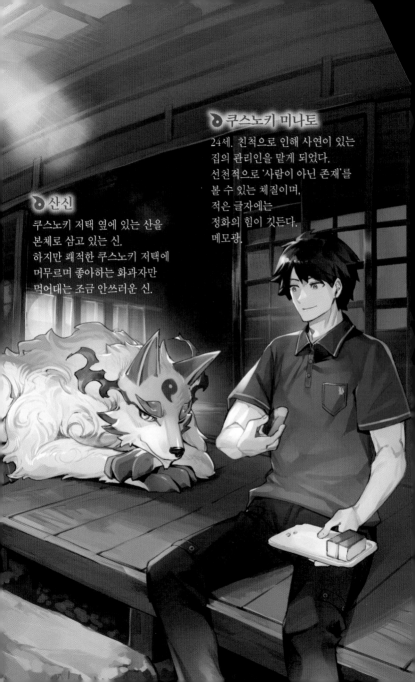

산신

쿠스노키 저택 옆에 있는 산을
본체로 삼고 있는 신.
하지만 쾌적한 쿠스노키 저택에
머무르며 좋아하는 화과자만
먹어대는 조금 안쓰러운 신.

쿠스노키 미나토

24세. 친척으로 인해 사연이 있는
집의 관리인을 맡게 되었다.
선천적으로 '사람이 아닌 존재'를
볼 수 있는 체질이며,
적은 글자에는
정화의 힘이 깃든다.
메모광.

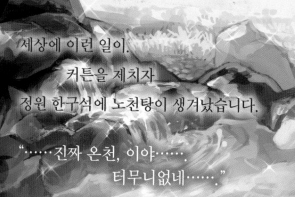

세상에 이런 일이.

커튼을 제치자―

정원 한구석에 노천탕이 생겨났습니다.

"······진짜 온천, 이야······.
　　　터무니없네······."

"어떠한가, 그대도 아침 목욕을 하겠나?"

"고맙네, 사양하지 않고 그렇게 할게요."

신의 정원이 딸린
쿠스노키 저택

엔쥬 지음
[illust] OX
천선필 옮김

AK
NOVEL

목차

제1장 악령들의 소굴, 일소하다

갑자기 시야가 흐려졌다.

새로운 직장이 될 단독 주택 대문으로 들어가자마자 이변을 느낀 청년이 멈춰 섰다. 몇 발짝 앞에 있는 현관문이 까맣게 가려져서 제대로 보이지 않는다. 조금 전에 대문에서 보았을 때는 진한 갈색 목제 현관문이 또렷하게 보였는데도.

뒤로 물러나서 집 전체를 바라보았다. 까만 기와지붕, 까만 판자까지 검은색으로 통일된 목조 주택이 까만 안개에 완전히 뒤덮여 있었다.

처음 온 집의 그 불가사의한 현상으로 인해 쿠스노키 미나토가 잘못 본 게 아닌지 의심하며 연달아 눈을 깜빡였다. 눈가를 비비고 다시 보았는데도 역시나 집 주위에는 까만 안개가 끼어 있었다. 거의 낮에 가까운 시간이긴 하지만 날씨가 흐려서 어두운 탓일까.

오른쪽을 돌아보았다. 집을 둘러싼 높은 담장 너머에는 곧바로 산의 경사가 있었고, 그쪽에도 그늘이 보였다. 5월이 코앞으로 다가왔기에 나무들도 푸른 모습이었을 텐데.

"설마, 내 시력이 떨어진 건가……?"

손 근처를 내려다보니 지도의 잉크가 흐릿해진 상태였다. 살짝 눈살을 찌푸리며 이상하다는 듯이 고개를 갸웃거렸다.

어떤 산속 한켠에 덩그러니 서 있는 전통 가옥, 그 빈 집의 관리인으로 고용되어서 방금 온 참이다. 한 번도 만난 적이 없는 먼 친척이 세운 집이다. 그 친척이 세상을 떠나서 지금은 다른 친척 소유가 되었다. 하지만 그곳에서 살 생각은 없고, 팔려고 내놓았지만, 다들 한 번 보고는 거절했다고 한다. 빈집이 된 지 2년이 지났다.

약간 사연이 있는 건물이다.

전 건설 회사 사장, 독신이었던 친척이 정년 뒤에 살기 위해 자재, 못 하나까지 엄선해서 정성들여 지었다. 하지만 완성 직후에 본인이 갑자기 세상을 떠났기에 실제로 산 기간은 한 달도 안 된다. 사는 사람이 없는 집은 놀라울 만큼 빠르게 상하는 법이다.

고인은 이곳에서 여생을 보내는 것을 매우 기대했던 모양이고, 이대로 방치해 두기는 아깝다. 그렇게 생각한 현 소유자가 친척들에게 문의했고, 마지막으로 연락을 받은 사람이 미나토였다.

가업인 온천 여관에서 근무, 차남, 24세. 부인은커녕 연인도 없다.

한 번 정도는 친가를 나와봐야 하겠다는 생각에 사겠다는 사람이 생길 때까지 관리를 맡았다. 부모님과 형제들과의 관계는 매우 양호하고, 결코 잘 됐다는 듯이 쫓아낸 건 아니었다.

현관 앞에 서 있자니 봄바람이 세게 불어왔고, 부풀어오른 보스턴백 무게가 어깨를 짓눌렀다. 계속 여기 멍하니 서 있을 수는 없다.

"우선 안으로 들어가볼까."

열쇠를 꺼내서 열쇠구멍에 끼우고 돌렸다. 금방 열렸다. 지도를 든 채 문손잡이를 잡은 순간, '아얏', 그렇게 튕겨져나간 듯이 손을 놓았다.

"뭐지? 정전기인가?"

인상을 찌푸리며 손을 흔들어서 통증을 떨쳐냈다.

미나토에게는 보이지 않았다.

지도가 닿은 문손잡이를 중심으로 집 전체를 감싸고 있던 까만 독기가 단숨에 흩어진 것. 하늘을 뒤덮을 정도로 잔뜩 꿈틀대고 있던 악령 무리가 단숨에 정화된 것.

특수한 눈을 지니지 못한 미나토에게는 아무것도 보이지 않았다.

떨어뜨린 지도를 주워들고 고개를 들었다. 그러자 문손잡이가 또렷하게 보였다.

"응? 제대로 보이네."

눈앞을 보고, 옆을 보고. 흐릿하게 보이던 집도, 산의 나무들도, 그 윤곽을 또렷하게 드러내고 있었다.

"……내가 착각한 건가……?"

약간 망설이면서 문손잡이를 만져보니 이번에는 아무 일도 일어나지 않았다. 안심하며 문을 열자 문을 닫아 두었던 집 특유의 냄새가 코를 찔렀다. 하지만 새 집 같은 나무 냄새가 더 강했다.

두꺼비집 차단기를 올리고 대충 실내를 둘러보았다.

구조는 널찍하고 길쭉한 분리형 원룸. 겉으로 보기에는 전통식 주택이지만, 실내는 완전히 서양식이었다. 조리나 난방도 전기 방식, 배리어프리. 생활가전도 딱 좋을 정도로 설치되어 있으며 차분한 색조로 통일된 가구. 곧바로 살 수 있을 거라고 이야기를 들었는데 사실이었던 모양이다.

부엌에 있는 냉장고는 혼자 쓰기에는 꽤 크다. 키와 거의 비슷한 윗부분을 보며 감정을 담아 중얼거렸다.

"전부 거의 새것이네."

냉기가 돌기 시작한 냉장고에 가지고 온 식재료를 넣었다. 집안에 있는 모든 가전제품은 새것이나 마찬가지였다. 아마 몇 번 정도만 썼을 것이다.

"감사히 쓰겠습니다."

냉장고 문을 닫은 다음, 별 생각없이 합장했다.

돌아선 다음, 둘러보았다. 부엌 조리대, 식사용 테이블, 3인용 소파에 덮인 커버. 전체적으로 먼지가 쌓였고, 공기도 탁했다. 오랫동안 청소를 하지 않은 모양이었다.

상의 주머니에서 메모장을 꺼냈다.

"우선 방 청소부터 해야겠지. 다음은 가전제품———."

할 일 리스트를 만들기 시작했다. 뭐든지 메모하는 것이 습관이라 항상 메모장과 펜을 가지고 다닌다.

다 적은 메모장을 부엌 조리대 위에 두고 거실 남쪽과 맞닿아 있던 큰 창문 앞에 섰다.

"좋아, 해볼까."

두꺼운 커튼을 세차게 제치자 널찍한 정원이 시야에 들어왔다. 고단열 복층 유리창을 열고 마루로 발을 내디뎠다. 거실 옆에 있는 침실 쪽에서도 마루로 나갈 수 있는 구조이고, 그곳은 폭이 넓어서 거의 방이라고 할 수도 있는 수준이었다. 정원 쪽으로 길게 삐쳐나온 지붕이 믿음직스럽게 햇빛을 가려주고 있어서 지내기가 정말 편할 것 같다.

고인은 정원에도 신경을 많이 썼다. 실내, 마루, 집안 어디에서나 전통 정원을 즐길 수 있게끔 집을 설계했다고 한다.

하지만 지금은 정원이라고 할 수가 없다. 그냥 거친 공터라고 해도 과언이 아니다.

드문드문 난 잡초, 구색 맞추기 정도로만 심어둔 나무들. 크고 작은 돌들로 둘러싸인 표주박 모양 구덩이. 그 가운데 걸쳐진 석제 다리와 마루 근처에 있는 석등만이 존재감을 뿜어내고 있었다. 정원을 만들다가 내팽개쳤다는 생각만 든다. 낙엽과 나뭇가지가 흩어져 있는 건 산에 있는 나무들이 높은 담장 너머로 건넨 선물인 모양이다.

왠지 슬픈 느낌이 드는 경치였다.

"아……."

자기도 모르게 실망하며 한숨을 쉬어버렸다. 새로 지은 것처럼 깔끔하고 멋진 집이라서 그런지 초라한 정원이 더 안타깝게 느껴진다.

하지만, 정원은 일단 나중으로 미뤄두고 집안을 우선 치워야 할 것이다.

"청소하자, 청소. 그러기 전에 옷부터 갈아입고."

불어온 바람에 등을 떠밀리는 듯이 집안으로 돌아갔다.

○

거의 이틀에 걸쳐서 청소를 마쳤다.

집안은 기밀성이 좋아서 그런지 문제가 거의 없었지만, 집의 외벽은 벌레에게 점령당한 부분이 많았다. 신속하게 산으로 돌려보낸 다음, 창문을 열심히 닦았다. 집 안팎 전부를 닦은 결과, 새로 지었을 무렵의 빛나는 모습을 되찾았다.

이른 아침. 목을 움직이며 느릿느릿 침실에서 부엌으로 향했다.

"아……, 나른하네. 그러고 보니까, 집 주위에 끼어 있던 까만 안개는 대체 뭐였지? 지금은 안 보이는데. ……착각했던 건가? ……응?"

냉장고에 붙여 두었던 포스트잇이 바닥에 떨어져 있었다.

평소 버릇으로 안에 있는 것들을 적어서 붙여두었던 메모지다. 주워들고 보니 글자가 약간 흐릿해졌고, 군데군데 지워져 있었다.

"……펜을 다시 사야 할 시기인가?"

그 포스트잇을 냉장고 문에 다시 붙였다. 냉장고에서 페트병을 꺼내 물을 마시고 별 생각 없이 돌아섰다. 침실 문에 붙여 두었던 것도 바닥에 떨어져 있었다.

꿀꺽. 삼키는 소리가 실내에 크게 울렸다.

친가에서는 모든 문에 작은 화이트보드를 걸어두고 뭐든지 메모해두는 습관이 있었다. 내일 일정이나 쇼핑 리스트, 가족에게 보내는 메시지 등. 문을 열고 닫을 때 눈에 띄기에 깜빡 잊는 것을 방지할 수 있기 때문이다.

바닥에 떨어진 포스트잇의 접착제 부분을 손가락으로 눌러서 집어들었다.

"……잘 안 붙게 된 것……, 같은데."

금방 떨어질 것 같다. 좀 전에 문을 여닫을 때 떨어진 모양이다. 그것도 냉장고에 붙여두었던 포스트잇처럼 글자가 거의 지워진 상태였다.

어제 포스트잇을 마지막으로 붙인 곳은 현관문이다. 이 집에는 복도가 없고 거실 문을 열면 바로 현관이 나오는 구조다. 그곳에 붙였던 것도 떨어져서 운동화 옆에 있었다. 그것을 들고 뒤집어 보았다.

일정에 대해 적어둔 글자가 완전히 지워져 있었다.

"일단 이렇게 해두자."

메모를 해두지 않으면 불안하다. 새 포스트잇에 '살 것, 포스트 잇, 펜'이라고 적었다. 현관문에 붙인 다음, 여러 번 문지르며 눌렀다. 친가에서는 그 위치에 있는 화이트보드에 '창문 열쇠, 가스 차단기. 확인할 것'이라고 적어두는데, 그렇게 생각하며 감상에 젖었다.

잠시 울적하게 떨어진 포스트잇의 접착제 부분을 손가락으로 만지작거리고 있자니 지워져버린 내용이 떠올랐다.

"맞다, 오늘은 정원사분이 온다고 했지."

멍하니 있을 시간은 없다. 현관문 쪽으로 돌아섰다.

날씨가 맑다. 구름 한 점 없이 푸른 하늘이 펼쳐져 있다.

누가 오기 전에 환기를 하기 위해 집 전체의 창문을 힘차게 열어젖혔다. 정원과 맞닿아 있는 거실 창문을 열자마자 실내로 돌풍이 불어닥쳤다. 바닥에 두었던 빈 양동이가 큰 소리를 내며 쓰러졌고, 테이블 위에 두었던 복사지 다발이 흩날려서 창밖으로 날아갔다. 종이가 시야를 가득 메웠다.

"으앗."

곧바로 한쪽 팔을 들어 눈가를 가렸다. 종이는 날카로운 흉기가 될 수도 있다. 위험하기 짝이 없다.

그러는 동안 미나토 옆을 하얀 띠로 변한 종이 다발이 스쳐갔다. 하늘로 떠올라서 사방팔방으로 흩어졌다. 그리고 정원 상공에 희미하게 끼어 있던 독기를 순식간에 없애버렸다. 수많은 종이의 활약으로 인해 어둑어둑했던 정원이 단숨에 포근한 빛이 가득한 정원으로 변모했다.

하지만 미나토는 그렇게 또렷한 변화를 이루어낸 모습을 보지 못했다.

흩어진 종이와 바닥에 넘어진 양동이가 멈춘 낌새를 느끼고 팔을 내렸다. 그리고 시야에 들어온 것은 살풍경한 정원에 하얀 종이가 흩어져 있는 모습이었다.

"아~, 주워야겠네……, 귀찮은데."

시간을 때우느라 글씨를 쓰던 게 잘못이지, 그렇게 생각하며 풀죽었다. 닦아둔 마루를 통해 정원로 내려가서 하나씩 줍기 시작했다.

복사지에 적혀 있던 글씨 중 절반 이상이 사라진 뒤였다.

○

솜씨 좋은 정원사 일행 덕분에 정원이 알아보지 못할 정도로 정리되었다.

담장 위로 길게 삐져나와 있던 산 쪽의 나무, 마구 자라 있던 잡초도 사라졌다. 구색 맞추기 정도로 심어져 있던 나무도 깔끔하게 정리되어서 꽤 보기가 좋아졌다. 하지만 역시 적막한 느낌은 사라지지 않았다.

드세요, 미나토가 그렇게 말하며 마루 쪽에 앉아 있던 젊은 정원사에게 차를 내주었다. 작업복을 입은 덩치가 큰 정원사가 쾌활하게 인사를 하고는 목에 걸고 있던 수건으로 턱에 흐른 땀을 닦았다.

"아, 시간도 별로 걸리지 않고 금방 끝났습니다."

"오전 중에 끝났네요. 감사합니다."

하루 종일 걸릴 줄 알았는데 생각보다 일찍 끝났고, 아직 오전이다. 많이 있던 다른 작업원들은 좀 전에 소형 트럭 3대에 나뭇가지와 나뭇잎을 잔뜩 싣고 돌아갔다.

"산에서 온 손님이 더 버거웠을 정도니까요."

"담장이 반쯤은 덮여서 안 보였거든요. 하얀 벽이 눈부시네요."

재미있다는 듯이 껄껄 웃던 정원사가 차로 목을 축였다. 그런 다음 텅 빈 연못을 바라보며 눈을 가늘게 떴다.

"이곳을 어중간하게 방치할 수밖에 없었던 저희 아버지는 매우 안타까워했죠."

그 정원사의 아버지가 정원 꾸미기 의뢰를 받았다고 한다. 중간에 단념할 수밖에 없었던 이유는 이 집의 소유자가 갑자기 죽었기 때문만이 아니다. 그 정원사의 아버지도 금방 세상을 떠났기 때문이다.

잔을 쥔 정원사의 손등에 힘이 들어간 것을 미나토도 알 수가 있었다. 조용하고 메마른 목소리로 말한 그 정원사는 어떤 마음으로 잔을 움켜쥔 걸까.

죽은 원인에 대해서는 자세히 말하지 않았다. 한숨을 한 번 크게 쉰 정원사는 싹싹한 목소리로 말했다.

"정원 쪽은 어떻게 할까요? 혹시 생각 있으시면 제가 이어서 맡도록 하죠. 일단 큰 나무라도 심어볼까요? 이대로 두면 너무 적막할 텐데요."

"그렇긴 한데요, 저는 여기 일시적으로 와 있는 거라서."

"……그러셨군요."

"네. 그래서 너무 멋대로 바꿔버리면 안 되지 않을까 싶네요."

정원사가 조금 아쉽다는 듯이 고개를 갸웃거리다가 인상을 쓰며 어깨를 짚었다. 꽤 아파보인다.

"혹시 작업 중에 다치셨나요?"

"아뇨, 요즘 몸이 좀 안 좋아서."

어깨를 어색하게 움직이는 그 정원사는 안색도 별로 좋지 않았다. 일찌감치 돌려보내는 게 좋을 것 같다.

"집주인에게 정원에 대해 물어볼게요. 저도 이대로 두긴 좀 그러니까요."

"알겠습니다."

미나토는 연락을 해야겠다는 메모를 하기 위해 상의 주머니에서 메모장을 꺼냈다. 그 직후, 뒤쪽에서 바람이 세게 불었다. 메모장이 팔랑거렸고, 그 사이에 끼워두었던 메모지 한 장이 날아올랐다. 정원사의 어깨에 닿은 순간, 둘 다 놀란 표정을 지었다.

"죄송합니다!"

"어? 아, 아뇨, 괜찮은데요. 왠지 어깨가, 갑자기……."

"왜 그러시죠?"

팔을 굽힌 채로 빙글빙글 앞뒤로 돌리다가 목도 움직였다. 그 경쾌한 움직임에 따라 시원스러운 소리가 울렸다.

"……가볍네. 그렇게 뻐근했는데."

안색이 조금 좋아진 정원사가 믿기지 않는다는 듯한 말투로 중얼거렸다.

"어? 정말로요?"

"네, 팔을 들기도 힘들었는데요……."

"뭐, 통증이 가셨다면 다행이네요."

미나토가 미소를 지으며 느긋한 말투로 말했다.

"네, 뭐, 그렇, 죠……?"

당황하면서도 맞장구를 친 정원사가 마치 무언가에 홀린 듯한 표정으로 작별인사를 했다.

배웅하기 위해 뒷문까지 따라나선 미나토에게는 보이지 않았지만, 볼 수 있는 사람에게는 보였을 것이다. 힘찬 기세로 달라붙은 메모지로 인해 이 집에 찾아오기 전부터 그의 어깨에 찰싹 달라붙어 있던 악령이 터져나간 그 무참한 꼴을.

깔끔하게 정화된 정원사가 가벼운 발걸음으로 뒷문을 나서는 뒷모습이 보였다.

○

　까만 외벽으로 둘러싸인 그 세련된 집은 하얀 담장으로 둘러싸여 있다.

　대문과 뒷문에 각각 전통식 문이 있다. 대문 기둥에 목제 팻말을 단 미나토는 만족스러운 듯이 고개를 끄덕였다.

　"일시적이긴 하지만, 내가 지내는 동안에는 괜찮겠지."

　24세에 첫 자취. 그것도 꽤 괜찮은 단독 주택이고, 임시로나마 한 나라, 한 성의 주인이다. 자신의 집에 자신의 명패를 내거는 것은 조촐한 꿈이었다. 두꺼운 나무에 새겨진 쿠스노키라는 까만 글씨를 손가락으로 쓰다듬었다. 그 명패는 미나토가 만든 것이었다.

　"꽤 잘 만들었네. 응."

　서예를 배운 적은 없지만, 읽기 편하고 예쁜 글씨라는 칭찬을 받은 적이 많다.

　삐뚤어진 부분도 없이 만족스러운 완성도였기에 자기도 모르게 자화자찬했다. 몇 번이나 니스를 칠하고 말리기를 반복한 다음, 먹으로 쓴 글자를 조각도로 파내고 나서 숫돌 가루를 발라서 까맣게 만들었다. 그리고 니스를 여러 번 칠하면 완성이다. 마음을 담아서, 시간을 들여서 만들었다.

　어렸을 때부터 친가의 팻말, 온천 여관 간판을 만들기도 했고, 이번에는 두 개를 만들어서 가지고 왔다.

　잘 만들어진 쪽을 대문에 달고 뒷문으로 향했다. 담장 바깥쪽을 가득 메우고 있던 잡초도 사라져서 지나다니기 편해진 그 평탄한 길을 따라갔다. 집을 둘러싸고 있는 담장은 미나토의 키보다 커서 바깥의 시선을 완전히 차단해준다.

"그러고 보니까 왜 명패를 만들게 되었더라? 아~, 맞다. 어렸을 때 엄청 칭찬해준 사람이 있었기 때문이지."

초등학교 고학년 때, 숙제로 만들었을 때였다. 지금보다 훨씬 완성도가 떨어졌고, 삐뚤삐뚤한 글씨로 쓰다 남은 목재에 온천 여관의 이름을 새기기만 한 물건이었다. 아버지에게 줬더니 온천 여관 문 옆 기둥에 장식해 버려서 창피하면서도 기뻤다. 여관에 묵으러 왔던 손님이 그것을 보고 매우 칭찬해 주었다. 파나마모자를 쓰고 전통복을 입은 장년 남자였다.

———이건 정말 대단하군, 네가 만든 건가? 절대로 떼지 않는 게 좋을 거다. 하나 더 만들어서 집에도 달아두는 걸 권하마. 만드는 김에 아저씨에게도 만들어줄래? 돈도 줄 테니까.

"그 말을 들었을 때는 놀랐는데."

슬쩍 웃으며 뒷문 기둥에도 명패를 달았다.

키잉, 날카롭고 맑은 소리가 울렸다. 미나토의 귀에는 들리지 않는 소리, 결계가 쳐진 소리다. 닫힌 정사각형 부지 안에서 비취색 빛이 사방으로 뿜어져 나갔다. 집 상공에 희미하게 소용돌이치던 독기를 없애기 시작했다. 순식간에 약간 그늘져 있던 집과 산이 선명한 모습을 되찾았다.

부드러운 바람이 불었다. 집 옆 산의 경사를 메우고 있는 나무들이 부스럭거리는 소리를 냈다. 마치 기뻐하며 떠는 것처럼. 노래하는 것처럼.

"응. 이쪽도 꽤 괜찮네."

명패만 바라보고 있던 미나토는 아무것도 눈치채지 못했다. 만약에 눈을 돌렸더라도 볼 수는 없었을 것이다. 악령을 볼 수 있는 특수한 눈을 가지고 있지 않으니까.

조언해준 손님이 말한 대로 만들었던 친가의 명패는 1년도 지나지 않아서 쪼개져버렸고, 지금 걸어둔 것은 대체 몇 번째로 만든 건지 기억도 나지 않는다. 부탁한 남자에게 만들어서 주자 매우 기뻐했다. 그리고 보답으로 받은 돈은 온천 여관 별채에서 2주 정도는 여유롭게 묵을 수 있는 금액이었다. 가족 모두가 깜짝 놀랐다. 그 이후로 그 사람이 온 적은 없었다. 미나토는 그 사람이 지금도 어디선가 잘 지냈으면 좋겠다고 생각했다.

추억에 잠긴 채 문을 닫았다. 결계 안에 가득 차 있는 청정한 공기 안을 가벼운 발걸음으로 나아가 집으로 돌아갔다.
덜컹.
아무도 없는 뒷문에서 명패가 살며시 흔들렸다.

○

대문 바로 앞에 풀이 잔뜩 쌓여 있는 게 보였다. 먹을 것을 사러 나갔다가 낮쯤에 돌아와 보니 그렇게 되어 있었다.
두 손에 봉투를 들고 있던 미나토가 주위를 둘러보았다. 아무도 없다, 인기척도 없다. 방금 내린 택시가 포장도 안 된 길에서 느릿느릿 멀어져갈 뿐이다. 그 길 양쪽에는 풀만 무성한 공터와 논밭

뿐. 택시가 가고 있는 쪽에 편도 1차선 차도가 보였고, 그 건너편에는 마찬가지로 논밭과 민가 몇 채, 그리고 산이 이어져 있었다. 시야를 가로막는 고층 빌딩은 전혀 보이지 않는다.

완전한 시골 풍경이 펼쳐져 있다.

시야가 기분 좋게 탁 트인 한쪽과는 달리 반대쪽은 산이 높게 솟아있고 나무들이 바람을 맞으며 소리를 내고 있다.

깊은 산속에는 사는 사람이 없을 것 같다는 생각이 들었다.

이웃이라고 하기도 힘들 정도로 멀리 떨어져 있는 집, 논밭과 길 너머에 있는 그 민가에서 나누어 준 것 같지도 않았다.

생각에 잠긴 채 잠시 탁 트인 경치를 바라보다가 문 쪽으로 돌아섰다. 자갈길을 사박사박 밟고 나서 낮은 돌계단을 올라갔다. 방금 딴 것처럼 신선한 풀냄새가 코를 찔렀다.

동그란 손바닥 모양 풀, 길가에서 자주 볼 수 있는 풀이었다.

"……설마, 괴롭히는 건가?"

일부러 이렇게 특이한 방식으로 괴롭히는 사람이 있을까.

미나토는 이곳에서 산 적도 없고, 아는 사람조차 없다. 이곳에 와서 만난 사람은 정원사 몇 명밖에 없고, 그 밖에 짐작가는 사람은 당연히 없다. 좀 전에 처음으로 갔던 상점가 사람은 더더욱 아닐 것이다. 시골이든 도시든, 어디나 상상도 하지 못할 행동을 할 정도로 특이한 사람은 있기 마련이지만.

"일단 상황을 지켜보자."

풀더미를 피해서 창살 모양 문을 열었다.

그렇게 쌓여 있던 풀은 피멋이풀. 잎의 즙에는 그 이름대로 지

혈 효과가 있는 약초다. 그 사실을 알지 못하는 미나토에게는 단순한 잡초에 불과하다.

바람이 세게 불자 풀더미 위에 있던 풀 몇 가닥이 날아갔다.

다음날 아침. 대문쪽 창살문을 살짝 열고 내다보았다. 어제 있던 풀더미는 흔적도 없이 사라졌다.

하지만.

그 대신이라는 듯이 꽃이 달린 풀이 땅바닥에 나란히 놓여 있었다. 달걀처럼 타원형인 잎 한쌍이 달려 있고 그 사이에 길쭉하고 하얀 꽃잎이 두 개. 달달한 향기를 풍겼다.

"이건 꿀을 빨아먹을 수 있는 꽃일 텐데."

식물에 별로 흥미가 없는 미나토도 그 정도는 알고 있었다. 돌아가신 할아버지에게 이야기를 들은 기억이 있다.

"단 것은 어제 사왔으니까 필요가 없단 말이지. 그리고 땅바닥에 있던 걸 먹고 싶진 않고."

곧바로 고개를 집어넣고는 창살문을 철컹, 닫았다. 시골에서 자랐으면서도 인동덩굴 꿀을 빨아먹은 경험이 없는 미나토의 반응은 아무래도 신통치 않았다.

그 누구의 시선도 없이 조용한 길가에 나란히 놓여 있던 약초가 순식간에 사라졌다. 그 뒤에는 꽃잎 하나 남지 않았다.

다다음날 아침. 창살문 틈새 너머로 살며시 내다보았다.

눈부신 아침 햇살이 비추고 있는 땅바닥에는 아무것도 놓여 있지 않았다. 이제 신기한 현상은 끝난 건가? 그렇게 생각하며 창살

문을 열었다. 고개를 전부 내밀고 둘러보자 명패 아래에 낯익은 물건이 놓여 있었다.

"아, 쑥이다."

자기도 모르게 기쁜 기색이 담긴 목소리를 내버렸다. 잎이 뾰족한 쑥이 커다란 나뭇잎에 포장된 상태로 평평한 돌 위에 얹혀 있었다. 조촐한 배려가 멋지다.

철컹. 문을 활짝 열었다.

다가가 보니 마음이 편해지는 독특한 향기가 코를 스쳤다. 자기도 모르게 미소를 지었다.

"받아도 되는 건가?"

좋아하는 음식 앞에서는 약간의 불안함도 사라져버린다. 마침 경단 가루를 사온 참이라 정말 타이밍이 좋다. 쑥 경단을 상상하며 쑥 다발을 끌어안고 창살문을 닫았다.

덜컹, 덜컹.

바람이 불지도 않고 아무도 없는 곳에서 흔들린 명패가 소리를 내며 울렸다. 미나토의 기쁜 감정에 반응한 듯이, 마치 즐겁다는 듯이, 유쾌하다는 듯이.

아침에 우편함을 확인하기 위해 현관문을 열었다. 발을 내딛자 현관 옆에 뭔가 있다는 걸 알게 되었다. 낡은 대나무 바구니 안에 작고 빨간 과일이 커다란 나뭇잎에 포장되어 담겨 있었다.

"이거 먹어본 적이 있는데. 새콤달콤해서 맛있는 과일이야."

미나토는 탱탱한 열매처럼 생긴 장딸기가 담긴 바구니를 두 손으로 들어올리고 '고맙네'라며 고개를 숙인 다음 기쁜 듯이 웃었다.

나름 나이를 먹은 미나토가 이렇게 이상한 물건을 기꺼이 받는데는 이유가 있다.

친가에 있는 불단과 온천 여관의 제단에 바친 물건은 사라지는 것이 당연하고, 식탁 위에 남아있던 과자도 어느새 사라지는 것 또한 일상다반사. 어렸을 때부터 몇 번이나 신기한 현상을 겪어서 익숙했기 때문이다.

돌아가신 할아버지가 생전에 가르쳐 주셨다.

———우리 집에는 동자님이 있단다. 나쁜 존재는 아니야. 오히려 착한 존재지. 알겠니? 미나토. 과자를 도둑맞더라도 절대로 화내지 마라. 과자 한두 개 정도는 너그럽게 주렴.

할아버지는 사람이 아닌 존재를 볼 수 있는 사람이었다.

미나토는 그런 존재를 또렷하게 본 적이 없다. 하지만 집안에서 문득 시야 가장자리를 거대한 그림자가 스쳐지나가거나 사람치고는 너무 작은 난쟁이가 복도 모퉁이를 돌아가는 뒷모습을 본 적이 있다. 그렇게 신기한 일을 겪은 것이 한두 번이 아니었다.

흥분하면서 할아버지에게 그 이야기를 하자.

———그건 동자님의 친구란다. 보아하니 너는 착한 존재만 보이는 모양이구나.

그렇게 말하며 한층 더 활짝 웃는 모습을 보여주었다.

과거를 회상하며 부드러운 표정을 짓고는 장딸기가 담긴 바구니를 부엌 개수대에 놓았다. 정원 쪽 창문을 돌아보았다. 푸른 하늘 아래에서 정원 구석을 하얗고 거대한 그림자가 스쳐지나갔다. 눈을 깜빡이던 미나토의 입가가 치켜올라갔다.

친가에서 본 존재들과 마찬가지로 희미한 빛을 뿜어내는 하얀 존재.

위치는 낮지만 미나토와 비슷하거나 더 클 것 같다. 사람과 비슷한 모습이 아니라 짐승과 비슷한 모습이었다.

이 집에는 제단이 있지만, 청소한 이후에 아무것도 바치지 않았다. 주머니에서 메모장을 꺼냈다.

"보답을 해야지."

훔치기는커녕, 좋아하는 음식을 주었으니까. 어떤 존재인지는 모르겠지만 돌아가신 할아버지의 말씀을 믿는다면 저건 착한 존재다. 무엇보다 지금까지 신기한 현상으로 인해 불쾌한 적은 한 번도 없었기에 아무런 걱정도 없었다.

"동자님 같은 존재들은 뭐든 마음에 들어하고 술이라면 뭐든 좋다고 하지만, 무난하게 전통주로 할까? 단것은……, 역시 화과자?"

덜컹덜컹, 뒷문 쪽이 부자연스럽게 흔들렸다. 마치 재촉하는 것처럼 거세게, 큰 소리를 내면서. 정말 좋아하는 모양이다.

소리를 내며 웃고는 메모장에 살 물건들을 적어나갔다.

"음~, 그것 말고도 살 게 있었지. 맞다, 쓰레기 봉투."

친가에 있던 존재들과는 이렇게까지 또렷하게 의사소통을 한 적이 없다. 일부러 테이블에 과자를 조금 남겨두면 가끔 보답하려는 건지 창가에 제철 꽃이 놓여 있었던 적이 있는 정도다. 그런 경험도 있었기에 풀을 선물받고도 놀라진 않았다.

아무튼 이쪽 존재는 자기주장이 꽤 강한 모양이다.

미소를 머금은 채 조리대 위에 있던 지갑 쪽으로 손을 뻗었다.

제 2 장 첫 해후

한순간이었다.

사람보다 몇 배나 크게 부풀어오른 원령이 걸어가던 청년을 덮친 순간, 정화되었다.

산산조각나서 흔적도 없이, 이슬처럼 사라져버렸다. 실력이 뛰어난 정화자, 음양사라 하더라도 그렇게까지 빠르고 깔끔하게 정화할 수는 없다.

원령을 정화하기 위해 추적하던 까만 정장을 입은 젊은 남자가 두 손으로 인을 맺은 상태로 얼어붙었다.

무슨 일이 일어난 것일까. 방금 눈앞에서 일어난 게 과연 현실에서 일어난 일일까.

금방 이해할 수는 없었다. 안경 너머로 눈을 크게 뜬 채 메모장을 들고 중얼거리며 걸어가는 청년을 바라보기만 할 뿐이었다.

과거의 활기를 잃은 그 오래된 상점가 한구석. 맑고 푸른 하늘이 펼쳐진 낮인데도 불구하고 뒷골목은 어둑어둑하고 공기가 탁했다. 길가에 쓰레기와 잔해가 쌓여 있고, 인기척은 없다.

좁은 골목에 맞닿아 있고 금이 간 벽의 2층, 깨진 유리창에서 독기가 솟구쳤다.

"이런, 바깥으로 도망쳤다!"

건물 안에서 초조한 목소리가 들린 것과 동시에 유리가 깨지며 시끄러운 소리가 울렸다. 깨진 유리창과 창틀이 터져 나왔다. 그곳에서 끈적끈적한 타르 형태의 까만 덩어리가 흘러나왔다. 구렁이가 떠오르는 모습의 원령이 슬쩍슬쩍 벽을 타고 땅바닥으로 내려갔다. 몸을 한 번 크게 떨고는 유리 파편이 흩어져 있던 길을 느릿느릿 기어갔다.

"내가 가지!"

날카로운 목소리가 실내에서 울리는 동안에도 그 까만 덩어리는 마치 장난을 치는 것처럼 갈지자로 나아가며 큰길로 향했다.

빈 가게의 2층에 자리 잡고 있던 원령을 거의 다 잡은 상태에서 놓친 음양사, 까만 정장을 입은 남자가 방에서 뛰쳐나왔다. 곳곳에 잡동사니가 흩어져 있고 타일이 벗겨진 부분이 눈에 띄는 그 좁은 계단을 뛰어 내려갔다. 마지막에는 계단 네 개를 뛰어서 착지. 난간을 축으로 삼아 상의 옷자락을 휘날리며 돌아섰다. 좁은 복도를 뛰어간 뒤 뒷문을 걷어차서 열었다. 경첩 한쪽이 떨어져 나가자 반쯤 삭은 문이 파괴음과 함께 땅바닥으로 쓰러졌다.

골목으로 나오자 한참 앞에서 땅을 기어가는 원령의 모습이 보였다.

근처 일대에는 빈 가게들뿐이라 인기척은 없다. 신속하게 퇴치하면 문제는 없다, 그렇게 뛰어가면서 생각한 것도 잠시.

사람이 있었다.

20대 초반으로 보이는 청년이 큰길을 돌아서 이쪽으로 걸어오고 있다. 손 근처를 내려다보면서 한쪽 팔에는 장바구니를 걸친 채 느긋하게. 음양사가 초조해진 와중에 아니나다를까, 원령이 청년을 표적으로 삼았다.

눈 깜짝할 새에 부풀어오른 그 까만 덩어리가 청년을 머리 위에서 감싸는 듯이 뒤덮었다. 곧바로 멈춰선 음양사가 육갑비축을 사용하기 위해 두 손으로 인을 맺었다.

그 순간, 갑자기 원령이 폭발했다.

주변의 탁하던 공기도 모조리 날아가버렸고, 순식간에 제령되었다. '임'이라며 진언을 외치려 하던 음양사의 안경이 흘러내렸다. 주위에는 맑은 공기가 가득찼고, 사악한 존재의 기척은 전혀 느껴지지 않았다. 추적하던 원령 때문에 이곳 일대에 저급 악령까지 만연하던 상태였는데도.

방금 그건 뭐지? 실력이 뛰어난 음양사 세 명이 달려들었는데도 고전했던 원령이 쉽사리 정화되어버리다니. 꿈일까 환상일까.

"으앗, 또 사라졌네!"

메모장을 넘기던 청년이 그렇게 소리치자 정신이 들었다. 멍하게 서 있던 동안에 바로 옆까지 다가온 모양이었다. 키는 크지만 깡말랐다. 그리고 마치 근처에 장이라도 보러 왔다는 듯이 간소한 차림새다. 팔에 걸치고 있던 장바구니 안에서 병끼리 부딪히는 딱딱한 소리가 울렸다.

"뭐, 가?"

자기도 모르게 물어보았다. 청년은 원령을 전혀 눈치채지 못한 모양이었다. 사악한 존재가 강한 힘을 지니고 있을 경우에는 아무리 둔한 사람이라도 오한을 느끼는 등, 뭔가 이변을 눈치채기 마런이다. 하지만, 아무렇지도 않은 모양이었다.

둔감한 체질일까, 아니면 무언가가 지켜주고 있는 걸까.

고개를 들고 음양사를 본 그 청년은 아무런 이상도 없는 것 같 았고, 그저 불쾌해할 뿐이었다.

"글자라고, 글자! 방금 쓴 건데!"

"글자…….."

의미도 없이 되뇌었다. 청년은 정말 짜증이 난 건지 초면인 상 대에게도 거리낌없이 불평했다.

"방금 산 펜으로 쓴 건데, 아~, 진짜, 왜 사라지는 건데? 그건 그 렇고, 젤리 잉크펜은 쓰기가 편하지만 금방 닳는 게 옥의 티란 말 이지. 아니, 좋아하기는 하는데. 이걸로 쓰는 맛을 알게 되면 다른 건 못 쓰게 되니까."

"음."

"아~, 사는 걸 깜빡한 게 뭐였더라? 그 왜, 그거야, 그거."

"그거라고 해도 말이지."

"뭐라고 해야 하나, 일상 생활에 반드시 필요한 거였을 텐데. 매 주 정해진 날에 필요하고, 중요한 물건."

"쓰레기 봉투?"

"그거야!"

청년은 활짝 웃다가 곧바로 진지한 표정을 짓고는 주위를 둘러 보았다. '저기 말이야'라고 하며 낮은 목소리로 말했다.

"나, 이사온 지 얼마 안 되어서 여기도 처음 와봤는데, 꽤 적막 하네. 문을 닫은 가게만 있고. 다시 장을 본 곳으로 돌아가기도 귀 찮아서. 이 근처에 쓰레기 봉투 파는 가게 있어?"

"……네가 온 곳 반대쪽에 큰길을 건너가면 새로 생긴 상점가가 있긴, 한데……."

"덕분에 살았어. 고마워, 친절한 형! 그럼!"

청년은 한 손을 들고 쾌활하게 웃으며 시원스럽게 달려갔다. 병들이 부딪히는 딱딱한 소리가 들렸고, 청년이 모퉁이를 돌아서자 보이지 않게 되었다. 기운이 넘치는 모양이다. 나보다 몇 살 정도 연하인 것 같다고 짐작하며 멍하니 그냥 보내버렸다.

"이, 봐, 하리마. 괘, 괜찮아? 원령, 은?"

뒤에서 겨우 따라잡은 동료 음양사가 말을 걸었다. 한 사람은 어깨를 들썩이고 있었고, 다른 한 사람은 무릎에 손을 댄 채 몸을 앞으로 숙이고 헐떡이면서 말조차 하지 못하는 모습이었다. 나이 차이는 별로 나지 않지만 체력이 끝도 없다는 말을 듣는 나와는 다른 것 같다. 칭찬인지 비꼬는 건지는 모르겠지만. 살짝 숨을 내쉬었다.

자, 어떻게 설명해야 할까.

잠시 고민하다가 답을 내놓은 하리마는 안경테를 밀어올렸다.

음양사들이 떠난 다음, 정화된 원령의 흔적에서 자그맣고 하얀 존재가 꿈틀댔다. 조금씩, 조금씩. 이동하기 시작했다. 미나토가 떠나간 쪽을 향해 천천히.

그 광경을 본 사람은 아무도 없었다.

○

이윽고 해가 지기 시작한 시간대. 주황색 하늘을 새가 일렬로 날아서 둥지로 돌아가는 와중에 미나토도 집으로 돌아왔다.

상점가에서 자신이 원령에게 습격당했다는 것도, 의도치않게 정화한 것도. 전혀 알지 못한 채 불쾌한 모습도 사라졌다. 사온 전통주와 화과자를 기뻐해주면 좋겠다며 들떠 있었다.

제단에 바쳐야 할까, 정원에 바쳐야 할까, 그게 문제다.

"정원에 바치자. 재촉당하기도 했으니까."

살짝 미소를 지으며 커튼을 약간 제쳤다.

"어?"

있다.

마루 가운데쯤, 하얀 짐승이 이쪽을 보며 앉아 있다.

어중간하게 제친 커튼을 잡은 채 눈을 크게 떴다. 이렇게까지 당당하게 모습을 드러내다니, 전혀 상상하지 못했기에 당황했다. 사람이 아닌 존재를 정면으로 본 건 이번이 처음이다.

개일까, 늑대일까.

단정하게 생긴 머리 위치가 미나토의 배 근처에 있다. 큰 덩치에 난 긴 털을 바람에 나부끼며 유리창 너머로 마주보고 있는 미나토를 조용히 바라보고 있다. 척 보기에도 평범한 짐승은 아니다. 그 덩치는 희미하게 비쳐보였고, 주황색으로 물들어 있는 그 살풍경한 정원이 짐승 너머로 보였다. 비쳐보이긴 하지만 그냥 거기 있을 뿐, 눈에 띄는 존재감을 뿜어내는 모습에서는 신기하게도 무서운 느낌이 들지 않았다.

마음을 굳게 먹고 창문을 연 뒤에 조용히 마루 쪽으로 발을 내디뎠다. 2미터 정도 거리를 두고 마주본 한 사람과 한 마리 사이에 바람이 불어왔다.

도망칠 낌새를 전혀 보이지 않고 태연하게 자리잡고 있는 그 아름다운 순백의 짐승. 긴장해서 굳어있던 미나토를 보고 있던 황금빛 눈을 천천히 가늘게 떴다.

"실례하마."

뱃속까지 스며드는 깊디 깊은 목소리. 소름이 끼친 미나토는 몸을 살짝 떨었다. 사람이 아닌 존재의 목소리를 들은 것도 물론 이번이 처음이었다.

짐승의 식사 풍경은 호쾌하다.

콧마루에 주름을 드러내며 먹잇감에 송곳니를 박아넣는다. 날카로운 그 송곳니는 물어뜯은 고기를 마치 종잇장처럼 쉽사리 찢었다. 씹는 소리를 내며 차례차례 삼키기 시작했다. 호를 그리는 황금빛 두 눈, 끊임없이 흔들리는 그 긴 꼬리. 기분이 좋아질 정도로 호쾌하게 먹는 모습은 매우 만족스럽게 보였다.

"어떠신가요? 맛은."

"……으음."

큰 늑대는 마지막까지 삼키고는 대답했다. 꼬리가 끊임없이 흔들리며 만들어낸 바람을 맞으며 마루에 앉아있던 미나토도 프라이드 치킨을 베어물었다.

큰 늑대는 이웃 산의 신이라고 한다.

그 말을 들은 미나토는 '이웃 신? 산신 씨라고 불러도 될까요?'라며 약간 장난스럽게 물었다. 그러자 '으음. 좋다'라며 쉽사리 받아들여버렸다.

그래서 호칭은 '산신 씨'로 결정되었다. 신이라고 해도 의외로 친근한 모양이다.

밤하늘 아래에서 함께 마루에 앉아 저녁 식사를 했다. 거실에서 새어나온 빛이 사이좋게 앉아 이야기를 나누는 한 사람과 한 신을 부드럽게 비추었다.

"기름기가 좀 많은 편이 맛있지."

"입가심할 겸 술 좀 드릴까요?"

"아직 힘이 완전히 돌아오지 않아서 말이다. 미안하군, 물이 더 좋겠다."

"아~, 힘이 약해지셨다고 했던가요?"

생수를 유리그릇에 부었다. 산신의 몸이 비쳐보이는 이유는 신력이라는 힘이 약해졌기 때문이라고 한다.

"그 때문에 짜증나는 것들을 정화할 수가 없어서 말이다."

산신이 물을 핥으며 답답하다는 듯이 털어놓았다. 그 모습을 바라보면서 잔을 기울여 탄산 음료를 마시는 미나토는 술을 잘 마시지 못한다.

'맛있구나, 내가 지내는 곳의 맑은 물과 비교해도 못지 않아', 그렇게 말하며 맛있다는 듯이 계속 마셨다.

"그대 덕분에 살았다. 고맙구나."

"……짐작가는 게 없는데요."

텅 빈 그릇에서 고개를 든 큰 늑대가 긴 혀로 입 근처에 묻은 물을 핥았다. 빤히 바라본다. 마치 마음속까지 들여다볼 것처럼 바닥이 보이지 않는 눈을 보자 미나토는 왠지 마음이 어수선해졌다.

잠시 후, 산신이 진지한 말투로 말했다.

"모르고, 눈치채지 못하는 편이 그대에게 더 나은 건가? 나는 잘 모르겠구나."

"네에."

"허나, 그 힘은 희귀한 것이지. 자각하고 단련하면 더욱 강한 힘을 손에 넣을 수 있을 게다."

"네에……?"

무슨 말인지 전혀 이해하지 못한 미나토는 대충 대답할 수밖에 없었다. 잔에 탄산음료를 다시 따르고 생각나는대로 물었다.

"무의식적으로 뭔가 하고 있나요?"

"그렇다. 사악한 존재를 정화하고 있지."

"제가요?"

전혀 예상하지 못했던 정보였기에 믿기지 않았다. '어……, 아, 물 좀 더 드릴까요?' '그러지', 그렇게 이야기를 주고 받은 다음, 페트병을 새로 땄다. 그릇에 세차게 붓자 거품이 치이익 일고는 표면에서 터졌다.

큰 늑대는 그 모습을 말없이 바라보다가 뭔가 물어보고 싶다는 듯이 미나토를 보았다. 방긋, 영업용 미소로 답했다. 오랫동안 단련해 온 영업용 미소는 더할 나위없이 수상쩍다.

약간 망설이던 큰 늑대가 조심조심 긴 혀를 거품이 자잘하게 일고 있는 물 쪽으로 뻗었다. 그리고 닿은 직후.

"윽!"

찌리릿, 귀에서 머리, 등, 꼬리 끝까지 무언가가 내달리고는 털이 곤두섰다. 해냈다, 그렇게 생각한 미나토의 미소가 더욱 밝아졌다.

"탄산수예요."

"혀가 따끔거리는군……, 으음, 이것도 꽤."

꼬리가 큰 소리를 내며 바닥을 두드렸다. 미나토가 생각을 하기 위해서 잠깐 장난을 친 다음에 눈살을 찌푸리고는 팔짱을 꼈다.

"정화를 한다니, 어떻게요……? 기합? 무의식적으로?"

"그해하, 쓰흔허스호."

"네? 뭐라고요?"

허하, 허하, 그렇게 찌릿한 혀를 즐기고 있는 산신이 해준 말은 알아듣기가 힘들었다. 미나토도 잔을 기울여 목을 축였다.

탄산수를 다 마신 큰 늑대가 자세를 바로잡고는 앉았다. 조용히 있으니 신성한 느낌이 더욱 강해졌다. 바람에 흔들리는 털이 빛나는 건 잘못 본 걸까. 처음 보았을 때보다도 몸이 또렷해진 건 착각일까.

주눅이 들었고, 장난치는 태도를 보이면 실례가 되지 않을까 하는 생각이 들었기에 방석 위에 정좌하고 등을 쭉 편 채 큰 늑대와 마주 보았다. 신성한 짐승이 신의 본체, 높게 솟아오른 검은 산을 등지고 엄숙하게 신의 기운을 담아 말했다.

"그대가 쓴 글자로 정화하고 있다."

또렷하게, 정원 구석까지 울렸다. 마치 대기를 뒤흔드는 하늘의 신탁인 것 같았다. 생각지도 못한 그 말은 미나토의 마음속까지 깊게, 묵직하게 울렸다. 아름다운 신이 한 말이니 의심할 여지는 없을 것이다. 분위기에 사로잡혀 엎드릴 뻔한 순간, 꺼억, 그렇게 트름이 나왔다. 위엄이 밤하늘 저편으로 쏜살같이 사라졌다.

다 망쳤다, 완전히 다 망쳤다.

그냥 거대한 늑대로 변해버린 존재가 페트병을 힐끔 보았다.

"탄산수를 부탁하마."

"여기요."

다시 등을 구부린 미나토는 쓴웃음을 짓다가 문득 떠오른 생각이 있었다.

"아, 그래서 글자가 사라지는 거구나!"

"그렇다."

"오, 수수께끼가 풀려서 속이 시원해졌네."

탄산수 페트병을 잡고 들어올리자 꼬리가 세차게 흔들렸다.

"응? 그럼 앞으로도 내가 쓴 글자가 사라진다는 뜻인가?"

꼴꼴꼴, 그릇 절반 정도까지 따랐다. '그렇다. 어이쿠, 이제 됐다'라며 앞다리를 들어 말렸다.

"네. 음~, 골치 아프네. 유성으로도 안 된다는 건가?"

'별 차이는 없을 게다', 그렇게 말하며 새침한 표정으로 탄산수를 마구 마시기 시작했다.

어느새 존댓말을 쓰지 않게 되었지만, 산신은 아랑곳하지 않았다.

"쓰기만 해도 사악한 존재를 정화할 수 있구나……, 몰랐네."

"그대가 글자를 쓴 종이에 닿으면 사악한 존재는 시원스럽게 날아가버린다. 내가 약해진 틈을 타서 이곳에 자리잡았던 존재들이 단숨에 흔적도 없이 사라지는 모습은 괜찮은 구경거리였지."

산의 신이 악당같은, 아니, 악신같은 표정으로 웃었다. 초승달 같은 형태로 변한 눈이 정원 너머, 뒷문 쪽을 바라보았다.

"저 명패는 더욱 좋은 것이로구나."

"썼던 글자들은 대부분 사라진 것 같은데……, 시간을 오래 들여서 새겨서 그런가?"

"정화하는 힘이 더욱 담겨 있다."

"호오. 아~, 그러고 보니 예전에 비슷한 걸 만들었을 때 그걸 엄청 칭찬해준 사람이 있었는데."

"볼 수 있는 자였겠지."

'그럴지도 모르겠네'라며 납득하고는 예전에 겪었던 신기한 현상 중 한 가지를 떠올렸다.

"명패가 1년도 지나지 않아서 쪼개지는 건."

"힘이 바닥났기 때문이겠지."

"……그렇, 구나."

미나토는 눈을 감고 감정을 담아 말했다. 명패는 예전에 몇 번이나 쪼개졌다. 가끔은 한달도 지나지 않아 쪼개진 적도 있었다. 친가가 온천 여관을 경영하고 있다고 말하자 많은 자들이 방문하는 곳에는 사악한 존재가 모여들기 쉽다는 사실을 가르쳐 주었다. 그리고 온천은 더러워진 몸뿐만이 아니라 부정한 부분도 털어내 준다고 한다.

친가가 걱정되긴 하지만 예비 명패를 두고 왔으니 한동안은 괜찮을 것이다.

5월 밤바람은 아직 쌀쌀하다. 옷을 껴입었는데도 바람을 쐬니 추워서 몸이 떨렸다. 그 사실을 눈치챈 산신의 제안으로 첫 식사는 그렇게 마무리하게 되었다.

○

그 이후로 산신과 거의 날마다 식사를 함께 하게 되었다.

산의 신인 큰 늑대는 보통 정원에 있다. 마루에 엎드려서 자고 있는 모습을 자주 볼 수 있었다. 가끔 자리를 비울 때도 있지만, 이제는 이웃 신이 아니라 동거신이라고 해도 무방한 상태다.

하늘에 떠오른 것은 상현달. 평소처럼 마루에서 함께 저녁 식사를 하고 나서 식후 간식을 먹고 있었다. 옆에서 네리키리를 먹고 있는 큰 늑대는 거실의 조명을 반사하며 빛나고 있어서 화려해 보인다.

미나토가 빤히 바라보며 고개를 갸웃거렸다.

"산신 씨, 요즘 존재감이 강해진 거 아니야?"

"으음. 그대 덕분이다."

당당한 그 몸은 이제 비쳐보이지 않는다. 처음 만났을 때는 자주 진해지거나 희미해지기도 했는데. 미나토 덕분이라면 짐작가는 건 한 가지밖에 없다.

"밥을 잔뜩 먹어서?"

대답은 하지 않았다. 단것을 정말 좋아하는 이 큰 늑대는 네리키리를 맛보느라 바쁜 모양이다. 커다란 덩치에는 너무 작은 그 과자를 하나씩 하나씩 입에 넣고는 씹으며 맛본다. 그 표정은 정말 참을 수 없이 행복해보였다. 보고 있기만 해도 훈훈했고, 마음이 편해졌다. 신의 위엄이라는 건 매번 하늘 저편으로 날아가버리긴 하지만.

미나토는 오랫동안 동물을 키우고 싶어도 가업이 바빠서 그 꿈을 이루지 못했다. 설마 여기 와서 동물에 가까운 존재와 함께하는 생활을 할 수 있게 될 줄이야, 내심 그렇게 생각하며 꽤 기뻐하고 있다.

네리키리를 충분히 맛본 산신은 미나토를 보았다.

"그것은 사소한 이유다. 그대가 나를 공경하는 마음 덕분이지."

깊은 감사의 마음이 담겨 있는 그 차분한 목소리. 자기 몫을 옆에 있던 접시로 옮기던 미나토의 움직임이 멎었다. 네리키리가 늘어나자 꼬리가 흔들렸고, 순백의 몸이 더욱 강한 금빛을 뿜어냈다. 뒤쪽에 있는 전등보다 더 밝다.

"겨우, 그것만으로?"

"그것만이다. 나의 힘은 거기에 좌우되니."

"좀 더 일찍 말해주지."

"으음. 너무 뻔뻔한 것 아닌가 해서 말이다."

"이제 와서 무슨 소리야?"

잔뜩 먹고 자기만 했으면서 무슨 소리냐고. 산신이 자주 산에서 나는 것들을 주긴 하지만, 결국 대부분은 산신의 뱃속에 들어간다. 그런 건 신경 쓰지 않으면서 자신을 공경하라고 하는 건 신경이 쓰이는 모양이다. 이해가 잘 안 되는 존재다, 신이라는 존재는.

산신은 그런 걸 전혀 사양하지 않지만, 즐겁게 대화를 나누며 식사를 할 수 있게 된 건 정말 고맙다. 미나토는 이웃끼리 밀접한 관계를 맺고 사는 지역에서 태어나 항상 사람들에게 둘러싸여서 생활해 왔다. 떠들썩한 것이 기본이었다. 그런 미나토는 널찍한 집에서 혼자 쓸쓸하게 식사를 할 때마다 침울해지곤 했다.

그런 말을 들었으니 행동에 나서야 할 것이다.

정좌하고 헛기침을 한 번 했다. 눈앞에 있는 산신을 향해 합장했다.

"산신님. 항상 같이 밥을 드셔주셔서 고맙습니다. 정말 감사합니다."

"으음. 뭐, 그렇게 공손한 말투로 말하지 않아도 괜찮다."

"요즘은 존댓말을 안 썼구나 싶어서."

"말투 같은 건 신경 쓰지 않아도 괜찮다. 중요한 것은 마음이다. 아무리 정중한 말투로 말하더라도, 예의를 차리더라도, 거기에 공경하는 마음이 없다면 아무런 의미도 없다. 나의 힘이 되지는 않으니."

"호오. 그럼, 방금은?"

"으음, 모르겠나?"

큰 늑대의 몸이 한층 더 밝게 빛났고, 후광까지 보이기 시작했다.

그것은 그야말로 신의 위광.

오옷, 미나토가 그렇게 말하며 눈부신 빛을 보고 눈을 가늘게 뜬 다음, 들뜬 목소리를 내며 박수를 쳤다.

"척 보기에도 신이시다~, 라는 느낌인데!"

"당연하지. 나는 산신이다."

거들먹거리며 전구 뺨치는 모습을 보이는 그 모습은 잘난 척하는 것 같지만 정말 잘 어울린다. 합장할 때마다 빛이 강해지는 게 즐겁고 재미있어서 공경하는 마음을 잔뜩 담아 합장했다.

그 결과.

"저기~, 죄송합니다. 눈이 너무 부신데요. 조금만 조절해주시면 안 될까요?"

눈이 아프다. 하늘에서 빛나는 태양 못지 않을 정도로 강한 빛을 내뿜는 산신이 되었다. 그 이후로 묘하게 몸이 나른해진 느낌이 든 미나토는 일찌감치 잠자리에 들게 되었다.

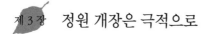

제3장 정원 개장은 극적으로

이런 일이 일어나다니.

커튼을 제치자 그곳에는 아름다운 전통 정원이 펼쳐져 있었습니다.

"어, 응……?"

잠이 덜 깬 눈을 번쩍 떴다. 강제로 깨어난 시야에 들어온 것은 바로 연못이었다. 어제까지 비어 있던 콘크리트 바닥 구덩이에 넘실넘실 물이 가득 차 있었다. 정원 중 3분의 1에 해당하는 면적을 차지하는 연못이 푸른 나무들을 비추고 있다. 변화는 연못뿐만이 아니라 군데군데 풀밭이 자라났고, 벽 근처에는 나무까지 생겼다.

반짝이는 아침 햇빛을 반사하는 수면 위에 놓인 석제 다리 가운데 산신이 자리잡고 있었다. 녹색 비중이 큰 와중에 하얀 늑대가 눈에 잘 띄었다.

창문을 열고 마루로 나가 신발을 신었다. 새가 지저귀는 소리가 울리는 와중에 아침 맑은 기운이 감도는 돌바닥 길을 걸어 산신이 있는 곳으로 향했다.

산신은 입가를 치켜올리며 씨익 웃고는 의기양양하게 맞이해 주었다.

"어떠냐."

"이런 것도 할 수 있구나."

"나는 산신이다."

뒤쪽으로 넘어갈 정도로 으스대고 있다. 그 옆에 있던 수면을 들여다 보았다. 앞으로 내민 얼굴을 비추고 있는 물속에는 하얀 자갈이 빽빽하게 깔려 있었다. 수심은 1미터 정도지만 매우 얕게 느껴졌고, 생물의 모습은 보이지 않았다.

연못에 물을 채우는 것뿐만이 아니라 식물을 심고 자갈까지 깔아버리다니. 신의 힘은 정말 무시무시하다. 집주인에게 정원은 마음대로 하라고 허락을 받았기에 문제는 없다. 무엇보다 이렇게 멋진 정원을 만들었으니 불평하지는 않을 것이다.

으스대는 산신의 몸에서 바람이 뿜어져 나왔다. 불어온 바람에 수면이 파도쳤고, 물거울이 사라졌다. 그 모습을 보던 미나토가 감탄하며 말했다.

"대단하네."

"그렇지, 그렇지."

"물이 깨끗하네~."

"산에서 끌어왔다."

"말도 안 되잖아."

시선을 그대로 옆쪽으로 돌렸다.

"그래서, 힘을 너무 많이 써서 그렇게 작아진 거야?"

"······그렇다."

지금 산신은 중형견 정도 크기다. 얼굴이 무릎 높이 정도에 있다. 산신이 나를 올려다보는 건 신선한 느낌이긴 하지만, 왠지 모르게 몸을 숙이게 된다. 아무리 싹싹하게 대해준다고는 해도 상대방은 역시 신이다. 내려다보는 건 너무 황송한 짓이다. 몸을 숙여도 내 머리 위치가 더 높은 건 어쩔 수 없다.

신성한 느낌은 여전한 그 눈앞의 늑대를 빤히 바라보았다.

"그런데 진짜 귀여워졌네."

"뭐, 금방 돌아갈 게다."

"그렇구나."

"부탁하마."

"내가 돌려놓는 거냐고."

미나토의 유쾌한 웃음소리가 다시 태어난 정원에 메아리쳤다. 놀란 참새들이 일제히 풀밭에서 날아올랐다.

○

장을 보고 온 미나토가 대문 명패 아래에서 나뭇잎 위에 담긴 동그란 씨앗을 발견했다. 간만이다. 산신이 처음에 주었던 약초 이후로 처음이다.

미나토는 갑자기 생각났다. 방금 논두렁길을 걸어오다가 게와 거북이처럼 갑각이 있는 생물들과 마주쳤던 것을. 다들 길가에서 미나토를 올려다보고 있었다. 뭔가 하고 싶은 말이 있는 것 같다는 느낌이 들었는데, 착각이었을까.

의아하게 생각하면서 엄지손가락 손톱만한 그 까만 씨앗을 집어들었다.

"이거 산신 씨가 준 거."

"아니다."

"아, 역시나?"

창살문과 문기둥 사이로 코를 살짝 내민 산신은 이미 원래 크기로 돌아왔다. 산신은 마음대로 부지 안팎을 돌아다닌다. 야생 늑대가 존재했던 건 먼 옛날 일이다. 아무리 근처에 사람이 살지 않는다 하더라도 바람직하지는 못할 것이다. 은근슬쩍 이야기를 꺼내보니 미나토에게만 보이니 문제없다는 말만 들었다.

"그럼, 이건 누가 준 거지?"

"으음, 사악한 녀석은 아니다. 이곳에서 신세를 지고 싶은 모양이군."

"정원에?"

"연못에 살고 싶은 모양이다."

"호오. 그래도 되는 거야?"

"내가 허가해줄 일이 아니다. 이곳은 그대의 것이니."

"아니, 나도 임시로 사는 건데. 그리고 정원은 거의 산신 씨 거나 마찬가지인 것 같고."

산과 가까운 이곳은 산신의 소유물일 것이다. 집 같은 건물을 짓고 내 땅이라고 주장하는 건 인간이 제멋대로 내세운 명분에 불과하다. 신에게 그런 인간 위주의 논리가 통할 리가 없다.

그렇기에 자기 마음대로 정원을 바꾸는 거라고. 집안에 들어오지 않는 건 배려해주는 거라고. 그렇게 생각했다.

"뭐, 나는 상관없지만."

"그렇다는군."

산신의 시선을 따라가 보았다. 대각선 뒤쪽에 아지랑이처럼 덧

없고 자그마한, 그리고 하얀 존재가 있었다. 땅을 기는 그 모습이 희미하게 보였다.

"거북이?"

"으음."

직경 10센티미터도 되지 않는 거북이가 목을 뻗어 미나토를 올려다보고 있었다.

"그대가 구해주었다고 하는군."

"어? 기억이 안 나는데요? 다른 사람을 착각하신 거 아닌지?!"

거북이를 구해준 남자가 어떻게 되는지. 반사적으로 유명한 동화가 머릿속을 스쳤기에 긴장해버렸다.

'죄가 많은 남자로구나', 그렇게 산신이 유쾌한 말투로 말하고 큰 몸집을 흔들며 웃었다.

거북이가 물거품을 튀기며 연못으로 뛰어들었다. 맑은 물속을 네 발로 헤치며 기분 좋은 듯이 헤엄쳐다녔다. 마음에 든 모양이다.

거북이의 이야기에 따르면 얼마 전에 상점가에서 원령에게 잡혀 있다가 미나토가 정화해서 구해주었다고 한다. 메모장에서 살 것들 메모가 전부 사라져서 우울해졌을 때다. 그 이야기를 들은 미나토는 그때 꽤 화가 나서 잘 알지도 못하는 사람에게 불평해버렸다는 것을 떠올렸다. 너무 부끄러워서 석등에 머리를 박아버리고 싶어졌다.

둥실둥실 수면 위로 고개를 내민 거북이를 잠시 지켜보고 있자니 마음이 가라앉았다. 바위 위에 올리고 있던 다리를 내리고 정원을 둘러보았다.

"받은 씨는 어디 심을까?"

"그건 꽤 커질 게다."

"그럼 산신 씨가 정해줘."

망설임없이 뜰 한복판으로 향한 그 하얀 뒷모습을 따라갔다.

"여기다."

앞다리로 두드리며 가리킨 곳은 마치 미리 마련해둔 것처럼 널찍한 지면이었다. 앞다리로 파준 구멍에 씨를 넣고 흙을 덮기 시작했다.

"그런데 이거 무슨 씨앗이야?"

"심기 전에 궁금해하는 법 아닌가."

"죄송합니다."

"나무다. 무슨 나무인지는 자란 뒤를 기대하거라."

"그렇게 할게."

산신은 평소에 술보다는 단것을 선호한다. 저녁 식사를 한 다음에 오랜만에 전통주를 마시고 싶다고 하길래 집에 있던 것들 중에 됫병을 들고 나온 순간, 대기가 흔들렸다. 연못 쪽에서 강한 시선이 느껴졌다.

유쾌하다는 듯이 웃던 산신이 감주 만쥬를 물어뜯었다. 미나토가 희미한 빛을 뿜어내는 연못 쪽을 돌아보았다.

"술, 마실래?"

눈 깜짝할 새에 물속에서 튀어나온 거북이가 기어왔다. 도무지 거북이 같지 않은 속도. 만약에 토끼와 경주를 하더라도 결코 뒤처지지 않을 것이다. 마루 아래에서 길게 뻗은 목 위의 눈이 반짝이며 빛났다.

거북이는 날마다 존재감이 강해졌고, 미나토도 확실하게 볼 수 있게 되었다. 전체적으로 노란 기운이 강한 진주 같은 광택. 산처럼 뾰족한 그 특이한 등껍질. 일반적인 거북이와는 생김새가 달랐다.

마루 쪽으로 올라온 그 몸은 젖지 않았다. 그런 모습을 볼 때마다 상대가 신이라는 생각이 강하게 들었다. 얕은 접시에 술을 따르자 달려들 듯한 기세로 다가와서는 정신없이 마시기 시작했다. 술을 꽤 좋아하는 모양이다. 저녁 식사를 같이 하자고 했을 때는 술이 없었으니 거절한 모양이다.

"앞으로는 제대로 준비해 둘게."

몸에서 빛을 뿜어내며 기뻐하는 감정을 내비쳤다.

○

거북이도 존재가 확고해지고 장마도 코앞으로 다가온 무렵. 미나토가 정원에 떨어진 나뭇잎을 대나무 빗자루로 쓸고 있었다.

"정원은 온도가 항상 똑같네. 묘하게 공기도 맑은 것 같은 느낌이 들기도 하고……."

무엇보다 불쾌한 벌레가 한 마리도 없다.

조용한 공간에 나뭇잎들이 부스럭거리는 소리, 대나무 빗자루와 돌바닥이 스치는 소리가 주위에 울렸다. 날마다 온도와 습도가 올라가는 시기다. 그런 와중에 쿠스노키 저택의 정원은 평소와 마찬가지로 쾌적한 온도를 유지하고 있다. 밖에 나갔다가 돌아오면 공기의 차이가 더욱 현저하게 느껴진다.

　대문을 지난 순간, 공기가 바뀐다. 따스하고, 부드럽고, 그러면서도 약간 긴장이 될 정도로 깔끔한 공기가 몸을 감싼다.

　마루에 드러누운 큰 늑대와 큰 바위에서 등껍질에 햇볕을 쬐고 있는 거북이는 아무런 말도 하지 않는다. 그저 느긋하게 마음대로 지낼 뿐. 개체 수가 늘어나도 지극히 조용하고 평화로운 시간이 흘러간다.

　그런 쿠스노키 저택 대문 앞에 남자 한 명이 서 있었다.

　약간 늘어진 검은색 정장을 입고 집을 올려다보는 얼굴에는 푸르스름한 다크서클이 눈에 띄었다. 건강하다고 하기는 힘든 모습인 그 남자는 깜짝 놀란 듯한 분위기로 중얼거렸다.

　"……이곳은, 신역인가……?"

　떨리는 목소리로 그렇게 말하며 안경테를 밀어올렸다.

○

　화려한 일본 정원을 앞두고 힘없는 청년과 미나토가 마루에 앉아 있다. 미나토보다 나이가 조금 더 많을 것이다. 자세는 똑바로 잡고 있긴 하지만, 정장이 약간 늘어졌다. 단정한 얼굴에는 다크서클이 자리잡고 있었고, 안색도 좋지 않았다. 마치 일을 하느라 지친 회사원 같은 느낌이다. 처음 만났을 때와는 전혀 다른 모습이었기에 그를 의아하게 바라보는 미나토는 혈색도 좋고 건강함 그 자체였다.

대조적인 청년들 뒤에 드러누운 산신이 흥미롭다는 듯이 바라보고 있었다.

현관 벨이 울려서 나가보니 대문 앞에 유령처럼 누군가가 서 있었다. 미나토는 깜짝 놀라면서도 저번에 상점가에서 만난 남자라는 것을 알아보았다. 곧바로 연상인 상대에게 예의를 차리며 '그때는 너무 버릇없이 굴어서 죄송했습니다', '아뇨, 아뇨', 그렇게 정형적인 사과와 인사를 나누었다. 그리고 정원으로 안내하자 우아한 정원을 본 남자가 멈춰 서 버렸다. 대체 무엇 때문에 그렇게까지 놀란 건지 이해할 수가 없었다. 계속 말을 걸고 겨우 앉히고 나서 지금에 이르렀다.

두 사람 사이에 놓인 쟁반 위에서 물방울이 맺힌 잔 안에 있던 얼음이 달그락, 시원스러운 소리를 냈다.

남자는 하리마 사이가라고 자기소개를 했다.

그럭저럭 긴 시간 동안 정원을 바라보다가 심호흡을 한 번 한 사이가가 미나토를 돌아보았다. 왠지 생기가 돌아온 것 같은 느낌이 들었다.

그렇지, 그렇지. 아름다운 우리 집 정원을 보고도 계속 우울한 표정은 지을 수 없을 거야, 미나토는 그렇게 마음속으로 납득했다. 그런데 대체 무슨 이야기를 듣게 될 것인지 몰랐기에 긴장했다.

"나는 음양사인데."

단도직입적인 사람이다. 진지한 표정으로 무슨 이야기를 꺼내나 싶었는데, 요즘은 판타지 직업이 된 음양사라니.

뒤에는 산의 신, 앞쪽 연못에는 신성한 거북이. 친가에는 인간이 아닌 존재들 다수. 예전부터 신비한 존재들과 접해온 미나토는 그 정도로 놀라지 않았다.

안색도 전혀 바뀌지 않은 채 눈짓으로 계속 말하라고 재촉했다.

"얼마 전에 원령을 정화한 건 자네 힘이겠지?"

"……그런 모양이던데요."

자각도 하지 못하고, 보지도 못했기에 전혀 실감이 들지는 않았지만, 둘러대봤자 의미가 없을 것이다. 남자는 볼 수 있었기에 일부러 여기까지 온 거니까.

미나토는 마치 남일 같은 태도였다. 그 모습을 본 하리마는 입을 굳게 다물고는 말로 표현하기 힘든 표정을 지었다. 답답한 무언가를 집어삼키려는 듯이. 그리고 씁쓸한 표정을 지었다.

"요즘 골치 아픈 원령이 너무 많은 탓에 우리 음양사들의 일손이 부족하거든. 애초에 정화를 할 수 있는 자가 적기도 했지만."

"그랬군요."

"그때 자네는 원령을 보지 못했던 것 같았는데도 깔끔하게 정화했어. 짐작가는 거 있나?"

"네에, 아무래도 제가 쓴 글자가 정화하는 모양이던데요."

"그 호부를 팔아줄 순 없을까?"

"호부?"

곧바로 이해하지 못하고 그대로 대답하자 뒤에서 슬쩍 웃는 소리가 들렸다.

"호부라니, 그럴싸한 표현이로군. 그대의 글자가 적힌 종이를 원하는 모양이로구나."

산신이 친절하게 가르쳐 주었다. '호부'라는 단어는 일상 생활에서 쓰지 않기 때문에 금방 이해할 수가 없었다. 미나토에게는 산신의 말과 행동이 당연하게 보이고 들리지만, 하리마에게는 보이지도, 들리지도 않는 모양이었다. 잠깐 뒤쪽을 신경 쓰는 낌새를 보일 뿐이었다. 미나토 말고는 보이지 않을 거라고 했던 말이 사실이었나, 그렇게 산신에 대한 신앙심이 은근히 올라갔다.

하리마가 상의 안쪽으로 손을 넣고는 두꺼운 지갑을 꺼냈다.

"부르는 값에 사도록 하지."

"그냥 장을 보려고 적은 메모지를요?"

"장을 보려고 적은 메모지?"

무심코 사실대로 말해버렸다. 하리마가 정색하는 표정을 지었다.

괜찮은 임시 수입이 될지 모르겠다는 생각에 한순간 들떴지만, 금액이 그리 크진 않을 거라며 곧바로 냉정해졌다. 애초에 메모지다. 그냥 글자를 적은 것뿐이다. 잉크값도 거기서 거기다. 본전도 거의 들지 않았고, 수고도 들이지 않았고, 바가지를 씌울 수는 없다. 양심의 가책이 느껴진다.

"한 장에 1엔도 안 될 것 같은데요……."

"장을 보려고, 적은 메모지……?"

하리마는 의식이 어디론가 날아가버린 모양이었다. 턱에 손을 대고 고개를 숙인 채 '말도 안 돼, 어째서……', 그렇게 잠꼬대처럼 중얼거렸다.

음양사라는 게 어떻게 하면 될 수 있는지 잘 모르지만, 수행이든 뭐든 노력과 고생이 필요할 게 분명하다. 아무런 노력도 하지 않고 글자를 쓰기만 해도 정화할 수 있는 미나토를 보고 뭔가 생각한 게 있을 것이다. 딱히 답이 있는 문제는 아니다. 최소한 나를 의지하러 왔으니 힘이 되어주고 싶다는 생각이 든다.

"아니, 잠깐만. 마음에 달려 있는 거라면 정성을 들여서 썼을 경우에는 강한 종이가 되어서 가치가 올라가는 건가?"

받을 수 있다면 받자는 정신은 양보할 수 없지만.

"기합을 넣어서 써주면 된다."

산신이 유쾌하다는 듯이 끼어들었다.

그러고 보니, 그렇게 갑자기 깨달았다. 외출할 때는 장을 볼 때뿐이다. 산신이라는 고마운 말상대가 생겨서 시간을 때우기 위해 글자를 쓰지도 않게 되었다는 사실을.

"좋았어, 오랜만에 열심히 써볼까."

쾌활한 목소리가 들린 와중에 하리마가 그제야 잔 쪽으로 손을 뻗었다.

미나토가 주머니에서 메모장을 꺼내서 글자를 적어나갔다. 휘갈겨 쓰는 게 아니라 한 글자 한 글자 정성껏 마음을 담아서.

"흑당 만쥬, 밤 만쥬, 이마가와야키, 쑥 경단, 벚꽃 떡."

산신이 연달아 말한 좋아하는 음식들을.

"팥소는 부드럽게."

중얼거리면서 펜을 놀리는 모습을 옆에서 보고 있던 하리마가 차를 정원 쪽으로 마치 분수처럼 뿜었다. 깜짝 놀란 미나토가 고개를 들었다.

"……괜찮으신가요?"

말없이 고개를 끄덕인 하리마는 손수건으로 입가를 닦았다.

쓰면 쓸수록 메모지에서 비취색 빛이 뿜어져 나왔다. 그냥 글자. 아무런 수행도, 단련도 하지 않은 일반인이 적은 화과자 메모가.

실력이 뛰어난 음양사가 주술을 담아 적은 글자나 그림에도 그 정도 위력은 없다.

하리마가 손수건으로 가리고 있던 입에서 헛웃음이 새어나왔다.

"거기까지만 하거라."

"아, 응. 어라, 뭐지……?"

산신이 말린 순간, 매우 졸린 것을 느끼며 손을 멈췄다. 예전에 산신에게 기도한 뒤에 기묘한 피로를 느꼈을 때와 똑같은 감각이었다.

결국 다섯 장밖에 쓰지 못했다. 몸 전체가 나른해서 더 이상은 쓰지 못할 것 같았다. 껄끄러워진 미나토가 뒷목을 긁었다.

"……겨우 이것뿐인데요."

"아니, 충분해."

최대한 조심스럽게 메모지를 떼어내서 건네자 하리마가 두 손으로 공손하게 받아들었다. 마치 보물을 다루는 것처럼 조심스럽게 지갑 안에 넣었다. 묘하게 쑥스러운 기분이 들었다. 미나토가 보기에는 그냥 메모지에 불과한데.

그리고 대가로 얇은 만엔 다발을 내밀었다. 눈앞에 내민 그 다발의 두께는 분명히 열 장 이상일 것이다. 예상을 뛰어넘은 금액이었기에 깜짝 놀랐다.

"말도 안 돼."

자기도 모르게 본심이 나왔다. 초조해지거나, 놀라거나, 화가 나면 곧바로 존댓말이 사라진다. 긴장이 풀리면 금방 눈이 감겨버릴 것 같던 졸음까지 단숨에 날아가버렸다. 설마 조금 신경 써서 적기만 한 싸구려 메모지를 이렇게까지 가치 있는 물건으로 봐줄 줄은 상상도 하지 못했다. 음양사의 얼굴을 빤히 바라보았다. 매우 진지한 표정이었고, 장난을 치려는 듯한 낌새는 전혀 없는 것 같았다.

　하리마가 얼른 받으라는 듯이 지폐 다발을 내밀었다. 두 손을 가슴 높이로 올리고 세차게 흔들었다. 온 힘을 다해 거부하려는 모양새다.

　"아니, 아니. 그런 거금은 못 받는다고. 아무리 그래도 너무 많아. 봤잖아? 그냥 별 생각 없이 쓴 것뿐인데. 그리고 이 메모지도 엄청 싸구려려니까. 세 개 세트로 100엔 정도에 세일하는 거. 조금 신이 나서 한 장에 300엔 정도면 좋겠다 생각하긴 했지만!"

　"걸맞는 대가야. 아니, 오히려 적은 편이겠지. 미안하다. 이 정도일 줄은 몰랐거든. 지금은 가지고 있는 돈이 이것뿐이야. 나중에 다시."

　"무슨 소릴 하는 건데?!"

　"우선 오늘은 이것만 받아다오."

　계속 고집을 부리면서 진지한 표정으로 떠넘기기만 했다.

　이 음양사, 고집이 정말 세다.

　"받거라."

　"안 돼."

　"괜찮으니까."

"어떻게 받냐고!"

한동안 공방이 이어지자 뒤쪽에서 큰 한숨 소리가 들렸다.

"받아두거라, 그 남자는 물러서지 않을 게다."

산신이 그렇게 말했기에 '이제 충분해요. 더 이상은 필요없어요. 가지고 와도 안 받을 거예요'라고 말하며 받기로 했다. 하지만.

"아무리 그래도 너무 죄송한데. 잠깐만 기다리세요."

"……그래."

일단 집안으로 들어가서 펜을 가지고 왔다. '손을 내밀어 주세요'라고 하자 하리마가 순순히 한쪽 손을 내밀었다.

"효과는 마찬가지인 것 같긴 한데, 이거라도."

끼익끼익, 하리마의 손등에 유성펜으로 그림을 그렸다.

"음양사라고 하면 역시 오망성이잖아요? 마음을 담아 그렸는데, 어떨까요?"

손등에 별 모양, 세이메이 도라지 문양이 제대로 새겨졌다. 어지간해선 지워지지 않는 유성 잉크로. 미나토에게는 보이지 않지만, 비취색 빛을 뿜어내며 강력한 정화의 힘이 깃들어 있다.

입을 반쯤 벌린 채 멍하니 있던 하리마와는 대조적으로 미나토는 만족스러운 듯이 웃으며 '이런, 엄청 졸리네'라며 유성펜을 든 채로 느릿느릿 눈가를 문질렀다.

왠지 우수에 젖은 듯한 음양사가 떠나자 갑자기 잠기운에 휩싸인 미나토는 마루에서 꾸벅꾸벅 졸고 있었다.

문득 눈을 떠보니 거북이가 바로 옆에서 얼굴을 들여다보고 있었다.

"으엇."

자기도 모르게 몸을 뒤로 젖혔다. 벌써 저녁이 되어가고 있었고, 여러 겹으로 색이 바뀐 하늘이 펼쳐져 있었다. 꽤 오랫동안 잔모양이었다.

일어나자 거북이가 기대로 가득 찬 눈으로 바라보았다. 시간이 되었으니 술을 재촉하는 건가? 아니면 달리 뭔가 하고 싶은 말이 있는 걸까? 거북이는 말을 하거나 울음소리를 내지 않는다. 산신이 대신 말해주지 않을 때는 고개를 흔들어서 대답과 의사소통을 한다.

"왜 그래?"

거북이가 정원 쪽으로 목을 길게 뻗었다. 무슨 일인가 하는 생각에 잘 살펴보니 못 보던 나무 한 그루가 길쭉하게 자라나 있었다.

"저거, 저번에 심었던 씨앗인가?"

마루에서 내려와 길을 건너 나무 쪽으로 다가갔다. 어제까지는 싹도 트지 않았을 텐데, 지금은 미나토의 눈 높이까지 자라난 상태다. 푸른 떡잎이 울창한데, 대체 어떻게 된 걸까.

"벌써 이렇게나……, 신의 힘 덕분인가? 대단한 것 같긴 하지만, 이렇게 급격하게 자랐는데 영양소는 충분한 거야?"

발치에 있던 거북이가 얇은 가지를 치하해주는 듯이 부드럽게 쓰다듬었다.

새로운 동료, 신목 쿠스노키. 그것을 앞두고 '일단은 물! 물을 줘야지'라며 한 사람과 한 마리가 허둥대고 있었다. 마루에서 자다 일어난 산신이 하품을 하며 바라보고 있었다.

○

　며칠 동안 계속 내리던 비도 소강기에 들어간 모양이었다.

　장마를 맞이하자 오랫동안 하늘에 자리잡고 있던 비구름이 이제야 어디론가 떠났고, 기다리고 기다리던 맑은 날. 미나토는 아침부터 마루 구석에서 빨래를 널고 있었다.

　파앙, 수건이 공기를 가르는 소리가 정원에 울렸다.

　"역시 빨래는 밖에 너는 게 좋지. 건조기가 편하긴 하지만."

　옆 빨랫대에 널어둔 시트가 바람을 머금고 크게 부풀었다. 햇살이 좀 약해서 불안하긴 하지만 최대한 햇빛과 자연 바람으로 말리고 싶다. 잠깐의 맑은 날씨를 기뻐하는 기분이 들긴 하지만, 맑은 하늘과는 달리 미나토의 표정은 어두웠다.

　우울하게 수건을 흔들어서 주름을 폈다.

　"산신 씨, 무슨 일 있나……."

　장마에 접어든 것과 동시에 산신이 오지 않게 되었다.

　아무런 전조도 없이 갑자기 모습을 보이지 않았다. 전날까지는 평소처럼 사이좋게 식사를 함께했는데. 내가 뭔가 잘못한 것 아닐까 신경 쓰기도 했지만, 짐작되는 것은 전혀 없었기에 고민하지 않기로 했다.

　그동안에 거북이가 계속 곁에 있어준 덕분에 위로가 되었다. 치하하는 마음을 담아 산 모양 등껍질을 브러시로 닦아주니 매우 기뻐했다. 한 사람과 한 마리가 그렇게 느긋하게 지내고 있긴 했지만, 역시 존재감이 눈에 띄는 큰 늑대가 갑자기 사라지니 묘하게 쓸쓸하고 걱정이 되기도 했다. 날마다 산을 향해 산신이 무사하기를 기원하고 있다.

"……잘 지내고 있다면 좋겠는데."

참방. 연못에서 수면을 두드리는 소리가 들렸다. 돌아보니 뒷문에서 하얗고 거대한 몸집이 조용히 다가오는 모습이 보였다. 지극히 차분한 발걸음, 빛나는 털. 전혀 변함없는 그 모습을 보고 미나토가 '산신 씨!'라며 들뜬 목소리로 말을 걸었다.

"오랜만이야. 잘 지낸 것 같아 다행……?!"

놀랍게도 산신이 아이들을 데리고 있었다.

눈을 크게 뜬 채 입을 떡 벌린 미나토의 손에서 셔츠가 툭, 떨어졌다.

깜짝 놀란 미나토에게 산신이 다가갔다. 그 뒤를 하얀 짐승들 세 마리가 따랐다. 희미한 빛을 뿜어내고 있는 그 몸은 평범한 동물이 아니라는 것을 주장하고 있었고, 산신과 비슷한 부류라는 건 분명했다.

상상도 하지 못한 광경이었기에 미나토가 당황했다.

"어, 어? 설마 낳은 거야? 출산하느라 못 왔어? 산신 씨는 여신님이었던 거야?! 아니, 그래도 목소리가 아저씨."

"아저씨라니 실례잖아요!"

"적어도 할아버님이라고 해줘!"

"할아범이라고 하지 마!"

"아니, 그렇게까지 말하진 않았는데. 응? 늑대가 아니라 족제비?"

동시에 뒷발로 일어서서 앙칼진 목소리로 따지기 시작했다. 전체적으로 하얀 털로 뒤덮여 있으면서 가늘고 긴 몸집, 짧은 네 다리, 두꺼운 꼬리. 꼬리 끄트머리가 붉은색, 푸른색, 노란색이라는 차이만 있었다. 산신과 비교하면 몸집이 작게 느껴지긴 하지만 다른 고양이 정도는 되었기에 그럭저럭 크다. 능숙하게 말하는 것과 재빠른 동작을 보니 갓난아기가 아닐지도 모르겠다.

　산신 일행이 마루로 올라갔다. 곧바로 큰 늑대가 지정석인 가운데에 느긋하게 드러누웠다. 동작이 예전보다 느긋한 걸 보니 꽤 피곤한 모양이다.

　숨을 크게 내쉬고 복슬복슬한 꼬리를 흔들었다.

　"이 녀석들은 담비다. 나의 권속이지."

　"권속이라면 아이인가? 그런데 낳은 거야? 낳게 한 거야?"

　"그렇군, 낳은 거나 마찬가지다. 나는 혼자서도 아이라 할 수 있는 분신을 만들어낼 수 있다. 시간이 조금 걸리긴 했다만."

　"그렇구나, 고생하셨네. 다들 잘 부탁해, 과자 먹을래?"

　산신 옆에 나란히 있던 세 마리가 의아하다는 듯이 같은 방향으로 고개를 갸웃거렸다. 그 모습이 정말 귀여웠고, 늑대와는 다른 매력이 있구나, 그렇게 생각한 미나토의 표정이 부드러워졌다.

　"아, 먹어본 적이 없구나. 산신 씨, 줘도 돼?"

　"으음, 문제 없다. 물론 나에게도."

　"그래."

　산신이 언제 올지 몰랐기에 생과자를 사두진 못했다. 오래 보존할 수 있는 구운 과자밖에 없지만, 어쩔 수 없지. 재빠르게 남은 빨래를 전부 널고 나서 카스텔라를 잘라 대접하자 산신은 아무런

말도 하지 않았지만 약간 불만인 모양이었다. 눈짓으로 사과하자 신경 쓰지 말라는 듯이 의젓하게 고개를 끄덕였다.

큰 늑대가 먹은 다음, 담비 세 마리가 서로 마주 보고는 앞다리로 잡은 카스텔라 냄새를 한참 맡았다. 그리고 망설이면서 동시에 베어물었다. 까만 눈을 크게 떴다. 별이 반짝거리는 것 같았다. 마음에 든 모양이다. 예상했던 대로 산신의 권속은 단것을 좋아하는지 정신없이 먹어대기 시작했다.

"많이 있으니까 마음껏……, 아니, 넉넉하려나……?"

한 조각이 몇 초만에 사라졌다. 기대에 가득 찬 세 쌍의 눈빛을 보니 식은땀이 흘렀다. 다 먹으면 쿠키를 주자고 생각하며 세 마리에게 각각 카스텔라를 주었다.

"아, 그거 맛있을 것 같네."

"저기, 우리에게도 주면 안 될까?"

갑자기 대각선 위쪽에서 목소리가 들렸다. 깜짝 놀란 미나토가 올려다보니 그곳에는 처마 너머로 고개를 거꾸로 내민 소귀 두 명의 모습이 보였다. 뿔이 하나 돋아난 이마. 선명한 붉은색과 푸른색 피부. 인간으로서는 절대로 있을 수 없는 형태였다.

깜짝 놀라 산신을 돌아보았지만, 아랑곳하지 않고 두 눈을 감은 채 단것을 즐기고 있었다. 연못을 보니 거북이는 바위 위에서 등껍질을 말리고 있었다. 오랜만에 햇님을 마음껏 즐기고 있는 모양이었다. 두 신이 신경 쓰지 않는 것을 보니 소귀들은 사악한 존재가 아닌 것 같다고 생각하며 가슴을 쓸어내렸다.

고개를 이리저리 돌리며 초조해하던 미나토를 유쾌하다는 듯이 바라보고 있던 적귀와 청귀가 몸을 회전시켰다. 공중에 책상다리를 하고 앉아서 떠올랐다. 사람으로 따지면 세 살 정도 아이 같은 모습이다. 한 쌍인 존재인지 거의 똑같이 생겼다. 상반신에는 옷을 입지 않았고 허리에만 천을 걸쳐서 조금 불안해보이기도 했다. 생김새와는 달리 차분하고 시원스러운 남자 목소리로 말했다.

적귀가 씨익, 티없는 미소를 보였다.

"주~세~요~."

"네에, 드세요."

"실례할게."

청귀가 쾌활하게 웃으며 둘 다 동시에 소리도 없이 마루로 내려왔다. 모두 함께 둘러앉았다. 카스텔라를 먹던 권속들이 흥미롭다는 듯이 새로 온 손님들을 바라보고 있었다.

소귀들에게 카스텔라와 차를 대접하고 담비 일행에게도 차를 내주자 잔을 들고는 꿀꺽, 꿀꺽, 꿀꺽, 힘차게 마셨다. 푸핫, 그렇게 숨을 내쉰 그들은 정말 자유로워 보였다. 기뻐하며 단것을 먹는 부모 같은 존재인 산신과 성격은 거의 똑같다. 소귀들도 기뻐하며 카스텔라를 먹었다.

둘러앉아 있던 일행들 중에서 거구를 자랑하는 큰 늑대가 맞은편을 바라보았다.

"오랜만이로구나, 풍신, 뇌신."

"정말 오랜만이야. 끈질기게 살아남은 모양이네."

"꽤 약해졌길래 이제 틀린 줄 알았는데."

"헛소리. 그리 쉽사리 죽을 내가 아니다."

"아는 사이였구나. 풍신, 뇌신이라면 그 유명한?"

자기도 모르게 끼어든 미나토를 보고 눈을 깜빡이며 윙크를 한 적귀———, 뇌신.

옆에 있던 청귀———, 풍신이 재미있다는 듯이 깔깔 웃었다.

"유명하구나."

바람에 펄럭이던 빨래 쪽으로 집게손가락을 내밀자 손가락 끝에서 바람이 뿜어져 나갔다. 따스한 산들바람이 일직선으로 날아가 빨래를 둘러싸듯이 감쌌다. 그리고 몇 초 뒤에.

"다 말랐어."

"오오!"

미나토가 소리내어 감탄하며 놀랐다. 풍신은 미소를 지으며 접시를 내밀었다. 그 위에 카스텔라를 얹어주면서 신의 사전에 사양이라는 글자는 없구나, 그렇게 생각했다.

풍신이 카스텔라에 포크를 찍었다.

"이 근처가 살기 편해졌다는 이야기를 듣고 오랜만에 와봤어."

"누구에게 들었지?"

"그렇게 노려보지 말라고. 그 무시무시한 신기도 뿜어내지 말고. 바람이 전해준 소식이야. 내가 누군지는 알지?"

산신이 살벌한 기운을 뿜어내는데도 풍신은 아랑곳하지 않고 슬쩍 피했다.

"정말 지내기 편해졌네~."

미소를 머금고 있던 뇌신이 미나토를 의미심장한 눈빛으로 바라보았다. 일단 미소로 답해주면서 담비 일행에게 버터 쿠키를 나누어 주었다. 세 마리가 꼼꼼히 살펴보다가 일제히 입에 넣었다. 온몸의 털이 화악, 곤두섰고 꼬리가 두 배로 부풀어 올랐다.

늑대와는 다르구나, 미나토가 그렇게 감탄하는 동안에도 기세가 멈추지 않았다. 카스텔라를 줬을 때보다 반응이 더 눈에 띈다. 정신없이 먹는 모습을 보니 권속들은 서양 과자를 더 좋아하는 모양이다.

참고로 산신은 입안의 수분이 전부 사라지는 과자는 싫어한다. 처음 줬을 때 목이 막혀서 큰 소동이 벌어졌던 건 씁쓸한 추억이다.

어느새 거북이가 느릿느릿 마루로 기어올라와 있었다. 낮부터 술을 달라고 한 적은 별로 없었는데, 떠들썩한 분위기에 신이 난 모양이었다.

집안에서 유명한 양조장에서 만든 전통주를 가지고 오자 소귀들의 표정과 낌새가 바뀌었다. 두 상의 날카로운 시선을 받고 있던 됫병을 들어올렸다.

"한 잔 하실래요?"

"이거 미안한데."

"고마워~."

어린애처럼 생긴 존재가 능숙한 손놀림으로 잔을 낚아채는 모양새는 마음에 좀 걸렸다. 하지만 상대는 신이다. 문제 없다며 자신을 타이르고는 거북이 앞에 있던 얕은 접시에도 찰랑찰랑 따랐다.

모두가 마음 편히 먹고 마셨고, 차례차례 술과 과자가 줄어들었다. 신이 난 웃음소리가 끊임없이 정원에 울렸고, 떠들썩한 시간이 지나갔다.

즐거운 시간이 지나자 뇌신과 풍신이 손을 흔들며 저녁놀이 보이는 하늘 높이 떠올랐다.

"그럼, 또 보자."

"신세를 졌네. 맛있었어."

아래쪽에서 미나토와 산신이 올려다보며 배웅했다.

"네, 변변찮았지만요."

"으음. 그럼 또 보자꾸나."

갑자기 공중에서 멈춘 풍신이 아래쪽을 향해 손가락을 튕기자 미나토의 온몸을 따스한 바람의 고치가 감쌌다. 한순간, 머리카락과 상의 옷자락이 화악 펄럭이자 미나토가 당황했다. 방긋 웃던 풍신이 손을 흔들었다.

"보답으로 내 힘을 조금 빌려줄게. 그럼 안녕."

"열심히 노력해서 잘 다루도록 해~."

알딸딸하게 취한 풍신과 뇌신은 조촐한 선물을 남기고 산 너머로 날아갔다.

옆에 앉아 있던 산신이 빤히 바라보았기에 마주보았다.

"힘?"

"바람의 힘이다."

"어떻게 해야 하는데?"

"상상하거라. 바람을 내뿜는 것을."

발치에 떨어져 있던 나뭇잎을 향해 자신의 몸에서 바람을 내뿜는 모습을 상상해 보았다.

나오지 않는다.

잠시 생각하다가 풍신의 행동을 떠올렸다. 이번에는 집게손가

락을 내밀고 손가락 끝에서 뿜어져 나가는 산들바람을 머릿속에
그렸다. 잠시 후, 미풍이 뿜어져 나가서 나뭇잎이 몇 센티미터 정
도 미끄러지듯이 움직였다.

그리고 돌멩이에 부딪혀서 멈췄다.

"오옷."

겨우 그것뿐, 바람의 힘도 약했지만 주먹을 쥐며 활짝 웃는 표
정을 지었다.

"대단하네! 진짜로 바람이 나갔어."

"으음. 정진해야겠구나."

"이 힘이 낙엽을 모을 때 도움이 되려나?"

"글쎄다……."

새로운 능력을 손에 넣고 가장 먼저 떠올린 것이 낙엽을 모으는
거라니.

나뭇잎을 슬쩍슬쩍 움직이며 기뻐하는 모습을 산신이 미지근한
눈빛으로 지켜보았다. 그런 한 사람과 한 신을 미나토와 비슷한
크기로 성장한 쿠스노키가 바람에 흔들리며 지켜보았다.

그런 와중에 마루에서는 담비 세 마리와 거북이가 부풀어오른
배를 드러낸 채 행복하게 자고 있었다.

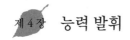

제4장 능력 발휘

거실에서.

테이블에 펼친 가계부 앞에서 미나토가 머리를 감싸쥐고 있었다. 힘없이 구부린 등이 그 고민의 심각성을 말해주고 있었다.

"돈이……."

가계가 위기에 처했다. 그야말로 빈털터리. 정말 심각한 사태다.

다른 현에 있는 산속 온천 거리에 있는 친가 근처는 이웃들끼리 친하게 지내는 지역이다. 어느새 집안에 이웃이 와 있기도 하고, 미나토도 다른 집 가족들과 저녁 식사를 함께 하기도 했다. 나이가 비슷한 이웃들은 같이 자랐기에 사이도 매우 좋았다.

이웃끼리 사이좋게 지내는 곳에서 자란 미나토에게 있어서 전혀 익숙하지 않은 지역, 알고 지내는 이웃도 전혀 없는 지금 같은 상황은 솔직히 매우 괴롭다. 하지만 정원에 가기만 하면 안심할 수 있었다.

보통은 마루에서 큰 늑대가 차분하게 자리잡고 있다. 역시 본체가 산이라 그런지 안심감이 엄청나다는 생각이 항상 든다. 그리고 척 보기에도 영험할 것 같은 거북이가 연못에서 느긋하게 지내고 있는 것도 좋다. 보고 있기만 해도 마음이 편해진다.

무엇보다 산신과 그 권속들과는 이야기까지 나눌 수 있다. 산신들이 있어주는 건 솔직히 기쁘다.

하지만, 돈이 든다.

사양을 모르는 신들은 마음껏 좋아하는 음식을 먹어댄다. 게다가 비싼 것들을. 그들은 싸구려를 내줘도 결코 불평하지 않는다. 하지만 척 보기에도 풀죽은 분위기를 보이고, 먹는 속도도 분명하게 차이가 나기에 알아보기가 쉽다.

맛있다면서 기뻐해줬으면 했기에 무심코 고급 음식을 사주는 것도 어쩔 수 없는 일일 것이다. 하지만 관리인 월급은 어차피 뻔한 수준이다. 수입도 별로 많지 않은 지금, 저축해둔 돈을 꺼내다 쓰는 건 불안하다.

정말 문제다. 매우 고민된다. 펜으로 가계부를 쓰면서 끙끙댔다.

"일단 친가로 돌아가서 돈을 벌고……, 아니, 멀잖아. 여기서 가까운 곳에서 일을……, 나는 자격증 같은 것도 없으니까. 아~, 어쩌지……."

펜을 노트 위에 던졌다. 깍지를 끼고 손등 위에 턱을 얹고는 폐가 텅 빌 정도로 묵직한 한숨을 토해냈다.

정원에서.

마루 가운데에 드러누운 큰 늑대의 귀가 움찔거리며 움직였다. 감고 있던 눈을 천천히 뜨자 황금이 서서히 드러나기 시작했다. 마치 산에서 떠오르는 햇빛처럼. 그 색채는 점점 강한 빛을 뿜어냈고, 눈을 깜빡일 때마다 금가루가 흩어지는 것 같았다.

힘을 되찾은 산의 신에게는 방음이 완벽한 실내에서 중얼거리는 소리 하더라도 알아듣는 건 식은 죽 먹기였다.

시선이 연못으로 움직였다. 연못 위로 튀어나온 커다란 바위 위에서 진주색 등껍질이 햇빛을 튕겨내며 이리저리 반사했다. 쑤욱, 힘차게 머리와 네 다리가 튀어나왔다.

새끼 거북이의 이름은 영귀.

그 정체는 상서로운 일들을 가져다 주는 성수, '사령'.

사령 중 하나인 영귀가 유유히 일어섰다. 힘차게 네 다리로 바위를 밟고는 푸른 하늘을 향해 고개를 길게 뻗었다.

그리고 입을 크게 벌렸다.

○

딸랑 딸랑~! 맑은 종소리가 사람들로 붐비는 상점가에 울렸다.

"축하드립니다~! 나왔습니다, 1등입니다~!"

점원이 크게 소리치며 들어올린 것은 뽑기. 1등이라는 금빛 글자가 찬란하게 빛났다. 폭발적인 함성이 솟구쳤다. 상자에서 뽑은 종이를 점원에게 건넨 미나토가 입을 떡 벌렸다.

"좋겠어, 형씨!"

뒤에 줄을 서 있던 중년 남자가 힘차게 등을 때리자 정신을 차렸다.

"어, 아, 네. 감사합니다……?"

돌아보고는 멍하니 대답했다. 그러자 그 남자가 껄껄 웃으며 한층 더 세게 때렸다. 은근히 아팠지만, 덕분에 현실이라는 걸 인식

할 수 있었다.

상점가 뽑기에서 설마 1등에 당첨될 줄이야.

예전에 당첨된 적이 있었던 건 참가상인 휴지 정도뿐이었다. 이런 행운이 있을 수가. 술과 화과자를 자주 사기 때문에 모였던 교환권으로 뽑기를 했는데 첫 번째에 바로 당첨되었다.

1등 경품이 뭔지도 모르고 점원이 내민 봉투를 받아들었다. 머리에 머리띠를 두른 하피 차림 점원이 방긋 웃으며 말했다.

"10만엔 상품권입니다."

"시, 10만?!"

깜짝 놀라 눈을 크게 떴다. 정말 배포가 큰 상점가다. 아무튼 상품권은 기쁘다. 모두에게는 미안하지만 술과 과자의 질을 떨어뜨리려던 참이었다.

미나토는 미소를 지으며 돌아섰다.

파앙! 폭죽 소리가 울린 것과 동시에 종이꽃이 머리 위에서 쏟아져 내렸다. 깜짝 놀란 미나토가 주점 입구에서 멈춰섰다.

"축하드립니다~! 저희 탄바 주점 창업 333년 기념일인 오늘, 333번째 손님!"

가게 문으로 들어간 순간이었다. 좁은 가게 안을 가득 메운 채로 미소를 짓고 있던 사람들이 박수를 쳐주자 어쩔 줄 몰라서 곤란해졌다. 곧바로 문 옆에서 점원이 나왔다.

"항상 이용해주셔서 감사합니다. 자, 이쪽으로 오시죠."

"네에."

상황을 전혀 이해하지 못한 채 점원이 활짝 웃으며 재촉하자 계산대 옆에 있는 원형 테이블 앞으로 갔다. 그 위에는 전통주가 잔뜩 놓여 있었다.

"조촐한 선물이긴 합니다만, 부디 받아주시죠."

"어? 이렇게 많이?"

"네, 33병입니다."

술꾼인 아버지가 좀처럼 구하기 힘들다고 한탄하던 유명한 양조장 술도 있네, 멍하니 그런 생각이 들었다. 전부 가져가는 건 불가능하기에 배달해준다고 했다. 곧바로 척척 움직이는 점원에게 휘말려서 정신을 차리고 보니 배송용 용지에 주소를 기입한 뒤였다.

○

항상 그랬듯이 마루에서 저녁 식사.

산신과 미나토가 마주보고 좌탁에 앉았다. 그 옆에서는 영귀가 깊은 접시를 기울였고, 전통주로 이루어진 샘에 고개를 들이박고 있다. 신이 난 미나토가 오늘 있었던 행운에 대해 보고했다.

"――그래서, 오늘은 운이 정말 좋았던 것 같아. 우선 전통주를 한 병만 가지고 왔거든. 어때, 거북이 씨, 맛있어?"

미나토를 향해 머리 앞쪽으로 그릇을 밀었다. 거기에 술이 한 방울도 남아있지 않은 것을 보니 굳이 물어볼 필요도 없이 만족하는 모양이었다.

"나머지는 내일 오니까, 기대해."

작은 꼬리를 흔드는 영귀의 그릇에 시원스럽게 술을 붓고는 산신의 그릇에도 마찬가지로 따랐다.

"잘 되었구나."

"응. 산신 씨의 과자도 마침 행사를 하길래 사왔어. 우리 고향에서 유명한 명과인데."

"으음. 흰 떡소도 괜찮구나. 촉촉한 식감, 정말 맛이 좋다."

권속들은 가끔 오곤 하는데 오늘은 안 왔다. 서양 과자를 좋아하는 그들 몫도 당연히 사왔다.

"그대의."

"아."

산신이 뭔가 말하려던 순간, 좌탁 위에 있던 스마트폰이 전화가 왔다는 것을 알렸다. 산신이 눈짓으로 스마트폰을 가리켰고 그쪽을 보니 화면에 '친가'라는 글자가 떠 있었다. 눈짓을 보낸 다음, 스마트폰을 귀에 댔다.

"네, 아, 엄마. 응, 잘 지내. 그쪽은———."

한동안 서로 근황에 대해 보고하는 시간이 이어졌다. 가족들은 딱히 달라진 게 없는 것 같았다. 걱정이 많은 어머니의 질문 공세에 질색하면서도 계속 대답했다.

"———응. 괜찮아, 괜찮아, 잘 지내고 있어. 아니, 배를 내놓고 자진 않는다고. 어린애도 아니고. 그리고 뇌신님이 왔길래 물어보니 '아니, 내가 배꼽 같은 걸 가져갈 리가 없잖아'라고 했거든. 아, 아니, 아무것도 아니야, 신경 쓰지 마. 그런데 무슨 용건으로 전화했어? ……어?! ……아, 네. 부탁드려요."

통화를 끊은 스마트폰을 든 팔이 점점 내려가서 책상다리를 하고 앉은 한쪽 무릎에 닿았다. 멍하니 어두워진 화면을 바라보았다.

꼬리를 흔들던 산신이 '무슨 일이냐'며 고개를 갸웃거렸다.

"……내가 여기 오기 전에 응모했던 행사에서 백만 엔이 당첨되었다고 계좌로 보내준대."

"호오."

"어? 이렇게 연달아 행운이 이어지다니, 있을 수 없는 일이잖아? 아니, 실제로 일어나긴 했지만."

"괜찮은 것 아닌가? 평소에 착하게 살았던 덕분이겠지."

"그런……가?"

딱히 대단한 일은 하지 않은 것 같은데, 턱에 손을 대고 의아하다는 듯이 작은 목소리로 중얼거렸다. 그래도 이제 당분간 신들이 만족해 할 만한 것들을 살 수 있겠다, 그렇게 생각하며 마음속으로 안심했다.

스마트폰을 좌탁 위에 올려두고 잔을 들었다.

"그래도 일은 찾아볼게."

"그런가."

술을 마셔대고 있는 영귀를 왠지 유쾌하다는 듯이 바라보며 큰 늑대가 술을 홀짝였다.

그런 이야기를 나눈 다음날, 음양사인 하리마가 다시 과자를 가지고 찾아왔다. 미나토에게 호부 제작을 의뢰하기 위해서였다.

"잘 부탁드립니다."

하리마가 좌탁 너머에서 고개를 크게 숙였다. 저번과는 달리 명품으로 보이는 데다 주름 하나 없는 검은색 정장을 입었고, 혈색도 좋았고, 머리카락도 깔끔하게 다듬은 모습이었다. 늘어진 부분은 전혀 없었고, 마치 잘나가는 듯한 모습이었다. 몸에 딱 맞는 정장을 빈틈없이 소화하면서 안경을 낀 사람을 보면 미나토는 보통 그런 생각이 들었다.

일을 열심히 하는 건 좋지만, 건강을 해치면서까지 정신없이 일하는 건 아니지 않나, 그런 생각이 들기도 했다. 일단은 괜찮은 모양이다.

그건 그렇고, 더할 나위 없는 기회가 왔다. 내 특기인 것 같은 능력을 살릴 수 있는 이번 일은 반드시 받아들여야 할 것이다.

"일을 맡도록 하죠."

하리마가 두 손으로 내민 과자 상자를 미소로 받아 들었다. 상자가 이동하자 좌탁 한켠에 자리잡고 있던 산신의 강렬한 시선도 함께 이동했다. 상자에서 결코 떨어지지 않는 그 뜨거운 시선. 상자에 구멍이 뚫릴 것만 같다.

우아한 분홍색 포장지를 통해 안에 든 것을 굳이 추측하지 않더라도 산신의 반응을 보니 고급 화과자인 게 분명하다. 실제로 고개를 든 하리마가 '화과자를 좋아하지?'라면서 확신에 찬 말투로 말했다. 저번에 메모지에 적은 게 전부 화과자 이름이라 그런지 미나토가 화과자를 정말 좋아한다고 생각하는 모양이다.

산신이 좋아하는 거지만.

침을 흘릴 듯한 큰 늑대를 보고는 '네, 뭐'라며 새침하게 대답했다.

사실 미나토는 매운 음식을 좋아한다. 단것은 그렇게까지 좋아하는 편이 아니다. 하지만 산신을 위해서라면 다음부터도 선물을 기대할 만한 거래처에게 어느 정도 거짓말을 하는 것 정도는 용납될 것이다.

수상쩍은 것으로 유명한 영업용 미소를 지었다.

큼직하게 화과자 이름이 적힌 메모지를 받아든 하리마는 금방 돌아갔다.

들뜬 산신이 재촉하자 곧바로 받은 과자 상자를 뜯었다. 코끝을 슬쩍 스친 벚꽃 향기. 벚꽃잎 두 장으로 감싸인 채 줄줄이 늘어서서 윤기를 드러내고 있는 도묘지반죽 벚꽃 떡. 그것을 앞둔 큰 늑대의 침은 마치 폭포와도 같았다. 앞다리 앞에 물웅덩이가 생겨났다.

최대한 빠르게 작은 접시에 담고는 '오래 기다리셨죠'라고 하며 탁상 위에 올려놓았다.

하나씩, 하나씩. 천천히. 조심스럽게 입에 넣고는 몇 번이고, 몇 번이고 씹은 뒤에 황홀한 표정으로 중얼거렸다.

"코에서 빠져나가는 이, 벼, 벚꽃 향기가, 차, 참을 수가 없군. 알갱이도 딱 좋게 부드럽고 간도 딱 좋구나. 으음, 꽤 하는군. 뭐라 해도 이 혀 위에서 녹아내리는 부드러운 팥소가……."

멀리 여행을 떠난 모양이다. 맞은편에서 와삭와삭 기분 좋은 소리를 내며 전병을 씹고 있던 미나토가 들고 있는 봉투에 적힌 글자는 '대용량 매운 전병'.

"맛있네."

저렴하게 해결되는 남자다. 방금 한 말은 거짓말이 아니었고, 매우 만족스러워 보였다. '덥네. 몸이 뜨거워지기 시작했어'라며 얇은 겉옷을 벗고 티셔츠 차림이 된 모습을 본 산신이 복잡한 듯한 표정으로 바라보았다.

"사람의 취향은 천차만별이지. 그대가 좋다면 아무런 말도 하지 않으마."

"나는 단것을 그렇게까지 좋아하지 않으니까. 신경 안 써도 돼."

벚꽃 떡을 끝까지 사양한 것을 신경 쓰고 있던 모양이다. 실제로 과자에 딱히 고집도 없어서 매번 쓸데없는 실랑이를 벌이곤 한다.

"아무튼, 일을 찾아서 안심했어."

성수에 이끌려서 상대방이 다가온 것이다만. 아무것도 모르는 미나토가 기쁜 듯이 웃으면서 진저 에일을 마셨다. 산신이 이번에는 대놓고 어이없다는 듯한 낌새를 풍기며 한숨을 크게 쉬었다.

"조금은 자신을 위해 써도 될 것을."

"딱히 가지고 싶은 것도 없고. 상관없어."

"무욕이 지나치구나."

"그렇지 않다니까. 아! 그러고 보니 있었네, 가지고 싶은 거."

"호오."

"내일 사러 갔다 올게."

대체 뭘 원하는 것일까.

큰 늑대는 마지막 벚꽃 떡을 혀 위에서 아쉽다는 듯이 오랫동안 굴렸고, 영귀는 작은 그릇에 담긴 소금을 핥았다.

다음날, 정원에서 미나토가 감탄하며 목소리를 냈다.

"역시 신제품이구나, 이렇게까지 다를 줄이야."

새로 산 대나무 빗자루의 사용감을 진심으로 기뻐했다. 낡은 운동복과 샌들 차림인 젊은이를 바라보며 신들은 비싼 공물 앞에서 미묘한 기분이 들었다.

○

거실 바닥에 놓여 있던 골판지 상자의 테이프를 미나토가 세차게 뜯어냈다. 그 모습을 마루에 드러누워있던 산신이 바라보았다.

"그것은 무엇인고?"

"친가에서 보내줬어."

제일 위에 들어 있던 지역 명과 상자를 테이블 위에 놓았다. 콧소리를 내던 큰 늑대가 두 눈을 가늘게 떴다.

"팥소인가."

"냄새를 잘 맡으시네."

몸을 일으킨 큰 늑대가 실내로 와서 얌전히 앉았다. 그 시선 끝에서 차례차례 나온 것은 옷. 다가올 겨울을 대비해서 주로 동복을 보내달라고 어머니에게 부탁한 것이다. 마지막으로 신발 상자를 꺼내 뚜껑을 열어보니 안에는 등산화가 들어 있었다. 신발을 들어서 돌려보았다.

"조금 흠집이 있긴 하지만, 아직 괜찮겠지."

몇 년 전, 고민을 거듭한 끝에 골라서 애착이 있는 신발이다. 뒤꿈치 쪽에 조금 큰 흠집이 있긴 하지만, 바닥은 닳지 않았고 늘어지지도 않았다.

의아해하는 산신에게 웃어보였다.

"등산용이야. 요즘은 운동을 하지 않기도 했고, 마침 산신 씨네 집도 있으니까."

"나의 산은 장난삼아 올라갈 만한 곳이 아니다만."

"나도 알아. 제대로 준비를 해서 갈 거야."

"중턱 근처에 사당이 있다. 그 근처까지라면 그리 힘들지 않게 갈 수 있을 게야."

"호오, 그런 게 있구나. 그럼 내일 거기까지 가볼게."

"예전에는 사람들이 끊임없이 찾아오곤 했다만, 지금은 아무도 오지 않는다. 완전히 황폐해진 상태지."

산신이 한 말을 듣고 미나토의 움직임이 멎었다.

"……그렇구나."

산신은 딱히 아랑곳하지 않고 과자 상자를 몇 번이나 돌아보았다. '권속들에게 안내하게 하마'라고 하면서도 수다스러운 눈이 호소하고 있다. 보아하니 지역 명과를 얼른 먹고 싶어서 견딜 수가 없는 모양이다. 최대한 빠르게 골판지 상자를 정리했다.

○

초여름 산속은 녹음이 우거져 있다.

나뭇가지 사이로 햇빛이 스며들고, 완만하게 흐르는 계곡물이 무지갯빛으로 반짝인다. 기분 좋게 졸졸 흐르는 물소리. 축축한 흙과 나무의 독특하면서도 차분해지는 향기. 미나토가 신선한 산속 공기를 폐에 잔뜩 들이마셨다. 눈앞에는 반사된 빛으로 인해 반짝이는 수면과 이끼가 낀 징검다리가 일정한 간격으로 떠 있었다.

　모자 챙을 잡고 제대로 고쳐 썼다. 신중하게 발을 내딛자 돌 주위에서 몸을 흔들고 있던 물고기들이 흐름을 거슬러서 헤엄쳐갔다.

　"발치 조심하시고요."

　"그래."

　충고해준 것은 먼저 건너간 뒤에 맞은편에서 뒷다리로 서 있는 권속인 담비. 착실한 연장자, 세리였다.

　뒤에서 잘 돌봐주는 둘째, 토리카가 징검다리를 뛰어서 따라왔다.

　"이 강을 건너면 금방이야."

　"알았어."

　그리고 마지막. 미나토가 짊어진 배낭 위에서 재주도 좋게 뒤쪽으로 앉은 천의무봉 막내 우츠기. 느긋하게 피낭시에를 먹고 있다.

　"맛있네~."

　"잘 씹어서 먹어. 목이 메이지 않게끔."

　목이 막혀서 버둥거리던 산신처럼 만들고 싶진 않다.

　두 눈을 가늘게 뜬 세리가 짜증난다는 듯이 팔짱을 꼈다.

　"자기 몫을 먹는 건 자기 마음이긴 하지만, 거기서 먹다니, 대체 무슨 생각이죠?"

　"우츠기, 내려와서 직접 걸어가라. 미나토에게 부담이 되잖아."

　"괜찮다니까, 별로 무겁지도 않고."

　연장자 두 마리에게 혼난 막내를 미나토가 감싸주었다.

"정말, 응석만 받아주고."

세리가 어쩔 수 없다는 듯이 한숨을 쉬었다. 그 옆으로 '영차', 마지막 징검다리를 건넌 미나토가 내려섰다.

미나토와 담비 세 마리는 산신에게 이야기를 들었던 산 중턱의 사당으로 가고 있었다. 이른 아침부터 마중 나와준 그들과 함께 길을 헤쳐나가고 있다.

역시 그들은 짐승이다. 사람이 선택하지 않을 만한 길을 당연하다는 듯이 선택했다. 무릎 근처까지 풀이 울창하게 우거진 풀밭, 떨어지면 부상만으로 끝나지 않을 듯한 절벽. 덕분에 방심할 틈이 없다.

산신의 본체는 해발 1000미터가 넘을 정도로 높은 산이다. 콧노래를 흥얼거리면서 하이킹을 할 수는 없을 거라 각오하긴 했지만, 설마 이 정도일 줄이야. 상상했던 것 이상이었다.

친가에 등산화를 보내달라고 했던 자신을 칭찬해주고 싶다. 운동화와 등산화는 발의 피로가 전혀 다르다. 바닥이 단단하고, 발목을 제대로 고정해 준다. 돌아가면 믿음직스러운 파트너를 정성껏 손질해 줘야겠다고 마음속으로 맹세했다.

앞을 가로막는 나뭇가지와 나뭇잎을 헤치고 억지로 몸을 밀어넣었다. 오래 되어서 흠집이 조금 눈에 띄는 등산화가 흙을 걷어찼다.

이윽고 녹색 터널 건너편에 걸어다니기 편할 것 같은 길이 보였다.

아마 옛날 사람들이 이용했던 산길일 것이다. 멍하니 수풀을 빠져나갔다.

그리고 앞장선 세리를 쫓아가며 돌아보니 그렇지 않아도 좁은 언덕길에 바위가 흩어져 있었다.

미나토의 표정이 굳었다. 올려다보니 언덕길 위는 나무로 뒤덮인 절벽이었다. 군데군데 파여 있었고, 색을 보니 꽤 예전에 바위가 떨어진 것 같았다. 하지만 요즘은 계속 맑은 날씨였으니 더 떨어지지는 않을 것이다.

이제 와서 약한 모습을 보일 수는 없다. 몸을 비스듬히 돌려서 큰 바위를 피해 올라갔다.

"걸리적거린단 말이지."

"으……웅."

우츠기가 배낭 위에 서서 몸을 쭉 펴고는 느긋하게 말을 걸었다. 소리를 울리며 올라갔다. 아직 멀었나? 그렇게 생각하고 약간 비틀거리며 바위를 성큼성큼 넘어가자 갑자기 탁 트인 곳으로 나왔다.

"이쪽이에요."

목소리가 들린 쪽을 보니 언덕길을 따라 자그마한 사당이 있었다. 양쪽에 세리와 토리카가 서서 사당을 찰싹찰싹 두드리며 가리켰다. 배낭에서 우츠기가 뛰어내린 다음 다른 두 마리가 있는 곳으로 뛰어갔다.

사당 앞에 있는 돌계단 두 개를 올라가서 다가갔다. 가슴 정도 높이밖에 안 되고 이끼가 낀 석제 사당이었다. 쓰러진 나무가 겹쳐져 있고, 주위는 잡초투성이. 완전히 산의 일부에 감싸여서 사당이라는 것을 겨우 알아볼 수 있는 상태가 된 것도 사람들이 돌보지 않았으니 당연한 결과일 것이다.

어깨를 늘어뜨리고 한숨을 크게 쉰 이유는 피곤하기 때문만은 아니었다. 하지만 애절한 감정이 생긴 것은 인간뿐인 모양이었고.

"딱히 이걸 깔끔하게 정리하지 않더라도 산신께서는 신경 쓰지 않으실 텐데요."

"맞아. 직접적으로 산신을 공경해주고 있으니 의미가 없다고."

"이런 곳에 과자를 둘 거야? 어차피 우리가 먹을 테니까 직접 줘~."

우츠기가 올려다보면서 앞발을 모아서 내밀자 헛웃음이 나왔다. 상상했던 것보다 더 허름해진 모습에서 흘러간 세월을 느낄 수밖에 없었다. 몇 년, 몇십 년 정도가 아니라 아마 더 오랫동안 방치되어 있었을 것이다.

쓰러진 나무를 피해서 안을 들여다보니 주먹 정도 크기에 동그란 돌이 세 개 있었고, 하나는 두 조각으로 쪼개져 있었다.

사람들이 멋대로 설치하고 멋대로 신의 본체로 숭배하며 받들던 것.

아무리 우상숭배라 하더라도 사람들이 사당에 산신에 대한 신앙을 바쳤다는 것은 틀림없는 사실이다. 이곳에 알아보기 쉬운 신앙의 상징인 사당이 있기에 아주 잠깐이나마 멈춰서서 합장하고 눈을 감고는 기도를 바친 사람도 많았을 것이다.

사람들의 신앙심이 산신의 힘, 그 근원이라면 산신이 오늘까지 존재할 수 있었던 것은 이 사당이 있었던 덕분이라고도 할 수 있을 것이다. 그렇게 고마운 존재가 지금은 그냥 이끼가 낀 돌덩이에 불과하다.

신의 본체로서 숭배를 받고 있던 소중한 존재가 세월을 거쳐 이런 꼴이 되었다는 사실을 알게 되면 선조들은 무슨 기분이 들까. 깔끔하게 만들어주고 싶다는 생각은 그저 자기만족에 불과하다.

하지만 그래도 된다. 미나토도 인간이니까.

미나토는 살짝 한숨을 쉬었다.

"청소가 끝나면 모두 함께 밥하고 과자를 먹자."

네~, 그렇게 속물 같은 아이들이 대답하는 것을 등진 채 들으며 어깨에서 배낭을 내려놓았다.

전체적으로 닦아내자 사당은 몰라볼 정도로 깔끔해졌다. 기대하던 점심 식사와 간식도 다 먹은 일행은 산을 내려갔다.

담비들이 앞뒤에 서서 왔을 때와 마찬가지로 짐승들이 다니는 길을 따라갔다. 팔을 벌려서 나무줄기 사이를 지나 경사를 내려갔다. 한 번 쉰 덕분인지 빠르게 나아가고 있었다.

옆에서 미끄러지듯이 걸어가던 우츠기가 천진난만하게 물었다.

"바람은 다룰 수 있게 되었어? 휘잉~, 빙글빙글~, 풍신처럼!"

"조금. 머리카락을 말릴 때 정말 편리해."

"어~? 머리카락~?"

"겨울에는 추워서 그러지 못하겠지만."

조금 긴 앞머리를 잡아당기며 신이 나서 말했다. 담비들이 어이없어하면서 아깝다며 저마다 떠들어댔다.

경사가 비교적 완만해졌고, 무릎까지 오는 풀들을 헤치며 나아갔다. 모자를 다시 고쳐썼다.

"아니, 그래도 써먹을 데가 없잖아?"

"나뭇잎을 모으지 그래~?"

"섬세한 조작이 정말 어렵거든. 나에게는 난이도가 너무 높아."

모은 나뭇잎을 세차게 날려버린 이후로 거의 드라이어 용도로만 쓰고 있다. 모처럼 능력을 받았지만 제대로 다루지 못하고 날마다 수수하게 힘조절만 훈련하고 있는 중이다.

잡담을 나누면서 계곡 근처에 접어들었을 무렵, 머리 위에서 새의 날카로운 울음소리가 들렸다. 나뭇가지와 나뭇잎을 흔들면서 작은 새들이 날아올랐다.

마치 경고음 같았다.

그렇게 느낀 직후, 계곡 근처에서 멈춰 선 미나토 주위에 있던 담비 세 마리의 눈매가 바뀌었다. 그 눈빛은 날카로웠고 사나웠다. 온몸에서 분노한 기운이 뿜어져 나왔다.

항상 밝은 모습을 보여주던 그들의 갑작스러운 변화로 인해 미나토가 놀라는 와중에 그들이 일제히 상류를 향해 뛰어가기 시작했다. 바닥에 굴러다니는 돌들 사이를 뛰어넘고, 내달리고, 크게 곡선을 그리며 거대한 바위 건너편으로. 순식간에 시야에서 사라졌다. 미나토도 급하게 쫓아갔다.

숨을 헐떡이며 큰 바위에 한 손을 짚고 돌아가보니 계단 모양 폭포 쪽으로 튀어나온 큰 바위 위에 흐릿흐릿하고 까만 덩어리가 있었다.

하늘을 뒤덮고 있는 나뭇가지에 뻥 뚫린 구멍에서 비쳐드는 한 줄기 빛을 받고 있다. 깔끔한 그 햇빛은 까만 덩어리와는 정말 어울리지 않는다는 느낌이 들었다. 바위 위에 나뭇잎이 흩어져 있는 모습을 보니 하늘에서 떨어진 것 같았다. 그 주위도 그을린 것처럼 흐리게 보였다. 그 집에 처음 도착했을 때와 마찬가지로.

"미, 미나토!"

세리의 절박하고 가녀린 목소리. 목소리가 들린 쪽을 보니 큰 바위에서 조금 떨어진 곳에 세 마리 모두 입을 막은 채 몸을 앞으로 숙이고 있었다. 산의 경호를 맡고 있는 그들은 이변을 눈치채고 달려왔지만, 부정함이 너무 강해서 어떻게 해볼 수가 없는 모양이었다.

"저희는, 더 이상, 다, 다가갈 수가 없어요."

"부정이, 윽, 너무 강해, 서."

"으으으, 기분 나빠아아."

구역질을 하는 걸 보니 꽤 힘들어 보인다.

"괜찮아?! 좀 더 물러나. 나는 갈 수 있는 거지?"

"……네. 메모장, 가지고 계시죠?"

"응."

물론 가지고 왔다. 조끼 가슴 주머니에서 메모장을 꺼냈다. 자신의 능력에 대해 알게 된 이후로는 언제 어디서든 메모장 페이지의 절반은 글자로 채워두게끔 하고 있다.

그런데 솔직히 내가 쓴 글자가 악령을 정화하는 힘을 지니고 있다는 말을 완전히 믿고 있는 건 아니다.

토리카가 울상을 지으며 미나토를 보았다.

"조심……해."

"알겠어."

고개를 끄덕인 미나토가 천천히 큰 바위 쪽으로 다가갔다.

권속들에게는 보였다.

새까만 덩어리로부터 뿜어져 나온 독기가 마치 안개처럼 주위에 피어오르는 와중에 미나토가 걸어갈 때마다 흩어져서 사라지는 모습을. 마치 까만 바다가 좌우로 갈라져서 길이 생기는 것처럼.

"저렇게 부정이 지독한데도 미나토에게는 보이지 않는군요. 으으으, 누, 눈이 아파."

"그러게. 안색도 바뀌지 않고 아무렇지도 않은 게 참. 흐악! 코가."

"보이지 않는 게 더 나을지도 모르지. 더러우니까. 으윽, 기분 나빠아아아아."

산신의 권속들은 신성한 존재이며, 부정함에 매우 약하다. 아직 태어난 지 얼마 되지 않아서 내성이 별로 생기지 않았다는 이유도 크다.

잠시 후, 눈과 코에 거센 통증을 일으켰고 구역질까지 나게 만들었던 독기가 흐려졌다. 심호흡을 거듭했다. 겨우 제대로 설 수 있게 된 세 마리가 침을 삼키며 지켜본 곳에서 미나토가 큰 바위에 발을 내디뎠다.

미나토는 발치를 내려다 보았다.

한아름 정도 크기에 연한 검은색 덩어리가 있는 것처럼 보였다.

5미터 정도 떨어진 곳에 있는 담비 일행을 보니 두 다리로 서서

걱정스러운 듯이 이쪽을 살펴보고 있었다.

　상태는 좋아진 것 같다며 안심하고는 다시 발치를 내려다 보았다. 역시 그냥 희미하고 까만 안개가 있는 것처럼 보이기만 했고, 자신의 몸에는 딱히 이상한 느낌이 들지 않았다. 솔직히 어째서 이게 그렇게까지 권속들에게 악영향을 끼치는지 이해가 되지 않았다.

　미나토는 보는 재능은 없다.

　부정함이 지독해지면 겨우 희미하게 알아볼 수 있는 정도다. 그렇기 때문에 그가 지각할 수 있다면 대상이 그만큼 부정하다는 의미다.

　그런 미나토도 부정함에 대한 내성은 뛰어나다. 닿지만 않으면 아무런 피해도 입지 않는다. 잠시 신기하다는 듯이 바라보았다. 아주 약간 희미해지거나 진해지기도 했다. 넓게 퍼지거나 좁게 줄어들기도 하는 것 같았다.

　"……흐음, 이런 건가."

　딱히 느껴지는 것도 없었다. 시야 구석에서 뭔가 보이길래 고개를 들어보니 세 마리가 열심히 움직이고 있었다.

　왜 계속 바라보고 있는 거야! 얼른 정화해! 그렇게 말하는 것처럼 필사적으로 발을 동동 구르며 앞다리로 허공을 가르고 있었다.

　춤추고 있는 것 같네, 그렇게 상황에 맞지 않게 웃을 뻔했다. 마음을 다잡고 손 근처를 보았다. 메모장을 펼치자 글자가 약간 희미해진 상태였다.

　"이걸로 할 수 있으, 려나……, 어떻게 될까."

자신의 능력에는 흥미가 있다. 어찌 됐든 현역 음양사가 거금을 주고 사가는 물건이니까.

"든 채로 직접 가져다 대지는……, 말자."

예전에 튕겨져 나갔을 때 느낀 통증을 떠올리고는 메모장에서 종이를 한 장 뜯은 다음, 위에서 떨어뜨렸다. 팔랑거리면서 떨어지다가 허리 근처를 지나자 글자가 완전히 사라졌다.

"깔끔하게 지워졌네. ……하지만 까만 안개는 아무런 변화도 없는 것 같은데……."

고개를 갸웃거리고 있던 미나토는 변화를 알아볼 수가 없었다.

한편, 권속들은.

"우와, 거의 다 날아갔네요."

"대단하네, 박살이 나버렸어."

"산신께서 말씀하셨던 게 사실이구나!"

뭉쳐있던 악령 집합체 중 절반 이상이 단숨에 흩어진 모습을 볼 수 있었다. 세 마리가 흥분해서 떠들어댔다. 하지만 완고한 악령들은 아직 남아있다. 꿈틀대며 끈질기게 버티는 그 부정함을 보고 벌벌 떨며 털을 곤두세운 채 셋이서 몸을 맞댔다.

"전부 써버릴까."

미나토는 글자로 가득 찬 메모지를 메모장에서 다발로 뜯어내 비처럼 뿌렸다. 중간에 글자가 사라지고 차례차례 하얀 종이가 바위에 떨어졌다. 마지막으로 떨어진 한 장만은 글자가 남아 있다.

보아하니 정화한 것 같다. 그제야 흐릿하고 까만 덩어리가 사라진 것을 알아볼 수 있었다. 자신의 능력을 직접 본 순간이었다.

미나토가 휴우, 숨을 내쉬었다.

"조금 감동한 것 같네."

그리고 슬쩍 새어나오는 듯이 하얀 존재가 나타났다.

"……이거, 사슴인가? 아니구나."

사슴과 닮았으면서도 다른 존재. 비늘로 뒤덮인 몸. 등에 길게 난 털. 소의 꼬리. 뿔이 두 개 돋아난 머리는 용. 눈은 감고 있고, 전체적으로 희미하고 덧없는 인상이 느껴졌다.

"다친 곳은……, 없는 것 같은데."

다양한 각도로 살펴보고 있자니 담비 일행도 다가와서 큰 바위로 올라왔다. 주위는 좀 전까지 독기가 소용돌이치고 있었던 게 마치 거짓말이었던 것처럼 평소대로 산신의 청정한 기운으로 가득 차 있었다.

폭포가 떨어지는 물소리를 바로 옆에서 들으며 모두 함께 둘러서서 가운데를 들여다보았다. 지켜보고 있자니 하얀 존재의 색이 서서히 진해졌고, 존재감도 강해졌다.

"괜찮은 것 같네요. 슬슬 의식을 되찾을 거예요."

세리가 힘찬 목소리로 그렇게 보장해주었다.

잠시 후, 감고 있던 눈을 떴고, 그 눈에 미나토와 담비 일행이 비쳐졌다. 여러 번 눈을 깜빡이다가 느릿느릿 머리를 들어올렸다. 미나토 일행이 거리를 두었고, 시야가 밝아졌다.

몸을 일으킨 다음, 네 다리로 굳건하게 일어섰다. 연한 크림색으로 진주 같은 빛을 띤 그 우아한 몸. 긴 수염이 바람에 나부꼈다.

"괜찮."

말이 끝나기도 전에 예비 동작도 없이 날아올라 머리 위에 뚫려 있던 구멍을 지나 하늘 위로 도망쳤다. 눈 깜짝할 새. 마치 로켓탄처럼 폭발적인 속도였다.

멍하니 입을 벌리고 있던 한 사람과 세 마리가 동그랗게 도려져나간 푸른 하늘을 올려다보았다. 모자 챙을 들어올린 미나토가 눈을 의심했다. 이제는 하얀 점으로만 보인다.

"빠르네, 벌써 저렇게 멀리 갔어. 뭐, 기운을 차렸다면 다행이지."

"고맙다고 인사라도 해야 되는 것 아닌가."

"그러게. 예의가 없어. 그럭저럭 오래 존재하고 있었을 텐데."

"바이바이~."

느긋하게 웃는 미나토, 짜증난다는 듯이 팔짱을 낀 연장자들, 두 손을 흔들며 배웅하는 막내. 각자 다른 반응을 보이는 일행을 향해 나뭇가지에서 떨어진 나뭇잎 몇 개가 팔랑팔랑 떨어져 내렸다.

제 5 장 미나토표의 효과는 과연

───딸랑.

처마의 풍령이 시원한 소리를 연주했다. 밖에는 무더위가 이어지고 있는 한편, 쿠스노키 저택의 마루에는 항상 기분 좋은 바람이 불고, 마치 봄 같은 날씨에 감싸여 있다. 좌탁에 앉아 메모장에 글자를 쓰고 있는 미나토는 더위를 느끼는 낌새도 없이 편히 지내고 있는 것 같았다.

쿠스노키 저택은 불쾌한 벌레가 한 마리도 없고 매우 쾌적하다. 벌레 때문에 고민했던 건 처음 왔을 무렵뿐이었다. 원래는 있을 수 없는 일이다. 산기슭 근처에 있는 이곳은 벌레와의 공존을 받아들일 수밖에 없는 곳이다.

물론, 산신의 신력 덕분이다.

그런 반면, 집안은 사우나나 마찬가지다. 정원 쪽이 훨씬 지내기가 편하기에 미나토도 거의 정원에서 지낸다. 무엇보다 전기 요금을 절약할 수 있기에 밤에도 마루에서 자버리는 경우도 많다.

오늘도 마찬가지로 마루 가운데를 점령하고 있던 큰 늑대가 하품을 한 번 크게 했다. 좌탁에서 글자를 열심히 쓰고 있는 미나토의 옆얼굴을 바라보았다.

"열심히 하고 있구나."

"뭐, 그럭저럭."

처음에는 일부러 집중해서 쓰면 겨우 몇 장만에 졸음, 나른함을 느꼈다. 하지만 지금은 요령을 파악해서 두 배 이상을 쓸 수 있게 되었다.

"바람의 강약을 조절하는 연습을 하다 보니 정화하는 힘을 다루는 법도 이해하게 되었거든. 그래서 꽤 즐거워."

"어떠한 배움이든 허사가 되는 경우는 없는 법이지."

"그러게. 정작 풍력 컨트롤은 미묘하지만."

미나토는 그렇게 쓴웃음을 지었지만, 끊임없이 움직이는 펜 끝에서 정화하는 힘이 균등하게 흘러가는 모습이 산신의 눈에는 보였다. 가늘고, 길고, 군더더기 없이. 강인한 비취색 실처럼. 방석 위에 정좌하고 등을 쭉 편 채로 마음을 가라앉히고는 담담하게 글자를 적어나가는 모습은 꽤 그럴싸했고, 수행승 같은 느낌도 들었다.

어떤 의미로는 신성한 느낌조차 감돌았다. 적고 있는 글자가 화과자 이름으로 번뇌에 가득차 있다 하더라도.

미나토의 정화하는 힘이 짧은 기간만에 이 정도까지 안정된 것은 항상 신의 숨결을 느끼고 있다는 이유가 가장 크다.

예전에는 글자에 담긴 정화하는 힘의 양이 너무 많거나 너무 적어서 낭비하는 경우도 많았다. 변동이 심한 미나토의 기분에 따라 담을 수 있는 힘의 편차가 컸던 모양이다. 명패는 집에 내걸 소중한 물건이기에 잘 써야만 한다는 강한 마음이 담겨서 평소에 쓰는 글자보다 훨씬 힘이 많이 담겨 있었다.

초특급 악령, 원령의 부정함 정도는 어렴풋하게나마 볼 수 있는 미나토도 자신이 지닌 능력의 색을 보거나 위력을 느끼지는 못한다. 사람의 오감으로 지각할 수 있는 것들 중에서는 시각이 8할을 차지한다. 그 가장 강한 지각에 의존할 수 없는 비범한 힘을 컨트롤하는 것은 매우 힘든 일이다. 그렇기 때문에 시각으로 알아보기 쉬워서 조정하기도 쉬운 바람의 힘은 괜찮은 계기가 되었을 것이다.

뇌신의 힘을 빌렸다면 지금처럼 장난을 치는 느낌으로 마음 편히 다루지는 못했을 것이다. 자칫하면 목숨이 위험해질 수도 있는 힘이다. 바람의 힘도 미나토가 단련하기에 따라서는 무시무시하게 강한 힘이 될 수도 있지만, 지금까지는 머리카락을 말릴 때만 쓰고 있다. 지극히 평화롭다.

예전부터 만만치 않았던 풍신은 무엇을 알고, 어디까지 내다본 것일까.

마찬가지로 개성이 강한 큰 늑대는 숨을 내쉬고는 한데 겹친 앞다리에 턱을 괴고 눈을 감았다.

───딸랑. 형태만이나마 여름을 느끼기 위해 달아둔 풍령이 바람에 흔들리며 소리를 울렸다. 동그란 유리에 그려진 붉은색 금붕어들이 경쾌하게 회전했다.

딱 좋게 식은 신수가 담긴 연못에서는 기분좋게 헤엄치는 영귀로부터 부채꼴로 파문이 퍼져나갔다.

한동안 느긋하고 평온한 시간이 흘렀다.

"좋아, 오늘은 이만 끝내자."

메모장을 툭, 덮은 다음, 그 위에 얹은 손등을 바라보았다.

'호부가 메모장인 건 좀 아니지 않나?', 미나토는 이제 와서 그렇게 생각했다.

드러누워 있던 큰 늑대가 늘어진 자세로 미나토를 보았다.

"무슨 문제라도 있는 겐가?"

"너무 얇지 않아?"

"종이의 두께는 상관이 없다. 붓의 종류는 상관이 있는 모양이다만."

다양한 펜을 시험해 본 결과, 연필이나 샤프에는 힘을 주기가 힘들어서 정화하는 힘도 잘 들어가지 않았다. 만약에 힘을 줄 수 있었다면 학생 때 제출한 종이에 적었던 글자가 사라졌을 가능성도 있다. 오히려 힘을 주지 못한 게 다행이라며 가슴을 쓸어내렸다.

"중요한 것은 그대의 마음이라고 몇 번이나 말했을 터인데."

"그렇긴 한데 말이야, 다른 사람이 사가는 물건이고, 장사 도구로도 쓰이는 물건이라고."

영차, 그렇게 돌아누운 산신이 곁눈질로 계속 말하라며 재촉했다.

"음양사가 어떻게 악령을 정화하는지는 모르겠지만, 호부를 던지거나 직접 붙이기도 하겠지?"

앞다리를 흔들며 계속 말하라고 재촉하자 미나토가 진지한 표정으로 메모장을 흔들었다.

"얄팍한 메모지로 제대로 그 역할을 수행할 수 있을까 싶어서."

"던지기는……, 힘들겠지."

"그러게. 그리고 보니까 나도 저번에 사용했을 때 던지는 건 안되지 않나? 그렇게 생각하고 위에서 떨어뜨렸어. 하리마 씨는 내가 적어준 메모지만으로도 고마워하는 느낌이었으니까, 사실 불만이 있지만 배려해주는 마음에 불평하고 싶어도 못하는 거 아닐까……."

"그건 아닐 게다. 그 남자, 꽤 자아가 강하니."

"그런가? 척 보기에도 곱게 자란 듯한 사람이잖아? 하리마 씨는. 기본적으로 몸가짐도 훌륭하고. 항상 비싼 정장을 입고, 명품 가죽 지갑에 싸구려 메모지를 소중하게, 넣, 고……."

부채 대신 흔들고 있던 메모장을 멈추고는 고개를 벌떡 들었다.

"맞다, 명함이야. 명함에 적으면 되겠어!"

"으음. 괜찮지 않겠나."

"그러게. 던지기도 편할 것 같고, 이제 폼도 좀 살겠지. 명함을 던지는 음양사라니 재미있, 아니, 멋지잖아, 응, 아마도. 좋았어. 내일 백지 명함을 사러 가야겠다."

약간 자포자기하는 심정으로 일어서려던 순간, 다시 엎드린 자세로 돌아온 산신이 담장을 돌아보았다.

"그러기엔 늦은 모양이로구나."

현관 벨이 경쾌하게 울렸다. 이 집에 찾아오는 사람은 별로 없다. 십중팔구, 그 배포가 큰 음양사일 게 분명하다.

"……빠르네. 예전에 오고 나서 아직 일주일도 안 지났는데."

의아한 표정을 지으면서도 샌들을 신었다.

겉보기에도 좋고, 감촉도 좋은 포장지에 감싸인 채 금빛 끈으로 묶인 선물. 좌탁 위에 놓인 채 반짝이는 그 상자를 산신이 바로 위에서 초조한 듯이 바라보았다. 그 눈을 보니 동공이 매우 커져 있었다.

정좌하고 있던 미나토가 다리 위에 올려놓고 있던 주먹이 떨렸다.

큰 늑대가 심호흡을 하고 희미하게 새어나온 냄새를 콧속에 잔뜩 들이마셨다. 팥의 향기를 감지했다. 눈에 한줄기 유성이 지나갔다. 아무리 엄중하게 밀봉해서 포장했더라도 신 같은 짐승의 뛰어난 후각은 쉽사리 좋아하는 음식의 향기를 맡을 수 있다. 싸구려가 아닌 고급 팥의 향기를 결코 착각하진 않는다. 그리고 약간 섞여 있는 말차향.

시기로 보아 물양갱일 것이다.

크게, 크게 고개를 끄덕였다. 깊이가 있는 신의 목소리가 묵직하게 선언했다.

"수고 많았다. 앞으로도 잘 하도록."

하리마에게 메모지 호부를 건네던 미나토의 팔이 떨렸다. 이를 악물고 솟구치는 발작 같은 웃음을 견뎌낸 모양인지 볼과 목에 힘이 들어간 것을 산신도 알아볼 수 있었다.

미나토는 하리마가 항상 당연하다는 듯이 좌탁 한켠에 자리잡고 있는 산신을 눈치채지 못한다고 생각한다. 그렇기 때문에 산신이 누구도 배려하지 않고 크게 말하는 목소리가 들리더라도 반응을 보이지 않게, 새침한 표정으로 맞이하게끔 신경 쓰고 있었다.

산신이 하리마를 보았다. 진지한 표정으로 메모지를 공손하게 두 손으로 받아들자 어깨에 들어갔던 힘이 빠졌다. 그와 동시에 팽팽하던 기척도 누그러졌다.

하리마는 눈치채고 있다.

명확하게 보진 못하더라도 신이라는 이질적인 존재가 바로 옆에 있고, 자신을 끊임없이 관찰하고 있다는 것을. 이번 공물은 마음에 들었을까. 신의 분노를 사진 않았을까.

항상 모든 신경을 곤두세우고 신의 낌새를 하나도 놓치지 않게끔, 정말 안쓰러울 정도로 긴장하고 있었다. 산신이 기뻐하는 것을 느끼고 나서야 긴장이 풀린 모양이다.

큰 늑대가 유쾌하다는 듯이 꼬리를 흔들었다.

"물어뜯진 않을 터인데. 나는 산신이다."

"윽! 오, 오늘은 날씨가 시원하네요."

"……그렇군."

바깥은 무더위다. 고온다습. 몸속의 수분이 증발할 것 같을 정도로 뜨거운 한여름이다. 불쾌지수는 이미 최대치에 도달했다. 하지만 산신의 거만한 말을 듣고 자기도 모르게 웃음을 터뜨릴 뻔한 미나토는 집 밖으로 나가기 전에는 눈치채지 못할 것이다. 신기루가 피어오르는 아스팔트를 땀에 젖어 걸어 온 하리마가 몰래 손수건으로 이마에 흐른 땀을 닦았다.

이야기를 맞춰준 음양사는 이곳이 현세에서 격리된 신역이라는 사실을 예전에 눈치챘을 텐데. 일부러 몇 번이나 찾아오다니, 정말로 대담한 남자로군, 산신은 그렇게 생각하며 목을 떨었다.

쿠스노키 저택의 정원은 산신이 원래 힘을 되찾자 서서히 현세로부터 격리되기 시작했다. 얼마 전까지는 현세의 날씨가 적용되었지만, 지금은 완전히 다르다. 미나토는 항상 빨래를 밖에 널 수 있어서도 좋다며 기뻐했다. 하지만 비가 내리지 않기 때문에 정원수에 반드시 물을 뿌려줄 필요가 생겼고, 날마다 연못에서 신수를 물뿌리개에 담아 뿌려주고 있다.

———딸랑. 따스한 봄의 정원에 불어온 바람이 장난치는 듯이 풍령을 울렸다.

"그럼, 이만 실례하지."

"아, 하리마 씨."

자리에서 일어나려던 하리마가 다시 앉았다. 미나토가 주머니에서 유성펜을 꺼내 손바닥을 내밀었다.

"손 좀 줘보세요."

"……그건 좀 아닌 것 같은데."

"신경 쓰지 마시고요. 항상 선물을 받고 있으니 서비스라는 걸로 하죠."

손을 잡고 글자를 적으려던 미나토를 '잠깐만'이라며 절박한 기세로 말렸다. 절대로 양보할 수 없다는 강인한 의지가 솟구치고 있다. 산신이 흥미롭다는 듯이 콧김을 슬쩍 내쉬었다. 안경 너머로도 느껴지는 강한 눈빛을 보고 위압감을 느낀 미나토가 턱을 당겼다.

"가능하면 창살 문양을 그려줬으면 좋겠군."

"……별표는 싫으신가요?"

'아니, 그게', 하리마가 그렇게 머뭇거리는 동안 미나토는 얌전히 기다렸다. 왠지 모르겠지만 점점 하리마의 낌새가 거칠어지기 시작했다. 탁상 위에 놓여 있던 메모장을 내려다보고는 패기가 없는 목소리로 말했다.

"오망성. 세이메이 도라지 문양은 우리 가문의 문양이 아니라서."

"그게 가문의 문양이었군요. 죄송합니다, 몰랐어요. 다른 가문의 문양을 새기면 안 되겠죠. 그럼 선은 몇 개나 그을까요?"

"가로줄 다섯 개, 세로줄 네 개."

고개를 끄덕인 미나토가 두른 기운이 바뀌었다.

두 눈에서 빛이 사라진 상태인 하리마가 감고 있던 눈을 떴다. 그 시야에 들어온 것은 좀 전까지 느긋해 보이던 사람과는 전혀 다른 사람으로 보이는 모습. 극도로 연마되어 날카로워진 분위기를 두른 모습이었다.

깜짝 놀란 하리마의 눈앞에서 한 줄, 다시 한 줄. 천천히, 정성껏 선을 그을 때마다 정화하는 힘이 강하게, 강하게 담기기 시작했다. 줄이 몇 개 그어진 쪽 손가락 끝이 약간 떨렸다. 미나토는 그렇게 떨리는 것조차도 아랑곳하지 않고 묵묵히 계속 그었다.

지켜보던 산신이 재미있다는 듯이 귀를 움직였다. 연못 바위 위에서 등껍질을 말리고 있던 영귀도 한쪽 눈을 슬쩍 뜨고는 마루 쪽을 돌아보았다. 바람과 장난을 치고 있던 쿠스노키도 기뻐하는 듯이 나뭇가지와 나뭇잎을 흔들었다.

"자, 끝났어요."

쾌활한 목소리가 들리자 청정한 분위기에 휩싸여 있던 하리마가 정신을 차리고는 눈을 깜빡였다.

"어떤가요?"

손등에 삐뚤어지지 않게 그려진 창살 문양에서 뿜어져 나오는 비취색 빛. 눈부시게 빛나는 그 문양은 예전에 그렸던 세이메이 도라지 문양보다 정화하는 힘이 훨씬 강했다. 주눅이 든 하리마의 목이 크게 위아래로 움직였다.

만족스러운 완성도로 인해 신이 난 미나토에게서는 지친 기색이 느껴지지 않았다. 졸린 듯 했던 예전과는 달랐기에 의아해 하면서도 '그래. 고, 맙다'라며 겨우 인사를 했다.

펜 뚜껑을 닫던 미나토가 '아, 맞다'라며 하리마를 보았다.

"다음부터는 명함에 글자를 적어드릴까 해서요. 어떤가요? 메모지가 더 낫다면 그대로."

"명함. 명함이 좋겠군. 무슨 일이 있더라도 부디 명함으로 부탁하지."

"아, 네."

빠르게 다그친 데다 다짐까지 받았다. 게다가 몸까지 약간 앞으로 내밀면서. 역시 얄팍한 메모지는 써먹기가 불편했던 모양이다.

살짝 물러나며 놀란 미나토가 산신을 슬쩍 보았다. 고개를 숙인 채 꼬리로 바닥을 두드리고 소리를 억누르며 웃고 있었다.

○

쿠스노키 저택의 대문이 닫히자 신역의 기운이 완전히 사라졌다.

그 순간, 머리 위에서 매미들이 대합창하는 소리가 쏟아져 내렸다. 더위와 습기가 화악, 온몸을 감쌌다. 단숨에 체온이 상승했고, 땀이 뿜어져 나왔다. 불쾌해야 할 그 감각이 지금은 오히려 마음이 편해졌다.

하리마는 문으로 가서 예의바르게 고개를 숙여 인사했다. 고개를 들고 상의에서 꺼낸 가죽 장갑을 끼자 창살 문양에서 뿜어져 나오던 비취색 빛이 사라졌다. 아무리 덥다 해도 어쩔 수 없는 조치다. 숨을 크게 내쉬고는 돌아섰다.

사박사박, 자갈과 신발 바닥이 스치는 소리를 울리며 쿠스노키 저택에서 멀어졌다. 스마트폰을 조작하고 귀에 댔다.

"고생 많으십니다. 네, 지금 그쪽으로 가겠습니다."

단적으로 용건만 말하고 전화를 끊었다. 상의 주머니에 다시 넣는 동작이 느려진 이유는 온몸에서 흘러내리는 그 짜증나는 땀 때문만은 아니었다.

논두렁길을 느릿느릿 걸어가는 발걸음은 무거웠다. 항상 쭉 펴고 다니던 등도 이상하게 굽히고 있었다.

○

천장 구석에서 인간형 악령이 손 끄트머리를 뾰족하게 만들고 심장을 노리며 내질렀다.

닿은 순간, 까만 장갑을 끼고 있던 긴 팔이 휘어졌고, 굳게 쥔 주먹이 일그러진 머리를 꿰뚫었다. 단말마조차 지르지 못하고 형태가 무너지고는 산산조각 나 흩어졌다. 곧바로 짐승 형태의 악령이 방구석에서 덤벼들었다. 그 옆얼굴을 걷어찼다. 직선으로 날아가 벽에 충돌하고는 먼지가 되어 사라졌다.

폐교의 1층 교실 안에 숨어 있던 저급 악령 모두의 정화를 겨우 몇 분만에 마쳤다.

시원스러운 표정을 지은 하리마가 정장 옷깃을 바로잡았다. 발걸음을 돌려 출입구인 문쪽으로 향했다.

"겁나네."

대각선 뒤쪽에 있던 동료 음양사가 어깨를 으쓱이고는 돌아보지도 않고 긴 복도를 걸어가는 검정색 정장 뒷모습을 따라갔다. 책상과 의자가 여기저기 늘어서 있는 교실을 나섰다.

실내에 숨어 있던 악령들을 혼자서 정화한 하리마 덕분에 그냥 곁에서 대기만 하게 된 사람은 파나마 모자를 쓴 장년 남자———, 카츠라기. 두 사람은 나라에 소속된 기관 중 하나인 음양료에 소속된 음양사다. 그들은 일본 각지에 만연한 악령들을 정화하기 위해 밤낮으로 바쁘게 움직이고 있다.

이번에 3층 건물인 폐교에 자리잡은 악령을 정화하기 위해 파견되었고, 방금 1층 정화를 마친 참이다.

악령이 만연하는 곳은 방치된 학교나 병원처럼 큰 시설일 경우가 많다. 사람들이 많이 오는 곳, 그리고 오랫동안 지낸 곳일수록 악령이 자리잡기 쉬워진다. 사람들이 토해낸 질투, 원한, 미련, 후회, 다양한 악감정이 잔류사념으로 건물에 달라붙고, 그것이 미끼처럼 작용하여 부정적인 감정을 떠안은 채 죽은 영이 모여든다.

그리고 싸우며 서로 먹어치워서 힘을 늘린다. 나중에는 산 자의 몸과 생활을 위협하는 영적 장해를 일으키게 된다.

금이 간 유리창으로 들어오는 여름의 사정없는 햇살로 인해 어울리지 않게 밝은 복도를 나아갔다.

카츠라기가 호부를 부채꼴로 펼쳐서 얼굴을 부쳤는데도 완전히 폐쇄된 학교 건물 안에서는 그 정도로 시원해질 리가 없었다.

"정말 덥군. 나도 슬슬 아버지처럼 전통복을 입고 다닐까."

그렇게 투덜대던 여름용 재킷 차림인 카츠라기를 하리마가 곁눈질로 보았다.

"어르신께서는 건강하십니까?"

"그래, 얼마 전에 돌아왔다가 다시 금방 나갔어."

카츠라기의 아버지는 음양료 같은 조직에 소속되려 하지 않고 재야의 실력 좋은 퇴마사로서 각지를 돌아다니며 악령을 정화하고 있다. 1년 내내 파나마 모자를 쓰고 전통복을 입고 다니는 소탈한 남자다.

아버지에게 물려받은 모자를 쓴 카츠라기가 땀을 별로 흘리지 않는 하리마의 옆모습을 보았다.

"너는 덥지도 않아? 그런 장갑까지 끼고."

"당연히 덥죠."

"그렇게 보이진 않는데. 그건 그렇고, 무투파의 정화 방식은 무섭네~, 아저씨는 도저히 따라할 수가 없겠어."

"각자 잘하는 방식으로 정화하면 되는 거 아닙니까."

"뭐, 그렇긴 한데 말이야. 오랜만에 같이 다니는 거라 몰랐는데, 방식을 바꾼 건가? 예전에는 그런 식으로 안했잖아. 육갑비축을 썼지?"

"때리는 게 더 빨라서요."

늘어지기 시작한 배가 신경 쓰이는 나이인 카츠라기가 식초라도 마신 듯한 표정을 지었다.

"너, 보기와는 달리 힘이 곧 정의라고 생각하는 녀석이었어?"

"그렇겠죠. 보기에는요."

"무슨 소리야? 척 보기에도, 어이쿠."

악령이 천장에서 떨어졌다. 모자를 누르며 피하고는 호부를 던졌다. 닿은 곳에서 혼이 후두둑, 떨어져 나가는 듯이 무너져 내렸다. 그대로 걸음을 멈추지도 않고 돌아보고 상황을 지켜본 뒤에 모퉁이를 돌아 중앙 계단으로 향했다.

"두뇌파. 사무 업무가 딱 맞을 것 같은 느낌인데 말이지."

"그런가요?"

스스로는 전혀 그렇게 생각하지 않는 하리마가 층계참을 지나자 잠복하고 있던 악령을 짓밟아서 정화했다. 신발 바닥에 넣어두었던 호부로 인해 공을 짓밟은 것처럼 옆쪽으로 부풀었다가 터졌다. 그 모습을 본 카츠라기가 '으앗'이라며 호부 부채로 굳어진 입가를 가렸다.

아무렇지도 않은 듯한 표정으로 안경을 밀어올린 하리마가 계단에 발을 내디뎠다.

"그냥 안경을 껴서 그렇게 보이는 거 아닙니까?"

"아니야, 그것뿐만이 아니라고. 하리마 도련님."

"그렇게 부르지 말아주시죠. 스물일곱이나 먹은 남자가 무슨 도련님입니까."

2층에 도착한 다음, 좌우로 고개를 돌렸다. 쭉 뻗은 긴 복도에 일정한 간격으로 늘어선 문은 전부 열려 있었다. 의식을 집중해서 잠시 기척을 탐지했다. 2층에 사악한 존재는 없는 모양이었다.

마찬가지로 두 눈을 감고 청각으로 탐지하던 카츠라기가 고개를 끄덕였다.

"2층은 괜찮은 모양이군. 미안하다. 무심코 그렇게 불러버린다고, 버릇이라."

카츠라기는 하리마의 아버지와 친한 사이다. 하리마가 어렸을 때부터 면식이 있었고, '도련님'은 당시부터 바뀌지 않은 호칭이다. 전혀 미안해하는 기색도 없이 웃었다. 놀릴 의도나 비꼬려는 의도가 없다는 건 알고 있지만, 계속 어린애 취급 당하는 것 같아 마음에 들진 않는다.

숨을 살짝 내쉬며 짜증을 약간 날리고는 계단 위를 올려다 보았다. 창문이 없어서 어둑어둑한 계단에서 독기가 천천히 감돌며 내려왔다. 사람의 목소리와 물건이 부딪히는 충돌음도 희미하게 들렸다. 다른 음양사들이 3층에서 악령을 정화 중이라는 걸 알 수 있었다.

카츠라기도 하리마처럼 계단 위를 올려다보고는 어두운 표정을 지었다.

"어떻게 할까. 도움이⋯⋯, 필요한가? 도와줘도 고맙다는 인사는커녕 혀를 차는 녀석인데."

"⋯⋯가지 않을 수는 없겠죠, ⋯⋯일이니까요."

씁쓸함을 완전히 억누르지 못한 목소리. 약간 일그러진 표정. 온몸에서 완전히 숨기지 못한 거절이 새어나오고 있다. 힘없는 표정을 지은 카즈라기가 자기 어깨보다 높은 위치에 있는 어깨를 위로해주려는 듯이 두드렸다.

"그 녀석은 너에게 한층 더 매섭게 대하니까. 질투를 하는 것뿐이겠지만. 이번에는 다른 사람이 없었던 게 문제야. 뭐, 응, 같이 열심히 해보자고? 저녁 식사는 아저씨가 살 테니까."

"초밥으로 부탁드립니다."

"여전히 사양하질 않는군, 잘 사는 집 자식이면서. 딱히 상관없지만 말이야."

"당신 가문도 마찬가지 아닙니까?"

양쪽 다 대대로 음양료에 종사해 온 일족 출신이고, 엘리트 중의 엘리트다.

음양사가 되는 데는 타고난 소질이 중요하다. 오래 전부터 계속 이어져 내려온 술사의 피를 이어받은 하리마는 재능에만 의존하지 않고 끊임없는 노력을 통해 현재 음양료에서도 1,2위를 다툴 정도로 대단한 실력자다.

그에 비해 3층에서 악령을 정화하느라 분투하고 있는 사람 중 한 명, 동기인 이치죠는 재능에 의존하는 타입이다. 노력하지 않아도 어렸을 때부터 악령을 정화할 수 있었기에 실력을 갈고 닦는 것을 게을리하고 자만심만 강해졌다. 동갑이라 툭하면 비교되어 온 두 사람은 날이 갈수록 실력, 지위의 차이가 벌어졌다.

그 결과, 갈수록 관계가 악화되었다. 툭하면 적개심을 드러내며 시비를 걸기에 짜증나기 짝이 없다. 누가 악령을 더 많이 정화하는지. 얼마나 강한 악령을 상대했는지. 하나하나 비교하면서 일희일비한다. 어린애도 아니고.

완전한 피해자인 하리마를 주위 사람들도 동정했고, 견원지간인 두 사람이 최대한 같은 일터에서 마주치지 않게끔 편의를 봐주고 있다. 하지만 이번에는 일손이 부족해서 어쩔 수 없이 마주쳤다. 폐교에 도착해서 만났을 때부터 이치죠는 시비를 걸었다. 살벌한 분위기가 감도는 와중에 가장 강한 악령이 3층에 있다는 사실이 판명되었다. 그러자 '아래쪽에 있는 졸개는 네가 상대해라'라며 상사인 하리마에게 거만하게 명령하고는 소꿉친구인 여자를 데리고 곧바로 3층을 향해 갔다. 대답할 틈도 없었다.

관계를 개선하는 건 이미 포기했다. 음양사로서의 본분을 다해주면 상관없다. 이제 그걸로도 충분하다. 그렇게 받아들일 수밖에 없다.

우울한 듯이 눈을 내리깔았다. 먼지를 살짝 뒤집어 쓴 가죽 구두가 시야에 들어왔다. 깔끔한 것을 좋아하는 성격이기에 눈살을 찌푸렸다. 몸 전체가 지저분해졌고, 먼지투성이가 되었다. 공기도 탁해서 이런 최악의 환경에서는 솔직히 숨을 쉬는 것도 사양하고 싶다. 최대한 빠르게 악령을 처리하고 학교 건물에서 나가야 한다.

어린애나 마찬가지인 존재가 있는 3층으로 가기 위해 계단 쪽으로 돌아섰다.

"날마다 외모만 늙는 건가, 정말이지……."

"어이쿠. 이쪽으로도 공격이 날아드는데?"

카츠라기가 일부러 익살을 부리며 왼쪽 가슴을 두 손으로 눌렀다. 쓴웃음을 지은 하리마가 무거운 발을 계단 위에 내디딘 직후.

"끄아아아아아악!!"

자주 들었고, 듣고 싶지도 않은 목소리, 그 거슬리는 비명. 고개만 돌려 서로 얼굴을 마주보았다.

'이치죠!' 그렇게 절박한 여자 목소리도 뒤따라 들렸다.

카츠라기가 상의 소매를 펄럭이며 계단에 발을 내디뎠다.

"그런데 말이야. 남자 녀석의 굵은 비명을 들으니 서둘러 달려가줘야겠다는 생각이 안 드는군."

"상대가 상대이니만큼 어쩔 수 없겠죠."

"그렇긴 하네."

두 사람은 지극히 차분하고 우아하다고도 할 수 있을 만한 발걸음으로 계단을 올라갔다.

서두른 듯한 흉내만 내며 유리 파편이 흩어져 있는 복도를 지나 교실 안으로 들어섰다. 안뜰과 맞닿아 있지만 유리가 없는 창틀 너머로 맑은 하늘과는 달리 가득 찬 독기로 인해 어두운 광경이 보였다.

쓰러진 책상과 의자가 여기저기 흩어져 있는 교실 가운데. 인간 형태의 악령이 긴 팔을 이치죠의 상반신에 휘감아서 들어올리고 있었다. 공중에 떠오를락 말락 할 정도로 아슬아슬한 위치에. 발끝으로 서서 새파랗게 질린 채 식은땀을 흘리고 있는 이치죠가 아주 약간이나마 가엾게 느껴졌다.

악령이 이쪽을 보았다. 자세를 취한 음양사 두 명을 보고는 들어올린 남자를 보란 듯이 내밀었다. 눈을 가늘게 뜬 채로 초승달 모양의 입을 볼까지 벌리고.

웃고 있다. 인간을 괴롭히며 즐거운 듯이 웃고 있다.

그 기쁨에 호응하여 온몸에서 독기가 뿜어져 나왔다. 긴장한 하리마 일행 앞에서 까만 띠가 목만을 붙잡고 흔들었다. 떨리는 다리를 번갈아가며 한쪽만으로 서게끔 만든 터무니없는 댄스. 그것을 강요당한 이치죠가 필사적으로 벗어나려 했지만 불가능했다. 한쪽 신발이 당장에라도 벗겨질 것 같다. 발소리만 간헐적으로 울렸다. 입이 막힌 이치죠는 목소리를 내지 못하는 모양이었다.

예상했던 것보다 위험한 상대였다. 이치죠도 정화할 수 있을 정도인 중급 악령이라고 생각한 자신의 실수다. 하리마가 주먹을 쥐자 뿌득, 가죽 장갑이 울렸다.

긴장감이 강해지는 와중에 원령이 팽창했다. 그 몸에서 폭발적으로 뿜어져 나온 진흙 형태의 독기가 천장, 바닥을 훑는 듯이 퍼져가며 기어들었다. 문 근처에 주저앉아 있던 깡마른 여자가 다가오는 독기를 보고 겁을 먹고는 기어서 복도로 도망쳤다. 그 모습을 보고 완전히 겁을 먹고 있던 이치죠의 눈에 분노가 깃들었다.

진한 독기가 피어오르자 방이 더욱 어두워졌다. 두 귀를 막은 카츠라기가 괴로운 듯이 끙끙댔다. 그는 악령의 기운을 주로 청각으로 지각한다. 악령이 너무 강력할 경우, 고막이 파열되는 듯한 고통, 머리가 깨질 정도로 심한 통증이 느껴진다고 한다.

나름대로 내성이 있는 하리마도 구역질이 치밀었다. 손으로 코와 입가를 가리고는 상의 주머니에 넣어두었던 케이스에서 메모지 호부를 뽑아들었다.

그 순간, 실내가 밝아졌다. 몸을 굽히고 있던 카츠라기가 눈을 크게 떴다. 한쪽 발로 서 있던 이치죠도 깜짝 놀라며 혼란스러워하는 모습을 볼 수 있었다.

원령의 윤곽이 거세게 떨렸다. 마치 겁을 먹은 듯이.

벗은 가죽 장갑 안에서 비취색 빛이 나타났다. 압도적인 제령의 빛이 뿜어져 나왔다. 이치죠가 바닥에 내팽개쳐졌다. 악령이 단숨에 덩어리로 바뀌었고, 창문을 향해 뛰어들었다.

보내줄 리가 없다.

하리마가 바닥을 박찼다. 쓰러진 책상, 의자를 뛰어넘어 몇 발짝만에 창가로. 창문 바깥쪽으로 절반 가까이 흘러나간 덩어리에 비취색 빛으로 둘러싸인 주먹을 때려 넣었다. 흩어지는 원령. 순식간에 정화를 마쳤다. 창문으로 미지근한 바람이 흘러들었고, 레일에서 거의 떨어져 나간 커튼을 흔들었다. 의식에서 멀어졌던 매미들의 대합창이 귀를 찔렀다.

직사광선이 상반신을 비추는 와중에 하리마가 손등을 보았다. 절반 정도 희미해진 문양이지만 아직 정화하는 힘은 충분히 남아 있다. 빛이 깃든 손에 특수한 장갑을 끼자 곧바로 빛이 사라졌다. 그 광경을 이치죠는 바닥에 주저앉은 채로, 카츠라기는 멍하니 선 채로 보고 있었다.

장갑 너머로 손목 근처를 누르고 손가락을 잡았다가 펴면서 손가락 상황을 확인하고는 두 사람 쪽으로 돌아섰다.

"임무 완료입니다. 그럼 다음 안건으로 넘어갈까요?"

"자, 자, 잠깐만, 잠깐만?! 아저씨는 전혀 이해하지 못했는데. 어, 뭐야? 그 손등? 아니, 도련님네 가문 문양이겠지만. 그리고 처음에 보여준 건 또 뭔데? 너무 대단하잖아? 그게 뭐냐고!"

카츠라기가 이상한 목소리로 계속 떠들어대는 동안에도 걸음을 멈추지 않았던 하리마는 이미 출입구 근처에 있었다. 카츠라기가 달려들 기세로 멈춰 세웠다. 뒤쪽에서 살기에 가까운 강한 시선을 느끼며 담담한 목소리로 말했다.

"지인이 마음을 써줘서요."

"어, 뭐?":

"저녁 식사를 기대하도록 하죠."

"……그, 그래."

은근히 나중에 설명해주겠다고 하니 눈치가 빠른 그도 알아챈 모양이었다.

주머니에 들어있는 케이스는 메모지의 정화하는 힘을 봉인하기 위한 것이다.

악령이 만연한 현장에 그대로 가지고 가면 무차별적으로 정화해버려서 여차할 때 효력을 발휘하지 못하게 되기 때문이다.

저번에 그려주었던 문양은 별로 강하지도 않은 저급 악령을 걸어가기만 했는데도 차례차례 정화해 버려서 어이없이 사라졌다. 고맙긴 했지만 정말 아까웠다. 어제 예상치 못하게 다시 그려주었고, 만에 하나를 대비해서 케이스와 마찬가지로 특수한 장갑을 제작해달라고 의뢰했던 게 다행이었다. 장갑만으로는 미나토의 힘을 완전히 막을 수 없다. 하지만 오히려 그것을 반대로 이용해서 직접 악령에 닿아 정화하는 전법을 사용하고 있다.

문을 지나며 손등을 문질렀다.

쿠스노키 미나토의 호부가 지닌 위력은 절대적이다. 그 압도적인 힘을 알아버렸기에 별로 힘도 없는 호부에 비싼 금액을 지불할 생각이 들지 않는다. 지금은 메모지 호부만 구입해서 하리마 가문과 친지 일족만 사용하고 있다.

하리마에게도 음양사로서의 긍지가 있다. 미나토의 호부에만 의존할 생각은 전혀 없지만, 자신의 영력에는 한계가 있다. 최근 몇 달 동안 악령 관련 안건이 늘어났기에 메모지에 의존할 수밖에 없게 되었다. 오늘도 다른 곳으로 가서 한 건 더 해결해야만 한다.

계속 노려보고 있는 상대에게 일부러 말을 걸지 않았다. 노려볼 만한 기운이 있다면 문제가 없을 것이다. 신경을 써줘봤자 돌아오는 건 매도뿐. 귀가 썩는다.

세이메이 도라지 문양은 이치죠의 가문 문양이다. 저번에는 손등을 언제 보일지 꽤 긴장했다. 이번에 보여줘 버린 건 문제지만, 이제 와서 어쩔 수는 없다.

복도로 나선 두 사람은 발소리를 울리며 멀어져 갔다. 뿌득, 소리가 울릴 정도로 어금니를 악문 이치죠가 핏줄이 선 주먹으로 바닥을 내리쳤다. 메마른 소리가 황폐해진 교실에 허무하게 울렸다.

안뜰 구석에서.

3층 창문에서 풀밭으로 떨어진 하얀 혼이 꿈틀댔다. 점점 푸르스름하고 강한 진주색 빛이 몇 줄기 피어올랐다. 잠시 후 진주색 광택을 뿜어내는 혼이 일직선으로 드넓은 적란운을 향해 날아갔다.

〇

첨벙. 쿠스노키 저택의 연못에 거북이가 힘차게 뛰어들었다.

높은 위치에 있는 큰 바위에서 화려한 다이빙을 하자 물줄기가 높게 솟구쳤고, 근처를 걸어가고 있던 미나토의 샌들에 물거품이 묻었다.

"오, 거북이 씨가 신기하게도 다이빙을 하네. 왠지 기분이 좋아 보여."

웃으면서 연못을 들여다보았다. 투명도가 높은 물을 헤치며 헤엄치는 속도도 이상하게 빨랐다. 노란 기운이 강한 진주색 거북이가 이리저리 헤엄치자 수압에 밀린 수초가 흔들렸다.

자갈만 있던 연못에 어느새 수초가 잔뜩 자랐다는 것을 불과 얼마 전에 눈치챘다. 이제 와서 놀랄 일은 아니다. 그 밖에 다른 생물은 흔적도 없었고, 이렇게 넓은 연못에 직경 10센티미터 정도 거북이 한 마리만 있는 건 솔직히 적막하다. 물고기 정도는 있어도 괜찮지 않을까, 그런 생각이 든다. 하지만.

"뭐, 거북이 씨가 편하게 지내는 게 제일이니까."

멋대로 쓸데없이 신경을 써서 생물을 넣어줄 생각은 없다.

바람이 불자 풍령이 살짝 소리를 냈다. 미나토가 하늘을 올려다보았다. 중천에서 사정없이 내리쬐는 태양. 푸른 하늘에 확실한 윤곽을 새기고 존재를 주장하는 적란운. 아무리 봐도 한여름이다.

하지만. 정원 구석구석을 둘러보았다.

푸른 잎이 돋아난 정원수는 선명한 색을 띠고 있었고, 부드러운 바람이 끊임없이 불었다. 덥지도, 춥지도 않은 그 기온은 그야말로 봄 그 자체였다. 연못에 손을 넣어보니 시원해서 딱 좋았다. 수온은 항상 일정하게 유지되고 있다. 휘저어보니 흔들리는 수면에 비춘 자신의 얼굴이 일렁였다.

정원은 척 보기에도 현세에서 격리된 이질적인 공간이다. 현세의 생물이 없는 이상한 공간이다. 현세의 생물은 미나토뿐.

하지만 신기하게도 무서운 느낌은 들지 않았다.

"지내기가 편하니까."

콧노래를 흥얼거리며 손을 들어올리고는 신수를 뜨기 위해 물뿌리개를 연못에 넣었다.

○

카츠라기가 자주 가는 초밥집은 오늘도 장사가 잘 되고 있었다.

붐비는 가게 안과는 달리 조용한 별채에 늘어서 있는 개인실 중한 곳. 여유가 느껴질 정도로 넓은 방 가운데에 좌탁, 수묵화가 걸려 있는 벽가. 장지 너머에는 조촐한 고산수 형식으로 꾸며진 정원. 물줄기를 나타낸 모래 무늬가 깔린 가운데 석등에서 새어나오는 희미한 불빛이 의도적으로 배치된 돌들의 그림자를 드리우게 만들고 있었다.

일을 마치고 와서 좌탁에 둘러앉은 음양사들은 식사를 끝내고 숨을 돌리는 와중이었다. 책상다리를 하고 앉은 카츠라기가 맥주잔을 한 손에 들고 풋콩 쪽으로 손을 뻗었다.

"그렇군. 네 안색이 요즘 좋았던게 그 고마운 메모지님 덕분이었다는 거구나."

"그렇죠."

메모지와 손등의 문양에 대해 이야기를 마친 하리마가 위스키로 지친 목을 축였다. 빈 잔을 좌탁에 올려놓자 안에 들어있던 얼음이 소리를 내며 회전했다. 좌탁 위에는 빈 술병이 잔뜩 늘어서 있었다. 거의 혼자서 다 마신 하리마의 안색은 전혀 변하지 않았다.

하리마는 다른 사람들보다 많은 악령들을 정화한다. 요즘은 다른 사람들이 대처하지 못하는 원령이 많아서 과로가 이어지는 상태였다. 오랜만에 마음 편한 상대와 식사, 그것도 얻어먹는다. 울분도 풀 겸 잔뜩 마셔댔다.

카즈라기가 좌탁 위에 놓여있던 메모지를 들고 빤히 바라보았다.

"……대단한데. 그냥 화과자 이름이 적혀 있는 것뿐인데도."

"희귀한 능력이죠. 게다가 요즘은 능력이 더 강해진 모양입니다."

"호오. 그런데 말이야, 그 상대 뒤에는 고대의 신이 있는 거지? 무시무시하군. 아무리 터무니 없는 위력을 지닌 호부라고 해도 손에 넣기 위해 진짜배기 신역에 다니진 않는다고. 아저씨는 사양하겠어."

으쓱이던 어깨를 떨었다. 그리고 별 생각 없이 메모지를 뒤집자 가게 이름이 작은 글씨로 적혀 있다는 걸 눈치챘다. 그걸 보고 눈썹을 치켜올리며 몇 번이나 고개를 끄덕였다.

"히젠앙의 찹쌀떡은 맛있지. 팥소도 너무 달지 않고, 떡도 잘 씹히고 말이야. 하루에 파는 갯수가 정해져 있고, 가게 문을 열고 나서 몇 시간만에 다 팔리니까 자주 먹을 수 없다는 게 문제지만."

"그런가요? 그럼 일찌감치 사러 가야겠군요. 매번 가게 이름이 적혀 있어서 정말 도움이 되거든요."

"약삭빠르군."

카츠라기가 껄껄 웃었다. 웃어넘길 수만은 없는 하리마가 호박색 액체를 잔에 넘실넘실 따랐다. 메모지의 글자가 뭐든지 효과만 있다면 전혀 상관이 없다. 그리고 도움이 된다는 건 천지신명에 맹세코 거짓 없는 진심에서 나온 말이다. 적혀 있는 가게에서 파는 과자를 가지고 가면 신의 심기를 건드릴 우려가 거의 없으니까.

쿠스노키 저택의 대문을 지난 순간, 온몸에 무거운 압력이 가해진다.

강대한 힘을 지닌 고대의 신이 나를 의식하면 숨을 쉬는 것도 편하지 않고, 걸어가는 것도 고생이다. 게다가 신위가 담긴 바람에 추격타를 얻어맞게 된다. 긴장이 풀리면 무릎을 꿇고 땅에 엎드려버릴 것 같은 중압이 몸에 얹힌다.

하지만 선물을 내밀면 상황이 갑자기 바뀐다. 지옥의 솥 가장자리에 서 있는 것처럼 절체절명의 느낌에서 쉽사리 해방되는 것이다.

실제로는 산신이 위협하는 것이 아니라 '오늘 과자는 무엇인고? 물론, 팥소겠지?'라는 기대와 재촉하는 마음이 묵직하게 담겨져 있을 뿐이다.

"그런데 말이야, 메모지는 쓰기 불편하지 않나? 던져야만 하는 상황도 꽤 있잖아."

"네, 뭐, 그런데요. 괜찮습니다. 다음부터는 명함에 적어준다고 하니까요."

"명함을 던진다고……, 레오타드를 입고, 누님과 여동생하고 셋이서 함께?"

"……어째서죠?"

"통하지 않는다고? 이게 제네레이션 갭……. 세대 차이가 느껴지는군."

의아하다는 듯이 눈살을 찌푸린 젊은이 앞에서 카츠라기 아저씨는 슬프다며 눈가를 눌렀다. 레오타드보다는 자신과 마찬가지로 음양사지만 성격이 사납고 자유로운 누나와 여동생과 함께라는 게 더 문제다. 한 명도 골치가 아프고 버거운데. 하리마는 셋이서 일을 한다고 생각만 해도 속이 쓰렸다.

제6장 산신의 힘, 똑똑히 보시라

팔랑, 팔랑. 마루의 지정석에 드러누운 산신이 재주도 좋게 앞발로 잡지를 넘겼다.

나른하게 반쯤 감은 눈, 느릿느릿한 동작. 과연 읽고 있는 건지 아닌지. 전혀 변함없이 일정한 속도로 페이지를 넘기고 있는 걸 보니 흥미는 별로 없는 것 같았다.

그 소리를 배경음악 삼아 좌탁에 앉아 있던 미나토가 새하얀 명함에 한 글자 한 글자 마음을 담아 적고 있었다. 기분 좋은 바람이 한 사람과 한 신 사이를 지나쳤다. 그렇게 평온한 시간이 흐르던 평화로운 쿠스노키 저택의 정원도 갑자기 끝을 맞이하게 되었다.

종이 소리가 딱 멈췄다. 그 대신 산신이 그릉그릉 낮은 소리를 내며 목을 울렸다. 나중에는 으르렁거리는 소리로 바뀌었고, 점점 커졌다.

살벌한 기척.

하지만 미나토는 표정이 바뀌지도 않고 앞으로 어떤 사태가 일어나게 될지 짐작했다. 명함 다발 중에서 새하얀 명함을 하나 집어서 손 근처에 내려놓았다. 준비 완료. 때가 되길 기다렸다.

"으음, 이런, 내가 이런 실수를. 이런 사태를 예상하지 못하다니, 이런 태만이 있을 수 있나!"

대기를 찌릿찌릿 뒤흔드는 자신에 대한 매도. 정말 시끄럽다. 좀 전까지 늘어져 있던 모습과는 전혀 다르게 눈을 번득이고, 송곳니를 드러내고, 잡지를 뚫어버릴 듯이 노려보았다.

고막에 약간 대미지를 입은 미나토의 손가락 끝에서 펜이 회전하기 시작했다. 집게손가락에서 가운뎃손가락, 가운뎃손가락에서 약손가락으로. 빙글빙글 돌며 이동했다.

'정보 수집은 싸움의 핵심이지', 그렇게 분한 듯이 끙끙대며 말했다. 불만을 참을 수 없다는 듯이 매우 크게 한숨을 쉬고는 큰 늑대가 천천히 고개를 저었다.

"……가을 신작이 나올 줄이야."

지역 정보지 양면 페이지에 그려져 있던 것은 화과자 가게 지도. 여러 가지 화과자 사진이 들어가 있었다. 다가올 가을을 대비해서 지역 화과자 가게가 차례차례 신작을 발표하고 여러 페이지에 걸쳐 특집으로 다룬 호화판이다.

"고구마, 밤……, 감……, 전부 좋지……."

황홀하게 도취된 목소리로 중얼거리는 동안에도 시선은 한 글자라도 결코 놓치지 않았다. 모조리 쓸어버릴 기세로 지면을 두리번거렸다.

그런 한편, 나설 차례를 기다리고 있던 미나토의 화려한 펜놀림은 계속 이어지고 있었다. 손가락뿐만이 아니라 손목을 축으로 회전시켰고, 반동을 줘서 공중으로 띄웠다. 한바퀴 돌린 다음 반대쪽 손으로 잡았다. 이번에는 자연스럽게 왼손으로. 손가락 끝을 돌리면서 경쾌하게 이동시켰다. 미니 바통이 된 펜이 손가락 뒤쪽, 손바닥, 손등을 빙글빙글 돌면서 이동했다.

그런 묘기를 전혀 눈치채지 못한 산신이 전율했다.

"음! 이럴 수가! 고, 곶감 안에 쿠리킨톤이라고?! 그, 그렇게 죄가 무거운 물건이 있어도 되는 겐가? 욕심이 지나치구나. ……끄응, 끌리는군. 팥소가 최고라고 생각하는 내가 말이다. ……허나 어쩔 수 없겠지, 계절 한정 상품은 제철을 즐기는 묘미이니. 그렇지, 그렇지, 어찌 할 수 없을 게야."

자신을 위로하며 몇 번이나 고개를 끄덕였다. 그 모습을 보고 펜의 회전이 멈췄다.

앞발로 양쪽을 꽉 누르고 있던 잡지를 미나토가 옆에서 훔쳐보았다. 까만 코가 가리키고 있는 지면 가운데를 장식하고 있던 것은 곶감. 선명한 오렌지색 절개면에서 찐득한~ 노란색 쿠리킨톤이 드러나 있었다.

저거구나.

좌탁에 팔꿈치를 대고 몸을 뻗었다. 상품의 이름과 가게 이름을 확인하고는 고개를 살짝 끄덕였다. 자세를 원래대로 되돌리고 펜을 다시 잡은 다음, 묵묵하게 적었다.

그렇게 매번 산신의 혼잣말치고는 너무 큰 소리로 선발된 화과자 이름을 앞쪽, 가게 이름을 뒤쪽에 적어나갔다. 모처럼 선물을 받을 수 있으니 산신이 원하는 물건이 좋을 거라는 선의로.

산신은 미나토가 혼잣말에 귀를 기울이고 있다는 것을 눈치채지 못할 경우가 많다. 그렇기에 항상 신경 쓰여서 견딜 수가 없던 화과자를 가지고 오는 하리마의 주가는 계속 올라가기만 했다.

눈을 감고 감정을 담아 계속 말하던 산신은 잡지를 구석구석 빠짐 없이 읽은 다음, 만족스러운 듯이 숨을 크게 내쉬었다. 페이지를 넘기다가 어떤 글자를 본 순간, 눈을 부릅떴다.

"뭐, 뭐라고? 에치고야 녀석, 신작은 으깨지 않은 팥소라고?! 어찌하여 그렇게 어리석은 짓을! 네놈의 팥소는 으깬 것이 제일일 터인데! 미, 믿기지 않는군. ……으음, 그 늙은 영감, 기어코 노망이 들은 겐가……."

산신은 혼잣말을 할 때 꽤 말투가 사납다. 거기에 완전히 익숙해진 미나토는 이제 와서 놀라지도 않았다.

에치고야에 대해 정말 잘 아는구나, 그렇게 의문을 품으면서도 앞면에 화과자 이름을 적고 명함을 뒤집었다.

잠시 털을 곤두세우며 화를 내던 큰 늑대가 갑자기 조용해졌다. 희미하게 울리는 풍령 소리가 과거를 불렀다. 먼 곳을 바라보던 눈을 가늘게 뜨고 조용한 목소리로 온화하게 말을 자아냈다.

"……단것을 많이 먹었다만, 여전히 아직 그대의 감주 만쥬를 이길 만한 것을 만나지는 못하였다. 예전과 변함이 없는 그 맛, 내 감주의 원점인 그 맛을 고집스럽게, 충실하게, 진지하게 계속 지키고 있는 12대여, 참으로 수고가 많다."

깊은 감사가 담긴 목소리였다. 눈을 살짝 내리깔았다.

"그대에게 행복이 있기를."

큰 몸집에서 금색 빛이 뿜어져 나왔다. 얇은 광선이 잔뜩 코끝에 맺혔고, 소용돌이쳤고, 구체를 만들어냈다. 잠시 후, 하얗고 아름다운 구슬이 완성되었다. 미나토의 주먹 크기 정도인 그 구슬이 공중에서 회전하며 금색 빛을 뿌려댔다.

산의 신이 일어섰다.

구슬 앞에서 강인한 다리로 선 그 위풍당당한 모습에서 신의 위엄이 솟구쳤다. 큰 늑대를 기점으로 폭풍이 휘몰아쳤고, 모든 방향으로 펴져나갔다. 깨질 듯이 흔들리는 유리창. 부스럭거리는 신목 쿠스노키. 신의 본체인 높은 산의 나무들도 충격을 받아 나뭇잎이, 나뭇가지가 하늘 위로 날아갔다. 처마의 풍령이 높게, 거세게 울렸다. 눈부시게 빛나는 하얀 털이 나부꼈고, 황금빛 눈이 한층 더 강하게 빛났다.

그렇게 뱃속에 울리는 묵직하고 낮은 목소리로 엄숙하게 신탁을 내렸다.

"알겠나, 12대. 이것은 내가 내리는 하사품이니라. 명심하고 받도록 하거라. 요즘 몸이 조금 상했겠지. 뭐, 걱정하지 말거라. 그 우려를 곧바로 없애주마. '나도 슬슬 은퇴해야겠군'은 무슨. 장인은 평생 현역이니라. 다음 대는 아직 완전히 자라지 못했다. 그대의 발치에도 미치지 못하지. 지금 이대로는 도저히 나의 혀를 만족시킬 수도 없으니."

고개를 천천히 저으며 앞다리를 들어올렸다.

"튼튼한 몸을 되찾고 최후의 순간까지 끝소 만쥬를 만들며 다음 대를 육성하는 데 힘쓰도록 하거라."

지극히 자기 멋대로 언령을 담은 구슬을 힘차게 내리쳤다.

휘이잉, 바람을 가르는 소리가 울렸고, 구슬이 엄청난 속도로 산 반대쪽 담장을 향해 날아갔다. 한순간에 지나갔고, 그 뒤에 남은 금빛 궤적이 바람에 휩쓸려 사라졌다.

구슬이 향한 곳에는 산신이 애용하는 에치고야가 있다.

폭풍이 멈췄다. 미처 날뛰던 나무들도, 풍령도 얌전해졌고, 원래대로 정적을 되찾았다. 명함과 펜이 날아가지 않게끔 두 손을 써서 필사적으로 누르고 있던 미나토가 안도의 한숨을 쉬며 좌탁에 엎드렸다.

영차, 그렇게 신의 힘을 쓴 큰 늑대가 의젓하게 앉았다. 뒷다리로 밟아서 누르고 있던 지역 정보지를 끌어당겨서 다시 꼼꼼하게 확인했다. 또 중얼거리기 시작했다.

미나토가 새 명함을 집어들었다. 신은 정말 제멋대로 행동한다, 인간 따위는 예상할 수도 없다, 그렇게 생각하며 슥슥 적어나갔다. 물론, 에치고야의 홍백 감주 만쥬다.

매번 가게 이름을 적은 것을 두세 장 넣어두었다. 전국을 돌아다니는 바쁜 음양사가 고르기 편하게끔 해주려는 배려다.

어떤 것이 선택될지는 하리마만 알고 있다.

○

간소한 종이로 포장된 에치고야의 홍백 감주 만쥬를 하리마에게 받아들었다. 전체적으로 따스한 걸 보니 방금 찐 것 같다는 게 느껴졌다. 감주와 팥소의 달콤한 향기가 미나토의 코끝을 간질였다.

당연히 좌탁에 앉아있던 큰 늑대의 꼬리는 빠르게 계속 흔들리고 있었다. 이제는 잔상이 보이지도 않는다. 에치고야라고 적은 명함을 건네기 전에 실물을 받아서 다행이다.

하리마의 몸에서 힘이 빠져나가는 모습을 미나토도 알아볼 수 있었다. 하리마는 항상 긴장하는 것 같아서 조금 안쓰러운 느낌도 든다. 옆에 있는 건 아무리 친근하더라도 위대한 신이다. 어떤 의미로는 어쩔 수 없다고도 할 수 있을 것이다.

아무리 모습이 보이지 않는다 하더라도 존재를 인식하고 있다는 건 미나토도 산신에게 물어보지 않아도 눈치채고 있었다. 하지만 일부러 본인에게 물어보지는 않았다. 하리마의 태도가 딱딱하기도 했지만, 용건을 마친 뒤에 곧바로 돌아가버리기 때문이기도 했다.

선물과 맞바꾸어 명함 다발을 건넸다. 하리마는 고맙다고 인사하며 신기하게도 슬쩍 웃어주었지만, 명함을 조심스럽게 넘겨보다가 의아한 표정을 지었다.

"펜의 종류가 다른 게 좀 있는 것 같은데."

"아, 네. 제 힘은 펜하고 상성이 있어서요, 힘을 담기 편한 거하고 담기 힘든 게 있거든요. 연필, 샤프, 크레파스는 안 되는 것 같아요. 그래서 이번에는 주로 쓰는 펜보다 더 좋은 게 없을지 이것저것 시험해 봤어요. 아마 문제는 없을 텐데요."

산신이 보장해 주었으니 틀림없다. 잉크가 부드러운 것이 비교적 힘을 흘려넣기 쉽다는 걸 알게 된 것은 좋은 발견이었다. 적은 것에 아낌없이 돈을 지불해주고 있으니 최대한 효과가 좋은 호부를 만들기 위해 날마다 시행착오를 겪고 있다. 다음에는 붓펜을 시험해볼 예정이다.

하리마는 고개를 끄덕이고는 '그렇긴 하군'이라며 납득한 다음, 그 명찰을 얇은 케이스에 넣었다. 정화하는 힘을 일시적으로 봉인하는 물건이라고 예전에 가르쳐주었다. 그대로 두면 마주친 악령을 멋대로 정화해버려서 여차할 때 쓰지 못하는 사태를 방지하기 위해서라고 한다. 그런 것도 걱정하는구나, 정신이 번쩍 드는 것 같았다.

하리마는 평소였다면 교환한 뒤에 곧바로 작별 인사를 했겠지만, 자리에서 일어나려 하지 않았다. 뭔가 하고 싶은 말이 있는데 망설이는 것 같았다. '왜 그러시죠?' 미나토가 그렇게 묻자 잠시 망설인 다음에 머뭇거리며 말을 꺼냈다.

"저기……, 뭔가, 이상한 일, 묘한 일은 없었나? ……고압적인 남자가 왔거나, 묘한 존재가 집에 왔거나."

"아뇨? 딱히."

고개를 갸웃거렸다. 실제로 이상한 일은 일어나지 않았다. 옆에서 큰 늑대가 안절부절못하며 큰 몸집을 흔들거나, 처마에 거꾸로 매달린 권속인 담비 세 마리가 이쪽을 바라보고 있거나. 하리마가 와서 일시적으로 지붕 위에 올라간 영귀, 풍신, 뇌신이 떠들썩하게 마셔대고 있긴 하지만. 평소와 마찬가지인 쿠스노키 저택의 일상 풍경이었고, 지극히 평화롭다.

의아해하는 미나토의 모습을 보면서도 매우 진지한 표정을 지은 하리마가 산신이 있는 쪽을 한 번 돌아보았다. 그리고 다시 미나토를 돌아보았다.

"나를 눈엣가시로 여기고 있고, 약간 악질적인 동기가 있는데, 그 녀석이 네 호부를 보고 눈독을 들였거든. 미안하다. 내 행동을 감시하기 위해 식신까지 쓰는 녀석이거든. 그럴 때마다 처리하고 있긴 한데, 사람을 고용할 경우에는 완전히 대처하진 못해. ……

신변에 신경을 써줘."

"……알겠습니다."

식신이라는 단어를 듣고 흥미가 생기긴 했지만, 진지하게 대답했다. 움직이지 않는 것이 마치 산과 같다는 말을 몸으로 표현하고 있던 산신의 시선이 천천히 움직여서 하리마를 보았다. 좌탁에 올려두고 있던 하리마의 손에 힘이 들어갔다.

"걱정하지 말거라. 인간이 어리석은 생물인 것은 예전부터 변함이 없었지. 잘 알고 있느니라. 겨우 잔챙이 한 마리 따위에게 당할 내가 아니다."

정말 믿음직스러운 말이긴 했지만, 침을 흘리고 있으니 위엄이 전혀 없었다.

○

논두렁길을 성큼성큼 나아가며 나른한 기색을 보이던 이치죠가 길가에 떨어져 있던 빈 캔을 흙과 함께 앞쪽으로 걸어찼다.

땀이 흐르고 있는 그의 표정은 불쾌하다는 듯이 일그러졌고, 자신이 불쾌하다는 것을 감추려 하지도 않았다. 마음에 들지 않는 그 실력 좋은 동기, 주위 사람들의 의도가 담긴 시선들. 한여름이 지나고도 아직 힘차게 머리 위에서 내리쬐고 있는 태양조차 짜증이 나는 모양이었다. 빈 캔에 화풀이를 한 정도로 짜증이 가실 리도 없었다. 날카롭게 혀를 차고는 몇 미터 앞으로 굴러간 빈 캔 쪽으로 다가가서는 힘차게 몇 번이나 짓밟았다.

어린애 같은 행동을 연달아 반복하는 뒷모습을 동기이면서 소꿈친구인 여자가 싸늘한 표정으로 바라보았다. 항상 그랬다며 끝날 때까지 옆에서 기다렸다. 새어나올 것 같은 한숨을 목으로 억눌렀다.

겨우 흙을 걷어차는 소리가 멎었다. 땅바닥에 박힌 빈 캔을 짓밟은 이치죠가 앞쪽을 짜증난다는 듯이 노려보았다.

녹음이 우거진 산을 배경으로 덩그러니 서 있는 전통식 현대 주택.

아무런 위화감도 없이 산의 풍경에 녹아들어서 마치 공생하는 듯이 그곳에 있었다. 두 사람이 가고 있는 목적지다.

이치죠가 짜증난다는 듯이 혀를 찼다.

"왜 내가 이런 시골까지 와야만, 하는 건데!"

각다귀 무리가 그의 얼굴에 날아들었다.

'짜증나, 내가 아니라 저 녀석에게 가라고!' 그렇게 말하며 여자 쪽으로 두 손을 휘둘러 쳐냈다. 말도 안 되는 소리를 하며 우스운 동작을 계속 하고 있는 여름용 정장 차림 남자를 여자가 말없이 바라보았다. 눈살을 약간 찌푸리면서 주먹을 꽉 쥔 채로.

여자의 이름은 호리카와, 이치죠 가문의 방계에 해당되는 가문 사람이다.

본가의 후계자인 이치죠의 말을 거역하지 못하고 시키는 대로, 당하는 대로, 그저 따르기만 한다. 그야말로 주인과 하인이라는 관계다. 어린 시절에 만났을 때 호리카와의 지옥의 막이 올라갔다. 그나마 손을 대지는 않았지만, 비꼬고 비웃는 게 기본적인 폭군에게 휘둘리는 나날을 보내고 있다. 얼마 전에 악령에게 붙잡힌 이치죠를 버리고 도망친 이후로 예전보다 더욱 심한 대우를 받고 있었다.

"젠장, 입안에 들어왔잖아!"

길에 침을 연달아 뱉는 꼴사나온 모습을 보고 호리카와는 마음 속으로 비웃었다. 소매로 입가를 닦는 그 조잡한 행동은 명가에서 태어났는데도 불구하고 정말 안타깝기 짝이 없다. 어쩔 수 없이 손수건을 내밀자 그가 힐끔 보고는 '필요없어'라며 코웃음쳤다. 버리지 않게 되어서 다행이라며 안도하고는 다시 주머니에 넣었다. 들키지 않게끔 한숨을 여름 바람에 흘려보내며 항상 느끼고 있는 짜증을 털어냈다.

이치죠가 턱으로 집쪽을 가리켰다.

"야, 얼른 가자고. 느림보."

대답하기를 기다리지도 않고 돌아선 뒤에 걸어가기 시작했다. 잠시 후, 호리카와는 싫어하는 다리를 억지로 움직였다.

두 사람은 자갈길을 지나 대문 앞에 섰다. 전통 방식인 대문은 새 것처럼 보였고, 요즘은 찾아보기 힘든 물건일 것이다.

하얀 담장으로 둘러싸인 그 멋진 검은색 목조 주택. 담장 바깥 쪽에는 집을 지키려는 듯이 거목 몇 그루가 자리잡은 채 나뭇가지와 나뭇잎을 사방으로 뻗어서 대문에 그늘을 드리우고 있었다. 사정없이 내리쬐는 햇살을 믿음직스럽게 막아주고 있긴 하지만, 머리 위에서 계속 매미 소리가 쏟아져 내렸다. 마치 신사 같네, 호리카와는 그렇게 느꼈다.

"번거롭게 하고 말이야."

대각선 앞쪽에 있던 남자가 그런 말을 내뱉었다.

이치죠가 일방적으로 적대시하는 동기, 하리마가 얼마 전 임무 때 사용한 호부는 이상할 정도로 빠르고 강하게 원령을 정화했다. 그 무시무시한 위력을 본 이치죠는 어떻게 해서든 호부의 출처를 알아내기 위해 하리마의 행동을 식신으로 감시하려 했다. 하지만 금방 간파당해서 불타버렸다. 참패를 몇 번 겪은 다음, 민간 조사기관에 의뢰해서 어제 호부의 제작자가 사는 집을 알아냈다. 그리고 무작정 찾아온 것이다.

문기둥에 걸린 명패에 '쿠스노키'라고 새겨져 있다. 여기가 틀림없는 것 같다.

대충 옷을 가다듬은 이치죠가 살짝 헛기침을 하고는 인터폰을 눌렀다. 잠시 기다리고 있자니.

응답이 없다. 눌렀다, 눌렀다. 응답이 없다. 눌렀다, 눌렀다, 눌렀다. 응답이 없다.

전혀 응답이 없다. 창살문 너머로 보이는 현관문도 움직일 낌새가 없었다.

좀 더 기다려봐도 될 텐데, 호리카와는 그렇게 생각하면서도 입을 꾹 다물고 말을 꺼내려 하지 않았다. 충고 같은 걸 하려고 들면 무슨 말을 듣게 될지 모른다. 쓸데없는 말은 하지 않는다, 하지 않는 게 제일이다.

하지만.

보는 재능도, 영력도 뛰어나다고 할 수 없는 호리카와도 이 집의 이질적인 느낌은 지각하고 있었다. 결코 함부로 발을 내디뎌선 안 되는 곳. 함부로 다가가선 안 되는 곳이라고 본능이 큰 소리로 경종을 계속 울려대고 있다.

어째서 이치죠는 눈치채지 못하는 걸까. 어째서 그렇게 거만한 짓을 할 수 있는 걸까. 도저히 이해할 수가 없다. 나는 좀 전부터 식은땀이 멈추질 않는데. 당장에라도 여기서 도망치고 싶다.

하지만 자연스럽게 뒤로 물러나려 하는 다리를 기합만으로 멈춰 세웠다. 얼마 전에 질책당하며 협박당한 내용이 떠올랐다. 다음에 또 도망치면 가족에게 피해가 갈 거라고.

새파랗게 질린 호리카와 옆에서 인터폰을 어이없을 정도로 연달아 눌러대던 남자가 말했다.

"이봐, 이봐, 설마 외출한 건 아니겠지?"

조사한 결과, 쿠스노키 미나토는 혼자 살고 있으며 집을 비우는 일이 거의 없고 일용품을 사러 갈 때 정도만 외출한다고 한다. 어차피 있을 게 분명하다고 단정짓고 있던 폭군이 소리쳤다.

"까불지 말라고. 일부러 이런 시골까지 왔단 말이다, 내가! 나오란 말이야!"

들어올린 발을 앞으로 내디뎠다. 오래 신고 다니던 가죽 구두가 창살문에 닿기 직전에.

───딸랑.

날카롭고 맑은 소리. 시원스럽게 울린 풍령 소리가 그 난폭한 행동을 막기 위해 한 발짝 앞으로 나선 호리카와의 귀에만 들렸다.

○

허공을 가른 발에 휘둘린 몸이 세차게 땅바닥으로 넘어졌다.

옆얼굴, 어깨, 허리가 축축한 흙에 세게 부딪혔다. 너무나도 꼴
사납다. 수치심을 느낀 이치죠가 재빠르게 몸을 일으키고는 비틀
거리며 일어섰다.

"뭐냐고, 대체, 뭐냔 말이야……."

깜짝 놀랐다. 눈앞의 경치가 완전히 바뀌었다.

산이다.

왠지 모르겠지만 엄청나게 많은 나무들 사이에 있다. 시야에 들
어온 것은 완만한 경사에 잔뜩 솟아 있으면서 줄기가 두터운 나무
들뿐이었다.

"어엉?"

고개를 돌렸다. 아무리 봐도 산의 중턱 부근인 것 같다. 입을 반
쯤 벌린 채 올려다보았다. 아득히 높은 곳, 나뭇가지와 나뭇잎으
로 인해 자잘하게 가려진 푸른 하늘이 희미하게 보였다. 믿기 힘
든 광경으로 인해 멍해졌고, 목이 아파서 턱을 당겼다. 낮인데도
어둑어둑하고 조용한 산속에는 아무도 없었다. 그렇게 시끄럽던
매미도, 바로 옆에 있던 소꿉친구도 없었다. 혼자다.

"어, 어째서? 아니, 방금 전까지, 문 앞에, 있었잖아?! 꾸, 꿈은."

떨리는 자신의 목소리만이 깊은 산속에 메아리쳤다. 떨리는 손
으로 아픈 볼을 만졌다. 거친 흙의 선명한 감촉이 꿈이 아니라 현
실이라는 것을 알려주었다.

호부로 식신을 불러내려고 주머니에 손을 넣어 뒤졌지만, 없었

다. 분명히 넣어두었던 믿음직스러운 도구가 없다. 한 장도 없다. 당황하며 주머니를 전부 뒤집어서 꼼꼼하게 찾아보았지만, 허사로 끝났다. 그렇다면, 그렇게 생각하며 서투른 인을 맺어 술법을 발동시키려 했지만, 소용이 없었다. 아무 일도 일어나지 않았고, 영력을 다룰 수가 없었다. 평범한 일반인이 되어버렸다.

어째서, 왜. 몇 번이나 고장난 기계처럼 되풀이하며 머리를 쥐어뜯었다. 시간이 조금 지나자 냉정해졌다. 소리가 들리지 않는다. 들리는 건 자신이 내는 소리뿐. 어디에도 생물의 기척이 없다. 동물, 벌레, 무엇 하나도 그 숨결이 느껴지지 않았다.

혹시 이곳은 이 세상이 아닌가?

오싹, 등골이 떨렸다.

체면이고 뭐고 내팽개친 남자가 소리지르며 뛰어갔다. 하지만 경사에 깔려 있던 뿌리에 발끝이 걸려서 넘어졌다. 쓰러져서 엎드린 채로 고개만 움직여 돌아보았다. 이마에서 피가 흐르고 핏줄이 선 눈이 지면에서 튀어나온 밉살스러운 뿌리를 보았다. 이상한 소리를 내며 일어선 다음, 발뒤꿈치로 두꺼운 뿌리를 걷어찼다.

몇 번이나, 몇 번이나. 뿌리가 흙 위로 드러난 뒤에도.

마지막으로 껍질이 벗겨지고 부러진 뿌리를 줄기 쪽으로 걷어찼다. 어깨를 들썩이며 숨을 거칠게 쉬고는 뛰어가기 시작했다. 흐르는 땀을 흩뿌리며 경사를 내려갔다. 넘어지고 구르면서, 낙엽 위를 뛰어오르고, 벗겨진 신발을 내팽개치고. 산기슭을 향해 굴러 떨어지듯이 내려갔다.

녹색투성이인 산봉우리를 주황색이 뒤덮기 시작했다. 한층 더 어두워진 산속, 비교적 완만한 경사에 있던 두꺼운 나무줄기에 이치죠가 몸을 기댄 채 주저앉아 있었다.

아무리 내려가도 끝이 없는 경사. 변함이 없는 경치. 산을 내려갈 수가 없다.

아무리 가도 산기슭에 도달하지 못했고, 저녁놀을 보자 기어코 다리가 멈춰버렸다. 정신없이 산속을 계속 내려가다가 시간이 대체 얼마나 지난 걸까.

나무들 사이로 해가 산속을 향해 미끄러지듯이 지기 시작했다. 쿠스노키 저택에 도착했을 때는 오전이었다. 아마 일곱 시간 넘게 계속 헤맸을 것이다.

생채기가 난 두 손으로 한쪽 무릎을 끌어안고는 그저 태양을 계속 바라보기만 했다. 만약에 그것이 자기가 알고 있던 태양이 아니더라도. 엄청나게 피곤하긴 했지만, 목이 마르지도 않았고 배가 고프지도 않았다. 있을 수 없는 상황을 받아들일 수가 없었고, 생각하는 것조차 뇌가 거부하고 있었다.

지저분해진 두 손으로 피가 엉겨붙은 볼을 감쌌다.

"시, 싫어, 싫다고. 이제 됐단 말이야."

비통한 목소리가 끊긴 것과 동시에 해가 졌다. 주위 일대가 어둠에 감싸였다.

———딸랑.

어디선가 들린 희미한 소리. 어둠 속에서 탁해진 눈에 겁을 먹은 낌새가 드리웠다.

———딸랑.

소리가 커졌다. 소리가 어디서 들린 건지 알 수가 없다. 앞에서 들린 건지, 뒤에서 들린 건지. 아니면 왼쪽인지 오른쪽인지. 뻗고 있던 다리를 오므리고는 몸을 일으켜 세웠다.

──딸랑.

더 크게. 경쾌하고, 시원스럽고, 상황에 어울리지 않는 소리.

조금씩 다가오고 있다.

찢어진 양말을 신은 발이 지면을 박찼다. 비틀거리면서 뛰어가기 시작한 지 얼마 되지 않아 뻗어 있던 뿌리에 걸렸다. 공중에 내팽개쳐져서 풍압으로 인해 솟구친 머리카락, 옷, 내장이 떠오르는 듯한 감각. 필사적으로 버둥거린 손은 아무것도 붙잡지 못했다. 단단한 줄기에 온몸이 부딪힐 때까지의 그 잠깐 동안.

저건 풍령 소리다, 머릿속 한 구석에 그런 생각이 스쳐갔다.

헛디딘 발이 공중에서 호를 그렸고, 다른 쪽 발만으로는 버티지 못한 이치죠가 흙 위로 넘어졌다.

"아얏?!"

땅바닥에 머리 옆쪽을 세차게 부딪히자 별이 튀었다. 머리를 감싸쥐고 한참을 끙끙댔다. 고개를 들자 뿌연 시야에 셀 수 없이 많은 나무들이 보였다. 연달아 눈을 깜빡이다가 위쪽을 올려다보았다. 빽빽하게 나뭇가지와 나뭇잎을 뻗고 있는 틈새로 푸른 하늘이 보였다. 아무리 봐도 낮이다.

"말, 도 안 돼. 나, 주, 죽은 거 아닌가…….."

불과 조금 전에 아마 줄기에 온몸을 세게 부딪혔을 텐데. 뼈가 부서지는 소리도 들렸을 텐데. 예전에 느껴본 적도 없을 정도로 거센 통증을 떠올리자 맥박이 빨라지기 시작했다. 숨을 쉬기가 힘들었고, 몸이 계속 떨리기만 했다. 그렇게 거센 통증을 느꼈는데도 살아있다는 건 있을 수 없는 일일 것이다.

현실이라면.

땅바닥에 부딪힌 좌반신이 묵직한 통증을 호소했다. 아프다는 게 느껴지는 걸 보니 꿈이 아니라 현실 아닐까? 살아있는 것 아닐까?

영문을 알 수가 없었고, 계속 벌벌 떨고 있던 남자에게 추격타가 날아들었다. 한없이 흐르는 눈물로 번진 시야에 들어온 것은 흙에서 억지로 끄집어내져서 끊어진 두꺼운 나무뿌리였다. 조금 전에 무참하게 흙에서 끄집어낸 것 같은 흙의 형태, 색과 코를 찌르는 진한 흙냄새. 빛을 잃은 두 눈으로 조심조심 시선을 움직였다. 줄기 옆에 떨어져 있는 뿌리 파편이 보였다.

원래대로 돌아왔다. 처음 있던 곳으로 돌아오게 되었다. 시간도, 몸 상태도, 모든 것이.

경종을 울리는 심장을 억누르며 몸을 웅크리고는 울음을 터뜨렸다.

몇 시간 넘게 계속 울다가 우는 것도 질린 이치죠는 거친 발걸음으로 경사를 내려갔다. 코끝에 늘어진 넝쿨을 손으로 쳐내고는 '덩굴이 짜증나네'라며 여전히 욕설을 내뱉으면서. 슬픔에 젖어 눈물을 한참 흘리고 나니 그 반동으로 인해 분노가 치밀어 올랐다.

"어째서 내가 이런 꼴을 당해야만 하는 건데? 반드시 산기슭으로 내려가 주겠어."

부은 눈꺼풀 안에 보이는 눈에는 제대로 힘이 들어갔고, 콧김도 거세게 뿜어내며 불타오르고 있었다.

"그 녀석인가? 그 녀석 때문인가? 그래, 그럴 거야. 항상 점잖은 표정만 짓고, 열받는다고. 전부 네 잘못이야, 하리마! 너 때문이잖아!"

메아리치는 목소리에는 아무런 대답도 들리지 않았다. 솟구쳐 오른 분노에 몸을 맡기고 붙잡은 나뭇가지를 부러뜨렸다.

——……랑.

"뭐야, 무슨 소리야……?"

희미하게 어떤 소리가 들렸다. 하지만 소리를 지르면서 거만해진 이치죠는 잘못 들은 거라 생각해 버렸다.

"아니면 뭐야, 그 집에 사는 녀석이."

——딸랑!

귓가에 또렷하게 소리가 들리자 겁을 먹고 어깨를 들썩였다.

생각났다. 저번에 이 풍령 소리가 울렸고, 갑자기 바람이 불어서 등을 떠밀린 탓에 경사에서 굴러떨어졌던 것을.

후욱, 숨을 들이마신 직후, 뒤에서 다시 폭풍에 얻어맞았다. 소리를 지를 틈도 없이 붙잡은 나뭇가지와 함께 급경사에 세차게 굴러떨어졌다.

죽어서 돌아온 게 벌써 일곱 번째다. 나무들 사이에 책상다리를 하고 앉은 이치죠가 뜯어진 뿌리를 손가락 끝으로 빙글빙글 돌렸다. 내려가도, 내려가도, 결코 내려갈 수가 없다. 앞으로 몇 번을 반복해야 되는 걸까. 혹시 영원히? 벌벌 떨다가 고개를 세차게 저었다.

자기도 모르게 힘이 들어가서 뭉개버릴 뻔한 뿌리에서 천천히 힘을 빼고는 조용히 땅바닥에 내려놓았다. 숨을 죽이고 귀를 기울였다. 어디에서도 그 풍령 소리는 들리지 않았다. 조건반사처럼 굳어 있던 몸에서 힘을 뺐다. 연달아 심호흡을 하고는 껍질이 벗겨진 채 땅바닥에 굴러다니던 나무뿌리를 바라보았다.

일곱 번 죽어서 돌아온 남자는 그제야 머리를 굴리기 시작하고 있었다.

반복하다 보니 알게 된 것이 있다. 욕설을 내뱉고 산에 있는 것을 다치게 하면 풍령 소리가 울린다. 그리고 폭풍이 불거나, 거목이 쓰러지거나, 거대한 바위가 하늘에서 떨어지거나. 그렇게 강제 종료된다는 것을.

계속 오기만 부리면서 태도를 바로잡지 않았던 남자가 드디어 마음을 고쳐먹기로 결심했다. 이리저리 뻗은 뿌리 사이, 비교적 평평한 곳에 정좌를 하고 앞에 있던 뿌리를 보았다.

"죄송합니다."

고개를 크게 숙였다. 그렇게 고개를 숙인 채로 아랫입술을 세게 깨물고, 무릎 위에 둔 주먹에 있는 힘껏 힘을 담아서.

바람이 불자 늘어진 앞머리가 흔들렸다. 벌떡, 힘차게 고개를 들었다. 손에 땀을 쥔 채 빙글빙글 도는 뿌리를 지켜보았다. 서서히 회전 속도가 떨어졌고, 나중에는 멈췄다. 뾰족한 끄트머리가 가리킨 곳은 산 위쪽. 재빠르게 일어섰다.

경사를 오르기 시작하자 산의 상황이 바뀌게 되었다.

침엽수가 한없이 이어져 있던 내리막길과는 달리 활엽수가 이어져 있었다. 낯익은 그 넓은 잎을 흔들고 있는 거목 사이를 나아갔다. 나무들이 있는 숲을 지나, 풀숲을 헤치고, 온몸이 땀투성이가 되어 무거운 발을 내디디며 산꼭대기로 향했다. 완만한 오르막길의 녹색 터널 안에 자신의 숨소리, 헤치고 나가는 풀이 내는 소리만 울렸다.

잠시 후, 터널 앞에 평평한 길이 보였다.

가만히 있을 수가 없었기에 뛰어가기 시작했다. 소리를 지르며 숲에서 발을 내디뎠다. 흠집투성이가 된 가죽 구두 바닥이 밟은 것은 다져져 있고 폭이 좁은 산길이었다. 척 보기에도 자연적으로 생긴 것이 아니라 인공적인 길이었다. 기쁜 마음에 한순간 다리와 폐의 통증을 잊고 입가를 치켜올렸다.

왼쪽을 보니 완만한 곡선을 그리며 아래쪽으로 뻗어 있고 중간부터 통나무를 늘어놓은 계단이 이어져 있었다. 다음은 오른쪽. 내리막길과는 달리 급경사 언덕길이 위쪽으로 뻗어 있었다.

이치죠의 표정이 어두워졌다. 급경사 쪽에는 앞을 가로막으려는 듯이 큰 바위가 잔뜩 있었다.

"……어느 쪽이지?"

무릎을 굽히고 산길에 주저앉았다. 흐트러진 숨이 가라앉을 때까지 어느 쪽을 선택해야 할지 계속 고민했다.

○

혼자서 식사를 하면 매우 심심한 법이다.

거실에서 혼자 쓸쓸하게 점심 식사를 마친 미나토가 의자에서 일어섰다. 어렸을 때부터 식사를 할 때는 TV를 켜지 않는 게 습관이다. 자신이 내는 소리만 들리는 거실에서 부엌으로 갔다. TV의 힘을 빌리지 않아도 대화가 끊기지 않았고 떠들썩했던 친가를 떠올리며 문득 한숨을 쉬었다.

조용한 방에서 혼자 묵묵히 먹는 건 지금도 익숙하지 않다.

싱크대 앞에 서서 몇 분만에 설거지를 마쳤다. 1인분 정도는 시간도 거의 걸리지 않고 금방 끝난다. 싱크대에 튄 물방울을 꼼꼼하게 닦아냈다. 몸을 별로 숙일 필요가 없을 정도로 높은 싱크대는 키가 크고 신경을 많이 쓴 고인에게 맞게끔 설치한 물건이다. 쓰기가 매우 편해서 마음에 든다.

마지막으로 손을 씻고 수건으로 닦으며 마루 쪽을 보았다. 창가에 드러누운 큰 늑대의 뒷모습이 보였고, 꿈쩍도 하지 않았다.

요즘 산신은 자기만 했고, 권속들도 오지 않은 지 시간이 꽤 지났다. 중간에 깨어났을 때 몸이 안 좋은 거냐고 물어보니 아무런 문제도 없다고 했다. 그렇기에 억지로 깨우지는 않았다.

하지만.

냉장고에서 식후 간식을 꺼내서 접시에 담은 다음, 창문을 열고 마루 쪽으로 갔다. 투욱. 얼굴 근처에 살며시 내려놓았다. 곧바로 코가 꿈틀대기 시작했다. 가슴이 크게 오르락내리락 움직였다. 꼬리가 흔들리기 시작했다.

냄새를 맡고 있네, 맡고 있어. 미나토는 앉아서 턱을 괸 채 싱글거리며 바라보았다. 두 눈을 부릅뜬 큰 늑대가 '흑당 만쥬로구나!' 라며 확신에 찬 목소리로 외치고는 머리를 벌떡 들었다. 코 끝에는 피라미드 모양으로 쌓인 흑당 만쥬 공물. 두 눈을 가늘게 뜨고 고개를 크게 끄덕였다.

"……역시나."

"같이 먹을까?"

"으음. 먹자꾸나."

가끔 먹자고 제안하긴 했다. 낚일 확률은 7할, 그럭저럭인 것 같다.

함께 만쥬를 먹은 다음, 산신은 다시 눈을 감아버렸다. 딱히 초췌해진 것 같지는 않았기에 '뭐, 괜찮겠지'라며 접시 두 개를 들고 일어서서 정원 쪽을 보았다. 시선 끝에는 녹나무(쿠스노키) 한 그루가 있었다. 씨앗 상태에서 급격하게 자라난 뒤로는 전혀 성장하는 모습을 보여주지 않았다.

나뭇잎이 붙어 있는 걸 보니 건강하긴 한 것 같다. 산신도 괜찮다고 했으니 걱정할 필요는 없을 것이다. 하지만 아무래도 신경이 쓰여서 바라보고 있다가 문득 눈치챘다.

"……요즘은 움직이는 모습이 안 보이네……."

가끔 바람에 흔들리며 장난을 치는 듯이 나뭇잎과 가지를 움직이곤 했는데.

"……바람이 불지 않기 때문인가?"

그리고 한동안 풍령 소리도 들리지 않았다는 걸 깨달아버렸다. 잠시 바람이 불지 않는 마루에 멍하니 서서 처마에 매달린 풍령을 바라보고 있었다.

○

이치죠가 거의 괴롭히는 것에 가까운 급경사를 올라가보니 사당이 있었다.

아무런 특징도 없고 흔해빠진 그 낡은 석제 사당 앞에 섰다. 하지만 기대에 부풀어서 차분해졌던 심장이 크게 뛰기 시작했다. 이끼 하나 없는 사당 안을 들여다보니 동그란 돌이 세 개 있었고, 그중 하나는 반쪽으로 쪼개져 있었다.

이 사당이 원래 세계로 돌아갈 수 있는 장소라는 보장은 어디에도 없다.

하지만 여기서부터는 커다란 바위가 길을 막고 있어서 올라가는 건 불가능에 가깝다. 할 수밖에 없을 것이다.

자존심만큼은 에베레스트급, 사죄한 경험이 거의 없는 남자가 한쪽 무릎을 꿇었다. 정좌하고 등을 쭉 편 다음, 땅을 짚었다. 천천히 고개를 숙이자 땀에 젖어 뭉친 앞머리가 흙에 닿았다.

"엎드려 빕니다. 부탁드립니다, 저를, 저를 원래 세계로 돌려보내주세요, 원래대로 되돌려 주세요!"

몇 번이고, 몇 번이고, 수십 번이나. 엎드려 빌면서 땅바닥에 이마를 조아리고는 애원했다. 배에 힘을 주고 있는 힘껏 소리치며 거짓 없이 진지한 마음을 담아서.

하지만 산에 반사된 남자의 필사적인 목소리는 자신에게 허무하게 돌아올 뿐이었다.

사태는 아무것도 바뀐 것이 없다. 바람도 불지 않고, 풍령 소리도 들리지 않는다. 하지만 이치죠는 포기하지 않았다. 상처를 입힌 산의 나무들, 나뭇잎, 넝쿨, 뿌리에게 죄송합니다, 미안합니다, 그렇게 자신이 알고 있는 사죄의 말을 반복했다. 그저 반복하기만 했다.

서서히, 서서히 목소리가 작아지고 쉬기 시작했다. 그럼에도 불구하고 쉰 목소리를 계속 토해냈다. 떨리는 두 손으로 흙을 쥐고는 목소리를 쥐어짜냈다.

"산의 신이시여, 부디, 부디, 부탁드립니다, 저를."

○

"돌려보내 주십, 끄아악!"

몸이 비틀거렸지만, 누군가가 팔을 끌어당겨서 넘어지는 것은 겨우 피할 수 있었다. 발을 내디디며 자세를 바로잡은 이치죠는 눈앞에 있는 전통식 대문을 보았다. 몸을 크게 떨었다.

"무슨, 말씀이신지⋯⋯?"

가녀린 손으로 한쪽 팔을 잡고 있던 사람이 작은 목소리로 물었다. 뒤쪽을 보니 그곳에는 낯익은 소꿉친구의 얼굴이 있었다. 철면피 같은 호리카와가 살짝 인상을 쓰고 있다. 평소에는 가면을 쓴 것 같다거나 음침하다고 매도했던 그 얼굴을 보니 안심이 되는 느낌이 밀려들었다.

"⋯⋯도, 돌아왔다."

떨리는 목소리로 더듬더듬 중얼거리고는 한 손으로 몸 여기저기를 쓰다듬으면서 기묘한 행동을 반복했다. 좀 전까지 보이던 위세는 어디로 갔는지. 그렇게까지 거만하게 굴었는데.

호리카와가 보기에는 창살문을 걷어 차려던 이치죠가 갑자기 뒤쪽으로 날아가듯이 물러난 것 같았다. 처음 찾아온 다른 사람의 집, 정체를 알 수 없는 분위기가 감도는 그 집에 신조차 두려워하지 않는 만행을 저지르려 했기에 말리려고 손을 뻗었을 때 마침 팔이 다가왔기에 받쳐준 것에 불과하다. 게다가 큰 소리로 돌려보내달라고 외치기까지 했다. 영문을 알 수가 없어서 당황했다.

바로 앞에 있는 얼굴이 울상을 지으며 일그러졌다. 폭군이 갑작스럽게 바뀌어버리자 전혀 이해할 수 없었던 호리카와는 불길하다는 듯이 팔에서 손을 놓았다.

거리를 두기 위해 두 발짝 정도 물러나자 이치죠가 두 발짝 다가왔다. 옆으로 세 발짝 피했다. 대각선 앞에서 세 발짝 다가왔다.

사박, 사박! 그렇게 계속 밟은 자갈 소리만이 한동안 문앞에 울렸다.

도저히 뿌리칠 수가 없다. 이대로 가다가는 몸이 찰싹 달라붙을 것 같다. 상상만 해도 소름이 돋는다.

싫어, 무서워. 누가 좀 구해줘. 신이시여, 부처님, 어머님! 누구든 좋으니까! 그리고 왜 그렇게 안심한 듯이 기분 나쁜 표정을 짓고 있는 건데? 내게 다가오지 마!

그런 말을 할 수가 없는 자신이 한심하고 답답해서 튼 아랫입술을 꽉 깨물었다. 그 순간.

———딸랑.

집에서 들린 소리로 인해 상황이 극적으로 바뀌었다.

시원스럽고 크게 소리가 들리자마자 이치죠의 얼굴이 붉은색에서 푸른색으로 갑자기 바뀌었고, 재빨리 도망치기 시작했다. 자갈을 박차는 소리를 내며 뛰어갔고, 몇 발짝 가다가 넘어졌다. 샤악~, 옆으로 넘어져서 시끌벅적하게 미끄러지고는 자갈을 헤치며 길고 얇은 구멍을 만들었다. 곧바로 벌떡 일어서서는 포장되지도 않은 길을 질주했다. 점점 멀어져가다가……, 다시 넘어졌다. 풍성하게 자라난 벼 사이에 가려져서 보이지 않게 되었다. 그 위를 잠자리 무리가 가로질렀다.

소꿉친구가 전력질주하는 모습을 처음 본 호리카와는 멍하니 서 있었다.

뒤에서 풍령이 연달아 울렸다.

왠지 좀 전에 들었을 때 느꼈던 몸속까지 얼어붙을 듯한 공포는 없었다. 그저 풍령 소리가 장엄한 선율처럼 느껴지기만 했다.

왠지 모르겠지만 숨을 쉬기가 편하다. 살짝 미소를 지은 호리카와는 눈을 감고 시원스러운 그 음색에 잠시 귀를 기울였다.

○

"정말 소란스러운 녀석이로군. 어서 떠나면 될 것을."

큰 늑대는 눈을 뜨자마자 그릉그릉 목을 울리고는 콧마루에 깊은 주름을 드러냈다.

산신은 짜증나는 이치죠를 쫓아내기 위해 풍령을 울리기만 했을 뿐이다. 결과적으로 호리카와를 도와주게 되었을 뿐이다. 산신에게 있어서 경의를 보이지 않는 인간이 어떻게 되든 알 바가 아니다. 신경 써줄 생각도 전혀 없다.

평소에 신의 존재를 믿기는커녕, 업신여겨놓고 곤란할 때만 신에게 의지하다니, 우습기 짝이 없다. 그렇게 형편좋은 기원을 들어줄 생각은 전혀 없다.

신은 인간에게 있어서 형편 좋은 존재가 아니며, 부르면 달려와 주는 편리한 히어로도 아니니까.

방금 깨어난 산신은 기분이 좋지 않은 모양이다.

현관 벨이 연달아 울린 소리를 전혀 듣지도 못하고 좌탁에 앉아 있던 미나토가 말없이 실내로 돌아갔다. 다시 나타난 그의 손에는 킨츠바가 담긴 접시가 있었다. 그것을 보기도 전에 냄새로 눈치챈 큰 늑대가 곤두세우고 있던 털이 얌전해졌다.

인간 한 명의 정신만을 신역에 가두기 위해 신력을 많이 써버린 산신은 일시적으로 잠들어야만 한다. 그러기 전에 기운을 차릴 생각이 가득하다.

"먹도록 하마."

"드시죠."

살랑살랑 빠르게 흔들리는 꼬리를 보며 미나토도 킨츠바에 이쑤시개를 꽂았다.

○

성격이 삐뚤어진 악당이 겨우 몇 달만에 쉽사리 마음을 고쳐먹고 성인군자가 될 수는 없다. 사람은 아쉬운 게 없어지면 잊어버리는 법이다. 일시적으로 잠잠해졌던 이치죠의 갑질이 요즘 다시 드러나게 되었다.

점심 식사를 한 다음, 나라에 소속된 음양료 부서 내부의 방. 블

라인드가 쳐진 실내 한구석에서 이치죠가 주머니에 두 손을 넣은 채 성큼성큼 걸어가 자기 자리에 앉았다. 그 맞은편에서는 요즘 분위기가 조금 밝아진 소꿉친구인 호리카와가 스마트폰을 바라보고 있었다.

주위 자리에 있던 동료들이 험악한 분위기를 뿜어내기 시작한 이치죠를 조심스럽게 보았다. 다들 무언가를 기대하면서 기다리는 것처럼 묘하게 들뜬 분위기를 풍겼다.

이치죠는 그런 주위 사람들의 낌새를 전혀 눈치채지 못했다. 무슨 말을 하더라도 건성으로 대답하는 소꿉친구 때문에 짜증이 난 상태였다.

"그 녀석은 안 된다고 했잖아. 가지 말라고."

"안 돼요. 일이라서요."

"요즘 너는, 귀엽, 아~, 아니, 그게 아니라, 사, 살이 쪘으니까 예전보다 더 걸리적거리기만 할 거라고."

뽀각, 기분 좋은 소리가 들렸다. 볼펜을 힘차게 부러뜨린 건 근처 자리에 있던 젊은 여자였다. 네일 아트로 아름답게 꾸민 손이 두 동강 난 볼펜을 발치에 있던 쓰레기통에 내던졌다. 곧바로 의자를 뒤쪽으로 밀었다. 일어서려고 하자 옆자리에서 재빠르게 뻗은 손이 양쪽 어깨를 붙잡았다. 의자에 고정되었다. 일어설 수가 없다.

프레스처럼 힘이 센 그 사람을 돌아보았다. 거기에는 중년에 접어든 뒤에도 아름다움을 유지하고 있는 여자의 지극히 시원스러운 표정이 있었다. 사이좋게 지내는 선배에 대한 폭언을 참지 못하고 악귀가 된 여자가 무시무시한 오라를 뿜어냈다.

말리지 말라고, 언니! 오늘이야말로 갑질만 하는 저 얼간이 녀석을 뭉개버리겠어! 악귀가 그렇게 말없이 호소하자 중년 여자가 고개를 저었다. 선명한 붉은색 입술 한쪽을 치켜올리고는 뷰러 마스카라 없이도 위쪽으로 치솟은 속눈썹 너머로 의미심장한 메시지를 날렸다.

잠시만 기다려.

곧바로 그 의미를 눈치챈 악귀가 청초한 아가씨로 다시 돌아와서 방긋 웃었다. 말없이 서로 고개를 끄덕인 그녀들은 쏙 빼닮은 하리마 자매였다.

임무는 기본적으로 2인 1조로 맡게 되어 있다. 이치죠는 요즘 갑자기 신경 쓰이는 호리카와가 자기 말고 다른 남자와 함께 다니는 게 마음에 들지 않았다. 게다가 이번 임무 파트너는 그 밉살스러운 하리마다. 가지 마, 거절해라, 그렇게 개인적인 감정이 듬뿍 담긴 명령을 내렸다. 하지만 그 초조한 행동이 무엇 때문인지는 이해하지 못하고 있다. 주위 사람들은 늦깎이 같은 상태인 이치죠를 날마다 미지근한 시선으로 보고 있다.

쌀쌀맞게 구는 호리카와를 보고 이치죠의 짜증이 더 강해졌다.

스마트폰을 바라보다가 흘러내린 머리카락을 귀에 걸친 호리카와도 물론, 이치죠의 그 마음을 눈치채지 못했다.

"야! 이제 좀 이쪽을 보라고."

──딸랑.

끊긴 매도. 순식간에 무릎 뒤쪽으로 의자를 쳐서 쓰러뜨린 이치죠가 돌아섰다. 필사적인 모습으로 책상과 벽 사이를 지나 방에서 뛰쳐나갔다. 질풍으로 인해 벽에 붙어 있던 종이가 뒤집어졌다가 차례차례 원래 위치로 돌아갔다.

이제 며칠 동안은 얌전해질 것이다.

나른하다는 듯이 일어선 호리카와가 정말 귀찮다는 듯이 쓰러진 의자를 다시 세웠다. 그런 다음, 어깨를 떨고 있던 남자들과 엄지손가락을 치켜든 여자들 쪽으로 돌아섰다.

"소란스럽게 해드려 정말 죄송합니다."

그리고 매우 시원스러운 미소를 지으며 사과했다. 그 윤기있는 입술 양쪽 끄트머리는 한없이 올라간 채 내려올 생각이 없었다.

옆자리에 있던 카츠라기가 어이없다는 듯이 말했다.

"효과가 엄청난데? 그냥 스마트폰 벨소리잖아."

"이게 뭐가 그렇게 무서운 걸까요? 좋은 소리인데."

소중한 보물을 끌어안는 듯이 두 손으로 스마트폰을 안고는 혈색이 좋은 볼을 실룩이며 웃었다.

'진짜 그렇다니까. 나도 혹시 모르니 저장해 두어야겠어', 카츠라기가 그렇게 말하며 스마트폰을 꺼냈다.

제7장　조금씩 바뀌어 가는 나날

　저녁 식사를 마친 다음. 산신이 두꺼운 앞다리로 유리그릇을 끌어안는 듯이 잡고는 탄산수를 마구 마셔댔다. '마싰다, 마싰다', 그렇게 말하며 저리는 혀를 즐겼다. 맞은편에 앉아있던 미나토가 찻잔을 기울이며 그 모습을 바라보고 있었다.

　탄산수를 다 마시자 찻주전자를 보았다. 미나토가 말없이 찻주전자를 들어올려서 내열 그릇에 주르륵 부었다. 피어오르는 김에 코를 움찔거리고는 만족스러운 듯이 꼬리를 흔들었다.

　"산신 씨, 그릇에 담아주면 마시기 힘들지 않아?"

　"아니? 문제 없다만."

　딱 좋은 두께와 무게. 제대로 고정하고 마시기에 문제가 없다고도 할 수 있을 것이다. 하지만 신이 쓰는 그릇이 요리용 내열 그릇이라니, 이제 와서 모양새가 안 좋다는 생각이 들기도 했다.

　좌탁에 찻잔을 내려놓은 미나토가 팔짱을 낀 채 끙끙댔다.

　"대접에 담아줘야 하나. ……아니, 그건 아니지, 역시 찻잔으로 해야겠어."

　신에게는 걸맞는 물건을, 미나토가 그렇게 생각하며 고민하는 모습을 산신이 바라보았다.

　"나는 이 그릇이라도 전혀 상관이 없다만."

별로 흥미없다는 듯이 중얼거리고는 얼굴을 그릇에 들이댔다.

산신은 그런 모습을 보였지만.

"호오, 이게 하기야키라는 건가? 이 따스한 배색, 으음, 좋군. 호오, 이건 오리베야키라는 물건인가? 실로 다양한 형태가 있구나. 으음, 정취가 느껴진다. 좋군."

마을 상점가 큰길에서 조금 떨어진 곳에 있는 그릇 가게에 도착한 순간, 말차 사발 코너로 바로 다가갔다. 넓은 가게 가운데에 설치된 진열대 위에 여유롭게 진열된 말차 사발을 위쪽에서, 아래쪽에서, 옆에서 차분히 관찰하는 그 시선은 진지함 그 자체였다.

흥미가 없긴 무슨, 그렇게 생각하며 어이없어하던 미나토가 만에 하나를 대비해서 붉은색 양탄자가 깔린 진열대 쪽으로 다가갔다.

기본적으로 동작이 느릿느릿하고 닿지 않게끔 조심하고 있기도 하기에 그렇게까지 걱정할 필요는 없을 것 같았다.

'카라츠야키, 참으로 소박하군. 허나, 그게 좋지'라며 중얼거렸고, 눈을 깜빡이는 순간도 아쉽다는 듯이 푹 빠져 있다. 묘하게 잘 아는 것 같다. 어제 오랫동안 잡지와 노트북을 바라보고 있었는데 아마 사전 지식을 습득한 모양이다. 사전 준비를 게을리하지 않는 신, 빈틈이 없는 신이다. 귀를 연달아 움직이면서 고민하는 모습을 따스하게 지켜보았다.

미나토도 뭔가 물건을 살 때 가족들이 어이없어 할 정도로 오랜 시간을 들여 고르고, 돈을 아끼지 않는다. 덕분에 가지고 있는 물건들은 마음에 드는 것들뿐이다. 그걸 오랫동안 쓴다. 10년 넘게 쓰고 있는 물건도 많다. 그렇기 때문에 산신이 마음에 드는 것과 만날 때까지 어울려줄 생각이었다.

 평일에 문을 열고 얼마 지나지 않은 시간대, 약간 허들이 높은 그릇 가게 안에는 다른 손님이 아무도 없었다. 출입구 근처에 있는 계산대 건너편에서 안락의자에 몸을 기댄 나이든 점원이 한 명 있을뿐이다. 이쪽을 신경 쓰지 않고 신문을 펼쳐서 보고 있다. 장사에 대한 의욕은 별로 없는 것 같다. 이것저것 설명해주면서 따라다니지도 않았기에 마음껏 시간을 들여서 마음에 드는 물건을 고를 수 있을 것이다.

 마음 편히 산신과 함께 진열장 앞에서 조금씩 움직이며 구경했다. 굳이 말차를 담지 않더라도 큰 늑대가 쓸 정도의 크기라면 말차 사발밖에 없을 것이다. 산신도 말차 사발에만 흥미가 있는 것 같았다.

 가게 안에 있던 말차 사발을 전부 본 산신이 가운데 진열대 쪽으로 돌아갔다. 그리고 망설임없이 코끝으로 흑락사발을 가리켰다.

 "이걸로."

 "네에."

 진열되어 있는 사발들 중에서 격이 다른 대우를 받고 있어서 한층 눈에 띄는 그 사발을 고르는 걸 보니 정말 산신답다. 납득한 미나토가 점원에게 말을 걸었다.

 다음은 이불 가게. 항상 자기만 방석에 앉아 있어서 조금 껄끄러운 느낌이 들었던 미나토는 방석도 같이 살 생각이었다. 산신은 이번에도 꺼려하는 낌새를 보였다. 하지만 막상 가게 안으로 들어가자 기운차게 꼬리를 흔들고는 한눈 팔지도 않고 가게 안쪽에 있는 방석 코너로 갔다. 너무 알아보기 쉬웠기에 미나토는 쓴웃음을 지었다.

큰 늑대가 견본품인 손바닥 크기 소형 방석을 눌러보고 두드리며 솜의 상태를 확인했다. 은근슬쩍 손가락 끝을 가져다 대서 부자연스러운 느낌을 없앴다. 하지만 가게 절반을 차지하고 있는 다다미 위에서 침대 의자에 앉아 있던 백발 영감님은 묵묵히 바느질을 하고 있어서 전혀 신경 쓰지 않는 것 같았다.

"으음, 이래선 좀 부족하다만."

빽빽하게 들어차 있던 견본 소형 방석을 미나토가 끌어당겼다. 커다란 앞발로 꾹꾹 눌러서 확인하고는 눈을 감으며 고개를 끄덕였다.

"좋군, 괜찮다."

마음에 들었는지 곧바로 결정했다. 색은 망설임없이 고귀한 존재의 색인 진한 보라색으로 통일이다. 그것은 미나토가 양보하지 않았다. 색에 대해서는 아무래도 상관없다는 산신은 영감님 앞에 당당히 앉았다. 바느질을 하고 있던 방석 원단을 거리낌없이 쓰다듬었다.

"……으음. 이 매끈한 감촉도 포기하기가 아깝구나."

감촉을 확인하고는 감탄한 듯이 끙끙댔다.

산신의 큰 몸집에 맞는 크기가 없었기에 당연히 주문제작을 하게 되었다. 거의 이불이구나, 미나토는 그렇게 생각했다. 금액이 꽤 나가긴 했지만, 산신은 털이 빠지지 않기에 털투성이가 될 일

도 없다. 시간을 때우기 위해 물어뜯지도 않으니 분명히 오래 쓸 수 있을 것이다. 털이 빠지지 않는 건 권속들도 마찬가지라 관리인으로서도 도움이 많이 된다.

조명이 밝은 편이 아니었던 가게 안에서 밖으로 나오자 각도가 올라간 햇빛이 눈부셨기에 미나토가 눈을 가늘게 떴다.

이른 아침에 비해 오가는 사람들이 훨씬 많아진 거리로 발을 내디뎠다. 옆을 보니 햇님과 멋진 승부를 벌일 수 있을 정도로 찬란하게 빛나는 하얀 몸집이 있었다. 눈을 더 가늘게 뜨게 되었다.

"슬슬 선글라스를 사는 게 나으려나?"

"선글라스라면, 저 자가 낀 물건이로군."

선글라스를 끼고 앞에서 걸어오던 청년 쪽으로 까만 코끝을 들이댔다. 나도 안다, 그렇게 말하며 의기양양한 모습을 보이던 산신이 천천히 나아가자 선글라스를 낀 청년이 알아서 피하며 길을 내주었다. 아직 점심을 먹기에는 이른 시간이지만, 사람들이 꽤 많았다. 그럼에도 불구하고 우아한 발걸음으로 나아가는 큰 늑대의 앞을 가로막는 사람은 아무도 없었다. 사람들이 좌우로 갈라지듯이 움직였다. 마치 다른 나라의 민족 지도자가 일으킨 기적, 바다 가르기처럼.

산신은 의도적으로 모습을 감추고 있긴 하지만, 신위를 희미하게 뿜어내고 있기에 사람들도 본능적으로 알아차리고 피하는 것이다. 미나토는 그 신기한 광경을 느긋하게 걸어가면서 감탄하며 보고 있었다.

앞쪽에서 미지근한 바람이 불자 하얗고 긴 털이 나부꼈다.

"와, 엄청 좋은 향기가 나네."

뒤에서 걸어가고 있던 검은 머리 소녀가 멈춰서서는 들뜬 목소리로 말했다. 같이 걸어가다가 덩달아 멈춰선 비슷한 나이 또래 소녀가 주위의 냄새를 맡고는 의아해하는 표정을 지었다.

"어? 잘 모르겠는데. 무슨 냄새?"

심호흡을 한 검은 머리 소녀가 살짝 미소지었다.

"산 향기."

"어~, ……안 나는데…….."

"모르겠어? 정말 좋은 향기인데."

멀어져가는 대화를 의도치 않게 듣게 된 미나토가 살짝 웃었다. 보아하니 두 소녀 중 한 명은 산신의 향기를 눈치챈 모양이었다.

사실 산신은 숲의 향기가 난다.

항상 몸에서 흩뿌리고 있는 피톤치드는 사람에게 편안함과 치유 효과를 준다. 덕분에 산신이 마루에 자리잡고 있는 쿠스노키 저택은 방향제가 필요 없다. 창문을 열어두면 실내에서도 그 은혜를 받을 수 있기도 하다.

발걸음을 늦추지도 않고 멈추지도 않은 채 철물점 앞을 지나친 미나토의 시선 끝, 바로 옆 가게인 채소 가게 앞에 놓인 의자에 어떤 할머니가 앉아 있었다.

예전에 산신에게 이야기를 들은 적이 있다. 아무리 신이 모습을 감추더라도 신앙심이 강하고 마음이 깨끗한 사람은 오감 중 하나로 지각해버린다는 이야기를. 좀 전에 그 소녀도 마찬가지고, 지금 눈앞에서 가게를 보고 있는 할머니도 그렇고.

채소가 산더미처럼 쌓여 있는 곳 앞을 큰 늑대가 성큼성큼 걸어갔다. 나무 의자 등받이에 굽은 등을 기댄 채 졸고 있던 할머니가 갑자기 눈을 떴다. 무겁게 얹혀 있던 눈꺼풀을 한껏 치켜올리고는 눈앞을 지나가는 산신을 빤히 바라보았다. 곧바로 두 손을 모아 빌기 시작했다.

황금빛 눈이 정신없이 염불을 외는 할머니에게 쏠렸다. 눈을 깜빡이자 별가루가 튀었다. 그러자 할머니는 마치 번개를 맞은 것처럼 자세를 바로 잡았고, 소리없이 눈물을 흘렸다. 가게 안에서 나이가 좀 든 딸이 나와서 비명 같은 소리를 질렀다.

"엄마, 왜 그래?! 어디 아파? 어? 잠깐만, 왜 그렇게 등을 쭉 펴고 있는 거야? 20년 정도만에 처음 봤는데."

등을 쭉 편 어머니 곁으로 급하게 달려왔다.

양쪽에 다양한 가게들이 늘어선 거리를 산신과 미나토가 아무 일도 없었다는 듯이 걸어갔다. 생선 가게 앞, 진열대 밑에 몸을 웅크리고 있던 갈색 줄무늬 고양이가 눈을 뜨는 일어났다. 조심스럽게 앉아서 긴 꼬리를 몸에 말고는 한 사람과 한 신의 모습이 작아질 때까지 바라보았다.

쇼핑을 마치고 오늘 최대의 목적지, 에치고야로 향했다.

상점가 한복판을 유유히 활보하는 큰 늑대의 발걸음도 왠지 가벼워 보였다. 미나토가 훈훈하다고 생각한 순간, 산신이 불쾌하다는 듯이 코에 주름을 드러내며 목을 울려 큰 소리를 냈다.

"으음."

멈춰 서서 큰길을 가로지르는 골목 쪽으로 굳은 표정을 보이며 으르렁거렸다. 미나토도 덩달아 좁은 골목 안을 바라보았다.

"……있나 보네."

"참을 수 없이 냄새가 풍기는구나."

이렇게 노골적으로 불쾌한 모습을 보이는 이유는 쉽게 짐작이 된다. 악령이 자리잡고 있을 것이다. 산신이 애용하는 에치고야는 같은 블럭에 있다. 미나토가 보디백에서 메모장을 꺼냈다.

"골치 아플 것 같아?"

"피라미 정도다."

방향을 바꾸어서 골목으로 향하는 큰 늑대 옆에 나란히 섰다.

상점가 전체에 내리쬐는 햇빛으로 인해 밝은 큰길에서 구불구 불한 샛길로 한 발짝 내디디자 곧바로 어둑어둑한 느낌이 들었다. 직사광선의 은혜를 받고 있으면서도 떨쳐낼 수 없는 황폐한 분위 기가 감돌았다. 공기도 축축하게 느껴졌다.

낡은 집들 사이에 2층 콘크리트 건물이 있었다. 현관 옆에 걸린 직사각형 간판에는 학원이라고 적혀 있었다. 한쪽이 떨어져 나가 서 비스듬히 기운 채 당장에라도 떨어질 것 같다. 현관 유리문에 는 금이 가 있고, 1층, 2층 창문은 깨진 곳이 눈에 띄었다. 그곳에 서 독기가 찐득하게 새어나와 건물 전체를 뒤덮고 있었다. 큰 늑 대가 짜증난다는 듯이 털을 약간 곤두세웠다.

미나토는 독기가 보이지 않아도 분명한 폐가인 것 같은 건물 앞 에서 멈춰섰지만, 현관 안으로 들어가는 산신을 따라갔다.

조금씩 효과가 강해진 호부는 조촐한 악령의 소굴 따위는 문제 가 되지 않았다.

독기로 어둑어둑하게 물든 건물 안으로 미나토가 한 발짝 내디 디자 순식간에 맑아졌다. 옆에서 걸어가던 산신이 기뻐하는 표정을 짓고는 목을 울리며 웃었다. 천장이 트인 현관 홀이 밝아졌고, 그곳에 묵직하고 낮은 소리가 울렸다.

산신이 앞장서서 계단을 세 개씩 뛰어 올라갔다. 하나씩 올라가던 미나토에게 덤벼든 악령이 몸에 닿지도 못한 채 사라졌다. 매우 평범하고 가벼운 발걸음으로 나아가던 미나토가 2층에 도착했다. 미처 도망치지 못하고 계단 위쪽에 뭉쳐 있던 악령이 손도 써 보지 못한 채 사라졌다.

복도에 맞닿아 있는 방의 문은 전부 열려 있었다. 복도에 흩어진 유리 파편을 최대한 피해서 앞에 있던 문으로 들어갔다. 책상, 의자 같은 비품은 철거되어서 횅했다. 느긋하게 한 바퀴 돈 다음, 어둑어둑했던 방을 밝게 바꾸고 나서 문으로 향했다.

미나토가 둘러보자 천장과 벽에는 얼룩이나 금, 깨진 곳이 딱히 보이지 않았다.

"건물은 아직 충분히 써먹을 수 있을 것 같네."

"건물만은 말이다."

"아까운데."

그렇게 이야기를 나누며 실내를 돌아다니는 것을 반복했다. 마지막으로 간 방의 한구석에는 누군가가 가져다 두었는지 식료품 잔해가 있었다. 뜯지 않은 것도 있었다. 혹시나 노숙자가 들어왔던 건지도 모르겠다. 산신이 그것을 힐끔 보았다.

"여기에서는 그리 오래 지내지 못했을 게다."

"……그런가?"

급하게 도망친 건지 흩어져 있었다. 이곳에서 왜 누군가가 도망쳐야만 하는 사태가 벌어진 걸까. 그 원인이 영적 장해라는 것을 미나토는 상상할 수가 없었다. 부정함 내성이 강하기 때문에 영적 장해와는 인연이 없었고, 이해도 할 수가 없었다.

산신이 의아해 하는 미나토에게 재촉하며 방에서 등을 돌렸다.
"인간의 몸은 너무나도 취약하지."
"그렇구나."
"나도 그렇게 잘난 척할 수는 없다만."
"뭐……, 응."
미묘한 표정을 지어버렸다. 수면 시간이 터무니 없이 긴 이 게으른 고대의 신은 너무 오래 자다가 일어나 보니 이미 늦은 뒤였다. 산을 관통하는 듯이 나 있는 영도의 정화를 게을리한 탓에 악령들이 넘쳐났고, 서로 잡아먹으며 원령이 되어 있었다. 엎친 데 덮친 격으로 예전보다 약해진 힘으로는 어떻게 해볼 수도 없었기에 자리잡은 원령을 설치게 내버려두었으니까. 미나토는 산신이 타락신이 되기 전에 대처할 수 있어서 다행이라는 생각이 들었다.

계단을 내려가서 1층으로.
복도는 왠지 쌀쌀했고, 방치된 건물 특유의 슬픈 느낌이 들었다. 1층도 구석구석 돌아다녔고, 마지막 방문 앞 복도에서 산신이 멈춰섰다. 냉엄한 눈빛으로 구석에 있던 새까만 덩어리를 바라보았다. 무릎을 끌어안고 있던 그 자그마한 인간 형태의 윤곽이 떨리고 있었다.
큰 늑대가 문으로 들어갔다. 조용히, 엄숙하게, 발소리도 내지 않고, 천천히 다가갔다.

"악령이란 부정함을 탄 영혼의 말로. 육체를 잃고, 가야 할 곳으로 가지도 않고, 생전의 감정에 얽매여 미련스럽게 이 세상에 달라붙는 존재, 어리석고 가엾은 존재의 말로다."

미나토는 복도에서 움직이지 않았다. 들고 있던 메모장이 눈부시게 비취색 빛을 뿜어내고 있지만. 정화하는 힘은 아직 충분히 남아 있지만. 그저 잠자코 하얀 신만 바라보며 그 묵직한 목소리를 듣고 있었다.

눈앞에서 떨기만 하며 저항할 낌새도 보이지 않는 혼을 신성한 짐승이 내려다 보았다. 두 눈을 가늘게 뜨고 금빛을 두른 앞발을 들어올렸다.

"나에게 정화되는 것을 고맙게 여기거라."

힘차게 내리쳤다. 닿은 것과 동시에 까만 인간의 형태가 희미한 금빛으로 감싸였고, 녹아내리는 듯이 사라지기 시작했다. 그 광경은 조용하면서도 엄숙했고, 왠지 온화하기까지 했다.

산신의 힘은 정화의 힘. 미나토의 힘은 소멸시키는 힘. 무로 되돌리는 힘이다.

신에 의해 혼의 부정함이 정화되어 강제로 윤회의 소용돌이에 돌아가게 되는 것이 행복할까. 미나토에게 흔적도 없이 소멸당하는 것이 행복할까. 그것은 아무리 신이라 할지라도 알 수가 없는 일이다.

타다닥, 마치 더러워졌다는 듯이 앞다리를 털던 큰 늑대가 돌아섰다.

현관 밖에서 어두운 베일을 벗은 학원 터를 한 사람과 한 신이 올려다 보았다. 큰 늑대가 꼬리를 흔들었다.

"으음. 이제 되었겠지."

"그럼, 갈까요?"

만족스러워하는 큰 늑대와 함께 날씬한 청년이 돌아서서 골목 너머에 있는 큰길을 향해 걸어가기 시작했다. 뒤에서 직사각형 간판이 땅에 떨어진 다음, 털썩, 앞으로 쓰러졌다.

길을 비켜라, 길을 비켜라, 산신님 행차시다.

자연스럽게 사람들을 밀쳐내며 간 곳은 물론 감주 만쥬가 명물인 에치고야다.

노포라는 이름이 부끄럽지 않을 만큼 옛스러운 전통식 구조인 가게에 도착했다. 문 옆의 차양막에 붓으로 쓴 글씨로 '에치고야'라는 이름이 적혀 있다. 가게의 모습을 잠시 바라보던 큰 늑대가 귀를 늘어뜨렸다.

"으음. 변함이 없구나. 여전히 허름하군."

"너무하네."

"언제 와도 허름하다니, 대체 무슨 연유인지."

"개장을 반복하는 것 같으니까 타이밍 때문 아닐까?"

산신은 수백 년 만에 온 모양인데, 거의 바뀐 게 없다고 한다. 미나토도 몇 번 온 적이 있어서 익숙한 가게다. 길까지 달달한 향기가 풍기고 있다. 포럼을 헤치고 계속 코를 울리며 소리를 내는 큰 늑대와 함께 문으로 들어갔다.

아담한 가게 안에는 손님이 아무도 없었다.

화과자가 진열된 긴 진열대 안쪽에 있는 주방에서 어서 오세요, 그렇게 쉰 목소리가 들렸다.

우리 쪽으로 등을 돌린 채 바쁘게 일하고 있다. 가게 한가운데에 앉은 산신이 조용히 지켜보았다. 그 시선을 전혀 눈치채지도 못한 채 백의를 입은 에치고야 12대가 찜통 뚜껑을 열었다.

한때 앙상해졌던 게 거짓말이었던 것처럼 풍채가 좋은 몸집. 주름이 깊게 파이긴 했지만, 건강하게 빛나는 두 눈. 숨이 막힐 듯한 증기를 들이마시면서도 '오오, 괜찮은 느낌이로군'이라며 방금 찐 감주 만쥬를 보며 더욱 주름을 깊게 드러냈다.

미나토가 산신 옆에 나란히 섰다. 예전에 한 번 보았을 때 앙상하게 말랐던 영감님이 마치 다른 사람인 것처럼 바뀌어 있었다. 통통한 배를 흔들며 웃고 있다.

"……건강한 것 같아서, 다행이네……?"

"에치고야 녀석, 까불기는."

다른 의미로 걱정되는 몸매가 되었다.

눈에 힘을 준 큰 늑대가 한숨을 크게 쉬었다.

"저 녀석은 내장이 상한 탓에 좋아하는 튀김을 전혀 먹지 못하게 되어서 말이다. 완전히 의기소침해서 몸도 마음도 약해졌던 게다."

그리고 라멘 가게를 돌아다니는 게 취미라 국물까지 전부 남기지 않고 먹어치우는 대식가이기도 했다.

사람은 태어날 때 죽음이 정해진 생물이다. 첫 울음소리를 낸 순간, 이미 죽을 시기가 정해져 있다. 산신은 그 이치를 일그러뜨려서 수명을 늘릴 수는 없다. 단, 최후의 순간까지 건강하게 지낼 수 있는 몸으로 만들어 주는 건 가능하다. 위대한 산신 덕분에 영감님의 상했던 위장은 멋지게 부활했다. 마음껏 식도락을 즐기고 있을 것이다. 너무 지나치게 즐기고 있는 것 같긴 하지만.

찜통에서 만쥬를 꺼내려던 영감님이 갑자기 옆으로 돌아서서는 미나토를 보았다.

"방금 찐 게 나으려나?"

싹싹하게 웃고 있는 그 붉은 얼굴에서 왠지 꿍꿍이를 꾸미고 있는 것 같다는 느낌이 든 이유는 뭘까. 묘하게 친근감이 느껴져서 마음속으로 고개를 갸웃거리면서도 시선을 대각선 아래쪽으로 돌렸다. 신이 힘차게 묵직하고 낮은 목소리로 말했다.

"두 팩."

"두 팩 주세요."

주문을 받은 12대 주인이 한쪽 볼을 치켜올리고는 씨익 웃었다. 군더더기 없는 동작으로 감주 만쥬를 팩에 담았다. 통통하게 부풀어오른 그 윤기 있는 반죽. 달달한 팥 향기. 멈추지 않는 꼬리가 가게 바닥을 열심히 청소하고 있었다.

"마침 찐 참이니 한 개 덤으로 주지."

"감사합니다."

"그러고 보니, 형씨. 저번에 우리 가게에 온 적 있었지? 산 근처로 이사 왔다고 했나?"

영감님은 산신의 본체가 있는 쪽을 손가락으로 가리키며 물었다. 그렇다고 말하면서도 용케도 기억하고 있었다며 놀랐다.

영감님이 능숙한 손놀림으로 팩을 고무줄로 묶었다.

"산에는 가봤고?"

"네, 몇 번요."

재빠르게 출입구 쪽을 돌아본 영감님이 목소리를 낮췄다.

"그럼, 만나셨나?"

"……누구를요?"

"산에 계신 개님 말이야. 개님."

"나는 늑대다만."

"……아뇨, 못 만났네요. 개님이라뇨?"

거짓말은 하지 않았다. 개는 만나지 않았으니까. 개는.

어라, 에치고야는 그렇게 말하며 뜻밖이라는 듯이 눈썹을 치켜 올렸다.

몸을 앞으로 약간 내민 12대에게는 산신이 태클을 건 목소리는 들리지 않았다. 미나토는 대충 짐작했지만, 일부러 물어보았다.

뭔가 꿍꿍이를 털어놓으려는 듯이 에치고야가 목소리를 낮추며 과거에 대해 말했다.

"그 산에는 정말이지 친절한 개님께서 계시거든. 그래, 내가 아직 혈기왕성하던 무렵에."

"코를 흘리던 애송이였지."

"산속에서 길을 잃어버려서 말이야. 아, 젊은 나이의 실수였지. 정처없이 산을 뛰어내려가다 보니 해도 지고, 배도 고프고, 목도 마르고, 피곤하기도 하고. 어쩔 줄 몰라하고 있다 보니 갑자기 나무들 사이로 나타난 커다랗고 하얀 개가 짖어서 깜짝 놀랐다고. 펄쩍 뛰면서 도망쳤지."

"산꼭대기를 향해 도망친 얼간이는 그대 정도밖에 없었다. 나는 늑대고."

"그리고 나서 마치 땅이 울리는 것처럼 묵직한 소리로 몇 번이나 그 개가 짖었다니까."

"나는 늑대다. 그대가 엉뚱한 방향으로 도망쳐서 그랬잖나."

"나중에는 뒤에서 쫓아오기도 했고."

"겨우 궤도를 수정할 수 있었기에 나도 안심하였지."

"필사적으로 도망치다가 정신을 차리고 보니 산기슭에 도착했더라고."

"기나긴 여정이었도다."

"그때 비로소 산기슭까지 데려다 주었다는 걸 알아서 말이야. 뭐, 내가 올라갔던 곳하고 멀리 떨어져 있긴 했지만."

"배부른 소리하지 말거라."

산신이 으스대며 코웃음 쳤다. 에치고야는 그립다는 듯이 몇 번이나 고개를 끄덕이며 꿍꿍이를 품은 듯한 미소를 지었다. 미나토는 소리를 내며 웃지도 못하고 그저 몸을 떨 수밖에 없었다. 그리고 감주 만쥬가 든 봉투를 내밀자 받아들었다. 영감님은 조용히 속삭였다.

"그건 분명히 요괴, '바래다주는 개'일 거야."

"나는 산신이자 늑대라고 몇 번이나 말했을 터인데. 여전히 그대의 머릿속에는 톱밥만 가득찬 모양이로군."

어이없어하는 말투이긴 했지만, 왠지 자상하기도 했다. 산신은 에치고야에게 모습을 드러내는 것도, 목소리를 들려주는 것도 마음만 먹으면 바로 할 수 있다. 하지만 일부러 그러지 않는다. 들리지 않더라도 상관없이, 일방적으로 말을 걸면서 즐거워하고 있었다.

그리고 바래다주는 개라면 모를까, 바래다주는 늑대라면 의미가 엉뚱하게 바뀌어버린다. 미나토는 오해를 풀지 말아야겠다고 생각했다.

산신을 눈치채지 못한 에치고야는 한쪽 입가를 치켜올렸다.

"아무리 요괴라 해도 구해준 건 마찬가지니까. 고마운 일이지. 그래서 나는 감사의 마음을 담아 개님이라 부르고 있어. 데려다준 곳에 마침 지장님이 계시더라고. 보답으로 거기에 자주 만쥬를 바치곤 하지."

크크큭, 마치 탐관오리처럼 의미심장하게 웃으며 통통한 배를 두드리자 출렁거렸다.

그런 와중에 산신은 미나토가 들고 있던 봉투에만 집중하고 있었다. 큰 늑대님께서 힐끔 올려다보며 재촉하셨다.

'저도 개님을 만나보고 싶네요', 미나토는 그렇게 뻔뻔한 대답을 늘어놓고는 돈을 냈다. '또 사러 올게요'라고 말한 다음, 기분이 좋아보이는 영감님의 배웅을 받으며 문으로 향했다.

그때 마침 몸집이 큰 소년이 힘차게 가게 안으로 들어왔다.

"할아버지, 미안해. 늦었지?"

"신경 쓰지 마라. 클럽활동이 더 중요하지———."

한 사람과 한 신이 흔들리는 포렴을 지나자 에치고야 12대와 후계자인 손자, 13대의 대화가 멀어졌다.

○

산의 나무들은 붉은색으로, 노란색으로 바뀌었고, 완전히 가을 차림새로 단장을 마쳤다. 그런 한편, 쿠스노키 저택의 정원은 바뀐 게 없이 봄 같은 모양이다. 계절감을 무시하고 부는 산들바람이 쿠스노키의 푸른 잎을 흔들었다.

일을 열심히 하다가 지쳐버린 풍령을 이제야 처마에서 떼어냈다. 유리에 그려진 붉은색 금붕어들이 축 늘어져 있다. 그런 것 같다는 기분이 든 미나토는 정성껏 닦아서 상자에 넣었다. 지금은 벽장 깊숙한 곳에서 잠들어 있다. 내년에도 다시 활약해줘야만 한다. 잠시 쉬도록.

그 대신이라는 듯이 조용한 정원에 스륵, 스륵, 규칙적으로 울리는 소리, 단단한 것이 스치는 소리가 있다. 마루 좌탁에 앉은 미나토가 열심히 먹을 가는 소리다. 묘하게 졸음을 유발하는 소리였다.

얼마 전, 주문 제작해서 완성된 거대 방석에 앉은 큰 늑대가 하품을 크게 한 번 했다.

"……시간이 오래 걸리는 모양이로구나."

"그렇긴 한데, 효과는 좋을 것 같아."

무엇보다 그냥 수돗물을 쓴 것도 아니고 신수를 썼으니까.

호부의 효과를 더 강하게 만들기로 한 미나토는 시행착오를 반복하고 있었다.

다양한 펜을 시험해본 결과, 가장 힘을 담기 편했던 것은 붓펜이었다. 그걸로 결정하나 싶었는데 하리마에게 고급 서예 세트를 받았다. 문외한도 알아볼 수 있을 정도로 고급스러운 붓 10개. 묵직한 무게가 압박감을 주는 벼루. 초보에게는 너무 사치스러운 물건이었다.

아까운 것 같은 생각도 들긴 하지만, 쓰지 않는 게 더 아깝다.

인터넷으로 방법을 검색해보고 서투른 솜씨로 시작해보니 금방 요령을 파악했다. 재주가 좋은 남자다.

"먹이 좋은 향기를 풍기기 시작했군."

점성이 생긴 먹에 작은 도자기 물통으로 신수를 조금 더 붓고 다시 갈기 시작했다.

"왠지 차분해지네. 경전을 베끼는 것도 도전해볼까?"

"괜찮을지도 모르겠군. 그 한지를 쓰면 더더욱 좋을 게다."

산신이 바라본 곳에는 좌탁 구석에 놓인 한지 다발이 있었다. 큰 종이부터 명함 크기까지, 크고 작은 한지도 물론 하리마에게 받은 물건이다.

얼마 전에 왔던 하리마가 가방에서 한지를 꺼낸 순간, 산신이 코를 울리며 소리를 냈다. 산신의 산에서 벌채한 닥나무로 만든 종이라고 한다. 자신의 산의 물건이라는 걸 곧바로 알아채다니, 냄새를 너무 잘 맡는 거 아닌가? 그렇게 생각한 미나토는 겁을 먹으면서도 감탄했다. 하리마는 꽤 긴장한 것 같았지만, 산신이 화를 내지는 않았고, 물건만 주고는 재빨리 돌아갔다. 여전히 오래 머물지 않는 남자다.

그건 그렇고, 그쪽이 좀 더 효과가 좋은 물건을 원한다면 더 힘을 써볼 생각도 드는 법이다.

슬슬 괜찮으려나, 그렇게 생각하고는 까만 먹물에 새 붓을 적셨다. 눈부시게 하얀 한지에 붓 끄트머리를 가져다 댔다.

"오, 번지지 않네. 싸구려 붓펜과는 다르구나."

선명한 먹색이 백지에 잘 드러났다. 단단한 펜과는 달리 부드러운 붓을 다루는 건 아직 익숙해지지 않았다. 하지만 자연스럽게 글자를 쓰다 보니 정화하는 힘도 담기 쉬웠고, 표정도 풀어졌다.

힘을 흘리는 방식을 바꾸어서 몇 번 써보았다. 처음 쓴 것과 마지막에 쓴 것을 두 손에 들고 산신에게 보여주었다.

"어때?"

"으음. 오른쪽이 훨씬 더 낫군. 힘이 마지막까지 균등하게 담겨져 있구나."

"그렇구나. 고마워."

산신은 친절하게 조언해주지는 않지만, 미나토가 확인할 수 없는 호부의 완성도를 봐준다. 미나토는 정화하는 힘을 능숙하게 담을 수 있게 되긴 했지만, 호부의 최종적인 완성도를 확인할 수가 없다.

보는 재능은 전혀 없다. 단련해봤자 별 차이가 없을 것이다, 산신이 그렇게 말했기에 그쪽은 포기했다. 미나토는 음양사를 목표로 삼고 있는 게 아니다. 자신이 지닌 정화하는 능력의 정확도를 높이면 된다고 생각한다.

명필은 붓을 가리지 않는다고 하지만, 역시 좋은 붓은 쓰는 맛이 다르다. 다른 붓도 시험해 보려는 생각에 그다음으로 잡은 붓은 하얀 짐승털로 만든 붓이었다. 족제비 털이라는 것을 눈치챈 담비 일행이 복잡한 표정을 지었던 물건이다.

"……좋네. 쓰기 편해."

만족스러워하는 미나토를 큰 늑대가 유쾌한 듯이 힐끔 보았다. 오늘은 오지 않은 그들이 그 말을 듣지 않아서 다행인지도 모르겠다.

"그 애들은 잘 지내고 있어?"

"기운이 넘칠 만큼."

지금 권속들은 수행 중이다. 예전에 마주쳤던 부정함 덩어리를 어떻게 해보지도 못하고 벌벌 떨기만 했던 게 매우 분했던 모양이다. 그런 그들이 자원해서 부정함에 대한 내성을 키우기 위해 노력하고 있다고 한다. 수행의 내용은 가르쳐주지 않았지만, 놀러 올 때마다 믿음직스러운 분위기를 보이는 걸 보니 성장이 느껴졌다.

그들은 산신과 이어져 있다. 날마다 쿠스노키 저택에서 느긋하게 지내던 산신이 '으음, 느리다!' '좀 괜찮아진 것 같구나' '허나, 어설프다!'라며 갑자기 소리를 치고는 꾸짖거나 격려하게 되었다. 혼잣말을 많이 하는 건 예전에도 그랬지만, 요즘은 빈도가 높아졌다.

아름다운 원뿔 모양 붓 끄트머리가 매끄럽게, 가볍게 특별한 힘이 담긴 글자를 적어나갔다.

"봐, 이거."

그렇게 말하면서 들어 올린 엽서 크기 한지에 적힌 글자는.

'산신'과 '거북이'.

일렁이는 비취색 빛이 깃든 호부를 본 산신이 고개를 의젓하게 끄덕였다.

"으음. 좋군, 좋아."

"아까 쓴 것보다?"

"그렇다. 좀 전에 쓴 것보다 훨씬 오래 갈 게야. 허나 한 가지 말하자면, 저 녀석의 이름은 영귀다."

"어? 그렇구나. 그렇게 훌륭한 이름을 가지고 있었을 줄이야."

"영험이 있는 영묘한 짐승이니라."

"그건 나도 알겠어."

미나토도 절실히 느끼며 고개를 끄덕였다. 저번에 행운이 연달아 찾아왔던 건 영귀 덕분인 게 틀림없다는 걸 나중에 눈치챘다.

그 이후로도 여전히 술 쪽으로 운이 좋았기에 눈치챌 수밖에 없었다. 언제 술집에 가도 공짜로 전통주를 받게 되고, 손에 넣기 힘든 희귀한 술도 살 수 있었다. 그런 상황이 항상 생겼다. 영귀의 욕심에 지나치게 충실한 술 이벤트는 끝이 없다. 어떤 의미로는 무섭다.

산신이 엎드려 있던 몸을 일으키고는 좌탁 구석으로 왔다.

"어디, 나의 이름을 적은 그 종이를 가지고 와보거라."

산신 앞으로 양탄자까지 통째로 옮겼다. 벼루도, 산신이 그렇게 말했기에 앞으로 가져다 놓았다.

망설임없이 발바닥으로 꾸욱 눌러서 한지 왼쪽 아래에 도장을 찍었다. 먹의 흔적이 선명한 발바닥 도장이 찍혔다. 흐흥, 산신은 그렇게 의기양양한 모습을 보였다. 종이는 그렇다 치고, 하얀 털에 묻은 먹물은 잘 안 질 것 같다. 더러워진 발바닥을 보니 순식간에 먹이 사라졌다.

"……신이니까. 웅. 그런데 이건 무슨 의미가 있는 거야?"

큰 늑대가 등을 보이고는 몸을 돌려서 방석에 누우며 '여행길이 안전하기를 바라는 마음을 담아주었다'고 말했다. 솜이 가득 찬 방석에 턱을 얹고는 씨익 웃으며 두 눈을 가늘게 떴다.

"어디선가 길을 헤매지 않게끔 말이다."

그 말에 숨겨진 의미를 모르는 미나토가 '감사하네'라고 말하며 한지를 향해 합장했다. 낮게 울리는 소리가 들리는 와중에 영귀가 마루로 기어올라왔다. 소리를 듣고 눈치챈 미나토가 돌아보았다.

"거북이 씨. 아, 영귀 씨라고 부르는 게 나을까?"

고개를 젓는 모습을 보니 지금까지처럼 불러도 괜찮을 것 같다고 생각하며 용건에 대해 물었다.

"나와 마찬가지로."

산신이 그렇게 말했다. 거북이라는 글자를 적은 한지와 벼루를 바닥에 내려놓자 영귀도 도장을 찍었다. 쿠욱, 힘차게 누르자 거북이 발바닥 자국이 예쁘게 찍혔다. 한지가 약간 늘어졌다. 특별한 것을 전혀 느끼지 못하는 미나토도 힘이 많이 담겼다는 것만큼은 알아볼 수 있었다.

"술 쪽 운이 좋아지나?"

"금전운이다."

"오오, 대단하네."

수상쩍게 웃는 신들과는 달리 미나토는 그저 순진하게 기뻐했다. 신들의 도장 옆에 작은 글씨로 '미아 방지. 나도 여행에 데리고 가라' '금전운 팍팍 상승↑↑'이라는 문구를 덧붙였다. 조금 까부는 느낌이라는 건 부정할 수가 없다.

○

며칠 뒤. 하리마에게 건네자 깜짝 놀라며 넋이 나가버렸다.

"하리마 씨……, 여보세요~, 하리마 씨~."

하리마가 눈을 크게 뜬 채 얼어붙었다. 내민 호부 다발을 받아들려 하지 않는 남자의 이름을 반복해서 불렀다. 잠시 후, 정신을 차리고는 떨리는 두 손으로 공손히 받았다. 하지만 들고 있는 물건 때문에 전전긍긍하고 있고, 안색도 좋지 않았다.

그렇게 범상치 않은 모습을 보고 미나토는 그제야 꽤 대단한 호부를 만들었다는 걸 실감했다. 그런데 산신 씨하고 거북이 씨 힘은 대단하네, 그렇게 생각하며 자신의 역량은 고려하지 않았다.

그 위대한 신은 꼬리를 흔들며 좌탁 위에 있는 과자 꾸러미 바로 위에 얼굴을 고정시킨 상태였다.

움직이지 않는다. 여기에서 결코 움직이지 않을 것이다. 그런 강인한 의지를 뿜어내며 신기를 흩뿌렸다.

"……마음대로 하라고 말해주는 게 좋을 게다."

얼른 돌아가지 않으면 먹을 수가 없으니까.

"음~, 하리마 씨 마음대로 하세요. 쓰든, 팔든, 집에 장식하든."

"……감사히 그렇게 하도록 하겠습니다."

쥐어짜낸 듯한 목소리로 그렇게 말한 음양사는 아름다운 동작으로 고개를 크게 숙였다.

──딸랑.

트렌치 코트 안쪽에서 낯익은 풍령 소리가 울렸다. 안경을 밀어 올린 하리마가 상의 가슴 주머니에서 스마트폰을 꺼낸 다음, 화면을 보기만 했다.

미나토가 의아하다는 듯이 물었다.

"이제 풍령 계절은 지나지 않았나요?"

"뭐, 그렇긴 한데. 이 소리가 마음에 들어서 말이야."

"그랬군요."

한순간, 예전보다 부드러워진 표정에 알 수 없는 미소가 깃들었다. 순순히 납득한 미나토 옆에서 산신이 유쾌하다는 듯이 코웃음 쳤다.

○

연못 가운데에 놓은 다리를 건너던 미나토가 멈춰섰다.

바라본 곳은 신수 속. 이상하다는 것을 눈치챘다. 다리 오른쪽, 햇빛을 반사하는 수면 너머로 수초가 잔뜩 흔들리고 있다. 하지만 왼쪽에는 수초가 하나도 없다는 사실을.

다리 아래를 열심히 헤엄쳐서 통과하는 영귀의 입에는 나부끼는 수초가 있었다. 평소보다 헤엄치는 속도가 훨씬 빠른 걸 보니 왠지 서두르고 있는 것 같기도 했다.

"……이사 중인가? 아니면 살림살이를 바꾸고 있나?"

자갈만 남아서 적막해져버린 왼쪽에 비해 오른쪽은 매우 활기가 넘친다. 빈틈없이 다양한 수초가 자라난 것뿐만이 아니라 안쪽에는 한층 더 눈길을 끄는 자그마한 문이 있다. 선명한 붉은색과 흰색을 기반으로 무지갯빛으로 빛나는 보주까지 딸린 전통식 아치 대문이다. 저건 대체 뭘까.

혹시 그 너머에는 어떤 궁전 같은 게 있을지도 모르겠다.

저기로 들어가면 도약의 스페셜리스트인 도미나 넙치가 맞이해줄지도 모른다.

흥미가 생기긴 했지만, 일부러 물어보진 않았다.

호기심은 위험할 수도 있다. 쓸데없는 호기심 때문에 신세를 망치고 싶진 않다. 세상은 모르는 게 더 행복한 경우도 많다. 연못은 영귀의 영역이라고 해도 과언이 아니고, 지내기 편하게끔 다듬고 싶다면 마음대로 해도 상관없다.

"……기분 전환을 하려는 거겠지. 그런 기분이 들 때도 있으니까. 응."

사라지지 않은 의문을 떠안은 채, 집으로 돌아갔다.

제 8 장   새로운 징조

찬 바람이 휘몰아치게 된 시기.

따스한 국물이 그리워지는 계절을 맞이한 바깥 세상과는 달리 언제든 시원한 음료도 맛있게 마실 수 있는 쿠스노키 저택의 정원. 우아한 오후 시간을 함께 보내기 위해 산신의 집에서 산지 직송 택배를 받았다.

오랜만에 찾아온 권속들이다. 싸늘한 바깥 공기를 두른 채 뒷다리로 선 연장자 세리와 토리카가 예의바르게 고개를 숙였다.

"항상 저희 산신께서 신세를 많이 지고 계십니다."

"항상 제멋대로 굴게 해서 미안하군. 변변찮지만 이걸 받아다오."

그들 앞에는 산에서 나는 것들이 잔뜩 담긴 대나무 바구니가 있었다. 왕머루, 산딸나무 열매, 밤, 감. 전부 윤기가 있고 큼직한 제철 과일들이라 정말 맛있을 것 같았다. '고마워'라고 인사를 하고는 받아들었다. 차가운 대나무 바구니 표면에서 가을이 다가왔다는 것을 느낄 수 있었다. 마루 가장자리에 걸터앉은 미나토가 쓴 웃음을 지었다.

"그런 식으로 예의를 차릴 필요는 없는데."

"그러게."

미나토 옆에 있던 우츠기가 대나무 바구니 안에 있던 왕머루를 뜯어서 입에 넣고 와삭와삭 먹어댔다. 여전히 자유로운 막내를 연장자 둘이 노려보았지만, 아랑곳하지 않았다.

'미나토도 먹어. 맛있어'라며 정말 맛있게 먹고 있다.

일단 먼저 씻어야 할 것 같은데. 실내로 들어가서 왕머루와 산딸나무 열매를 씻어서 큰 쟁반에 담았다. 서양 과자 봉투를 들고 돌아오자 큰 환호성으로 맞이해 주었다. 착실한 연장자들도 어쩔 줄 몰라하며 몸을 흔드는 모습은 귀여워서 훈훈해졌다. 우츠기는 굳이 말할 필요도 없고.

예전에는 이상한 소리를 지르며 뛰어다니고 아주 큰 소동을 벌였지만, 지금은 발을 구르는 정도라 나름대로 성장한 모양이다.

"자, 먹어."

"고마워~!"

세 마리가 기쁜 듯이 마들렌을 받아들었다. 직접 건넬 때까지 얌전히 기다리는 예의 바른 모습도 여전하다. 그들은 사이가 좋긴 하지만, 먹을 것이 걸리면 이야기가 달라진다. 의리 없는 싸움을 피하기 위해 똑같은 것을 똑같은 양만큼 나눠주곤 했다.

마루 가장자리에 늘어선 세 털뭉치가 과자를 깨물었다.

"수행 중이라면서?"

"맞아요."

"다들 예전보다 믿음직스러워졌어."

"그래? 그렇다면 기쁘네."

세리와 토리카가 어쩔 줄 몰라하며 꼬리를 흔들었다.

"응. 예전하고 분위기가 바뀌었거든."

"산신님처럼 되었어?!"

옆에서 우츠기가 몸을 내밀며 힘차게 물었다. 그 뒤에서 세리와 토리카가 빤히 바라보았다. 보아하니 목표는 산신님인 모양이다. 예전부터 비슷하긴 했지만, 산신처럼 흔들림없는 안정감이 느껴지기 시작하긴 한 것 같다.

모두의 뒤, 마루 가운데 커다란 방석 위에 몸을 웅크린 채 눈을 감고 있는 큰 늑대를 곁눈질로 보았다. 시끄러운 건 아랑곳하지 않는다. 꿈쩍도 하지 않는 그 하얀 언덕이 규칙적으로 오르내리고 있다. 평소처럼 느긋하게 쉬고 계신다. 정말 배포가 큰 것 같다.

"응. 비슷해졌어."

"앗싸~! 그럼 상으로 하나 더 줘."

사양하지 않는 구석도 말이지. 그렇게 생각하면서도 버터 샌드 포장지를 뜯어서 자그마한 앞발에 하나씩 얹어주었다. 처음 먹는 과자를 주면 항상 빤히 바라보고 냄새를 꼼꼼하게 맡은 다음, 서로 마주보고 나서 고개를 끄덕이고 일제히 깨물어먹는다. 마치 죽을 때는 같이 죽자는 마음가짐인 것 같아서 재미있다.

깨물어먹은 순간, 동그란 눈에 별이 반짝였다. 마음에 들었는지 말도 없이 신이 나서 먹어댔다. 연장자 둘은 산신과 마찬가지로 잘 씹으며 조금씩, 천천히. 우츠기는 통째로 입에 넣고 입가를 앞발로 누르며 볼을 부풀고 먹었다.

그들은 버터가 들어간 것을 특히 좋아한다. 두꺼운 버터 크림을 바삭바삭하고 얇은 사브레 사이에 끼운 오늘 간식은 지역 정보지에서 보았을 때부터 아마 마음에 들어 할 것 같다고 생각했다. 그리고 그들은 마가린이나 쇼트닝이 들어간 것은 쳐다보지도 않는다. 미식가 같은 혀도 산신을 닮았다.

물론, 하리마님 덕분이다. 열심히 수행을 하고 있다는 이야기를 듣고 눈독을 들여두었던 평판 좋은 가게 이름, 제품의 이름을 적은 한지를 평소처럼 섞어두니 단번에 사다주었다. 그 선물을 들고 나타났을 때, 풀죽으며 실망한 모습을 보인 산신을 떠올리니 가슴이 아프다. 하리마도 매우 초조해하면서 미안해했다.

좀 더 열심히 할 수 있을 것 같다며 즐겁게 이야기를 나누는 세 마리를 잠시 포근한 마음으로 지켜보았다.

부드러운 바람이 불고 정원수가 부스럭거렸다. 나뭇잎이 스치는 소리가 울리자 미나토는 정원을 보았다. 시선 끝에서 믿음직스럽지 못한 어린 나무, 쿠스노키가 듬성듬성 나 있는 잎을 흔들었다.

다 먹은 세리가 걱정스러워 하는 미나토의 표정을 눈치챘다.

"미나토? 왜 그러시죠?"

"······쿠스노키의 성장이 멈춘 것 같거든."

마루에서 내려가 샛길을 타고 쿠스노키에게 다가갔다. 세 마리도 뛰어서 땅바닥으로 내려온 다음, 그 뒤를 따라갔다. 단풍으로 뒤쪽 산을 장식하고 있는 나무들과는 다르게 푸른 잎을 두르고 있는 그 어린 나무는 단숨에 성장한 이후로 지금까지 여전히 높이가 그대로였다. 모두가 어린 나무를 둘러싸자 아담한 나뭇가지들이 떠는 듯이 슬쩍 움직였다.

"건강하긴 하거든. 바람이랑 장난을 치는 것처럼 자주 흔들리기도 하고, 방금도 움직였잖아? 그런데 갑자기 자란 뒤로는 전혀 자라질 않아. 날마다 신수를 주는데도 1센티도 자라지 않았고, 나뭇잎도 늘어나지 않는다고."

"딱히 문제는 없는 것 같은데요. 음~, 글쎄요. 이 나무는 일반적인 녹나무와는 다른 이치에 따라 살아가고 있으니까요."

"그렇구나."

"신목이니까."

"……신목. 그렇구나, 보통은 나뭇잎이나 나뭇가지가 움직이진 않지."

토리카가 한 말을 듣고 생각났다. 쿠스노키 저택에서 오래 머물다 보니 어느새 상식이 이상해졌던 모양이다. 깜빡 잊고 있던 미나토의 발치에서 우츠기가 쿠스노키를 올려다보았다.

"이렇게 얇으니 아직 올라갈 수는 없겠네."

나무를 타는 게 특기인 세 마리가 뿌리 근처를 살며시 쓰다듬었다. 얇은 줄기는 몸집이 작은 짐승의 앞발로도 여유롭게 잡을 수 있을 만큼 불안한 모습이었다.

걱정스러워하며 둘러싸고 있던 그들의 발치로 연못에서 올라온 거북이가 기어서 다가왔다. 미나토가 자신을 올려다보고 있던 영귀를 발견한 것과 권속들이 뒷문을 향해 날카로운 눈빛을 돌린 것은 거의 동시였다.

그런 상황을 보고 뒷문에 무언가가 있는 것 같다고 짐작한 직후, '손님이 온 모양이네요'라며 세리가 말했다. 재빠르게 기어가는 영귀를 따라서 다들 줄줄이 뒷문으로 향했다. 중간에 미나토가 돌아보니 산신은 방석 위에서 누운 채 자고 있었다. 그 모습을 보니 문제가 없는 손님이라는 걸 알고 어깨에 들어갔던 힘이 빠졌다.

빠르게 뒷문에 도착한 영귀가 이쪽을 보며 기다리고 있었다. 평소에 느릿느릿 행동하던 것과는 전혀 다른 속도였다. 기다리고 있던 손님일까, 그렇게 생각하며 빠르게 곁으로 다가가서 보았다. 창살문 너머에 얇고 긴 존재가 땅바닥 위에 서 있었다.

용이다.

얇고 긴 체구. 긴 뿔 두 개. 박쥐 날개. 등에 돋아난 날개를 접고 발가락이 세 개인 뒷발로 단정하게 서 있었다. 깜짝 놀란 미나토와 눈이 마주치자 고개를 꾸벅 숙였다. 꽤 예의가 바른 것 같다, 반사적으로 인사를 하며 그렇게 생각했다.

문을 열고 안으로 맞이했다. 천천히 날개를 퍼덕이며 공중을 미끄러지듯이 곁을 지나쳤다. 그 모습은 미나토의 발치를 둘러싸고 있는 담비 일행보다 더 작았다. 무심코 빤히 바라보았다. 그렇게 응시하더라도 어쩔 수 없을 것이다. 가공의 생물이라고 생각했던 존재가 눈앞에 나타났으니까.

영귀 옆에 나란히 서자 비슷한 종류의 존재일 거라는 짐작이 금방 들었다. 푸른 기운이 강한 진주색 광택이 보인다. 가을 하늘에서 쏟아져 내린 햇빛이 더욱 아름다운 느낌을 만들어주었다.

영귀와 마주보고 뭔가 이야기를 나눈 용이 쿠스노키를 힐끔 보고는 마루 쪽으로 눈을 돌렸다. 그러자 드러누워 있던 큰 늑대의 한쪽 앞발이 공중을 살짝살짝 할퀴었다.

알아서 하거라.

그럭저럭 오랫동안 함께 지낸 미나토도 그렇게 말하는 거라는 사실을 알 수 있었다.

마지막으로 용이 미나토를 보았다. 아마 허락해달라고 하는 것 같다.

"잘은 모르겠지만, 산신 씨가 허가해주었으니, 그러세요?"

알겠다는 듯이 고개를 끄덕이고 둥실 떠오른 용이 쿠스노키 옆으로 다가갔다. 그 주위를 한 바퀴 돌았다. 눈을 살짝 빛내고는 몸 전체에서도 청은색 빛을 뿜어냈다. 잠시 후, 높은 가을 하늘에 떠 있던 수많은 양떼구름 중 하나가 스윽, 소리도 없이 내려왔다. 쿠스노키를 뒤덮을 정도 크기의 양떼구름이 꼭대기에서 1미터 정도 상공에 멈췄다. 뒷문 근처에서 대기하고 있던 미나토와 담비 일행이 깜짝 놀라 눈을 크게 떴다.

용의 몸이 더욱 빛났고, 구름에서 비가 조금씩 내리기 시작했다. 빛나는 용이 구름 주위를 빙글빙글 날아서 돌았다. 빗줄기가 세지거나 약해지기도 했다. 빗줄기를 조정하고 있구나, 그렇게 생각하고 있자니 구름이 갑자기 솟구쳤다. 그리고 쿠스노키가 크게 떨린 다음.

파아아앗! 단숨에 두 배 가까이 자랐다.

"으앗!!"

미나토와 담비 일행의 놀란 목소리가 겹쳤다.

올려다보며 떠들어대는 자들을 아랑곳하지도 않고 나뭇잎이 스치는 소리와 집이 울리는 것 같은 소리를 내며 쭉쭉 자라기 시작했다. 천천히 올라가는 양떼구름을 따라 높게, 높게, 계속 자랐다. 순식간에 두꺼운 줄기, 길게 뻗은 가지, 우거진 잎. 가로 방향과 세로 방향으로 거대해졌다. 깜짝 놀란 미나토 옆에 있던 영귀가 목을 뻗고 입을 뻐끔거렸다. 그 순간, 지붕보다 두 배 정도 크게 자란 쿠스노키의 성장이 딱 멈추었다. 양떼구름만이 하늘에 있는 동료들 곁으로 돌아갔다.

그 뒤에는 거목이라고 할 만큼 훌륭하게 자란 쿠스노키가 남았다.

마치 기쁜 감정을 표현하는 듯이 울창한 구 형태의 나뭇가지와 나뭇잎을 부들부들 떨고 있었다.

멍하니 입을 벌리고 있던 미나토와 담비 일행에게 용이 다가왔다. 그 표정은 일을 하나 마친 달성감으로 가득 차 있었다.

영귀 곁에 내려와서 미나토를 기대 어린 눈빛으로 바라보았다.

"……연못에 살고 싶다, 고 하네요."

"……아, 네. 거북이 씨가 괜찮다면……, 그러시죠."

통역해준 세리도 그렇고, 대답한 미나토도 놀라움이 가시지 않은 상태로 이야기를 나누고 있었다. 길쭉한 수염을 나부끼던 용이 예의를 차리며 다시 인사를 했다.

용의 이름은 응룡. 새로운 동거신인 응룡은 와인을 좋아했다.

술버릇이 조금 안 좋아서 취하면 날아다니는 것 같았고, 저녁에 바람을 쐬고 있던 미나토 주위를 신이 나서 떠다녔다. 와인잔을 끌어안고, 물건이나 다른 누군가에게 부딪히지도 않고 둥실둥실. 재주도 좋네, 미나토는 그렇게 감탄하며 바라보았다.

요즘은 영귀 덕분에 강제로 술 관련 운이 좋아진 탓에 전통주뿐만이 아니라 와인까지 받게 되었다. 고인의 유산인 와인 셀러를 가득 채울 정도였다. 소비자가 없어서 어떻게 해야 하나 고민하고 있었는데, 어이없이 해결되었다. 아마 영귀가 응룡에게 주는 환영 선물이었던 모양이다.

그리고 영귀가 연못 안에서 이사를 했던 수수께끼도 풀렸다. 자갈만 남은 쪽에는 응룡이 사는 모양이고, 자기가 살 곳은 자기 취향에 맞게 만들어주려는 배려였던 모양이다.

좀 전에 산신이 가르쳐 주었다. 응룡도 오랫동안 원령에게 붙잡혀 있었다고 한다. 그 원령을 정화한 것이 하리마의 손등에 그려진 가문의 문장이었기에 미나토에게 매우 고마워하는 것 같다고 했다. 실제로 정화한 건 하리마인 것 아닌가 하는 생각도 드는데.

아무튼, 영귀와 응룡은 사이좋게 지내고 있고, 적막했던 연못도 떠들썩해졌으니 정말 잘 된 일이다.

산신은 오늘도 변함없이 화과자에만 집중하고 있다. 저녁 식사를 하고 나서 디저트로 간장 경단을 먹었다. 물론 팥소도 없었다.

마루 밑으로 다리를 내민 미나토가 머리에 뒤집어 쓴 수건으로 머리카락을 닦았다.

"목욕을 너무 오래 했네. 앗 뜨거."

"신기하군. 항상 샤워라고 해서 잠깐 고양이 세수하듯 하지 않는고?"

얼굴이 빨개진 미나토를 보고 있는 산신은 외래어를 조금 껄끄러워한다. 발음이 조금 이상한 게 돌아가신 할아버지와 비슷해서 항상 정겨운 느낌이 들었다.

"무심코 그랬어. 친가에서는 거의 24시간 내내 언제든 온천에 들어갈 수 있었고, 평소에는 나 혼자만 쓰려고 목욕물을 채우는 건 수고가 많이 드니까."

"……온천이 그리운가?"

"뭐, 어느 정도. 피로를 푸는 방식이 다르다는 걸 친가에서 나온 이후로 처음 알았어. 우리 집은 유황 온천이라 피로 회복 효과가 있거든."

밝게 웃었다. 그 목소리를 들은 것은 간장 경단을 입에 문 큰 늑대. 커다란 잔에 담긴 전통주를 마구 마셔대고 있던 거북이. 와인으로 병나발을 불고 있는 용. 미나토가 눈치채지 못하는 와중에 신들이 서로 조용히 눈짓을 주고받았다.

○

세상에 이런 일이.

커튼을 제치자 정원 한구석에 노천탕이 생겨났습니다.

크고 작은 돌이 둘러싸고 있고, 그 안에 담긴 둥근 수면에서 따끈따끈한 김이 피어오르고 있다. 정말 개방적이고 멋진 노천탕이 정원에 아무런 위화감도 없이 자리잡고 있었다.

미나토는 반쯤 제친 커튼을 잡은 채, 멍하니 서 있었다. 잠깐만에 다시 극적인 변화를 맞이한 정원을 바라보고 있었다.

"……아니, 뭐, 그야, 놀랍긴 한데……, 온천, 이지……, 진짜로?"

피어오르는 김 너머로 바위에 턱을 얹은 채 온천에 몸을 담그고 있는 하얀 거구가 보였다. 눈을 감은 큰 늑대가 하~, 좋다, 좋아, 그렇게 기뻐하고 있는 모습을 멀리서도 알아볼 수 있었다.

창문을 열고 마루로 내려갔다. 이른 아침의 조용한 분위기를 깨지 않게끔 조용히 돌바닥 샛길을 샌들이 나아갔다. 주위 풀밭의 위치가 바뀌었고, 연못이 약간 좁아졌다. 하지만 원래 넓었고, 안에도 두 마리만 살기에 비좁다는 느낌은 들지 않았다.

가던 도중에 그 연못을 들여다 보았다. 눈부신 진주색 광택을 뿜어내는 거북이와 용은 물속에서 쉬고 있는 모양이었다. 어젯밤에도 늦게까지 마셨으니 낮쯤에나 일어날 것이다.

응룡이 사는 곳은 수초가 우거진 반대쪽과는 달리 바위투성이였다. 빽빽하게 들어찬 큰 바위 틈새로 들어가서 몸이 딱 맞는 곳에서 자는 걸 좋아하는 모양이다. 두 신은 다리를 경계로 주거지를 나누었다. 아무리 사이가 좋다 하더라도 선은 제대로 그어두었다.

연못 옆, 푸른 나뭇잎이 무성한 신목 쿠스노키를 올려다보았다. 이제는 훌륭한 거목으로 자라났고, 그 듬직한 줄기는 끌어안아도 손가락이 맞닿지 않는다. 머리 위에 있는 나뭇잎만이 조심조심 흔들렸다. 시선보다 훨씬 높은 나뭇가지와 나뭇잎 틈새에는 군데군데 하얀 털뭉치가 보였다. 수행을 마친 권속 세 마리가 각자 마음대로 자고 있었고, 자는 걸 방해하지 않게끔 조심하는 모양이었다. 자상한 쿠스노키에게 살짝 손을 대고 아침 인사를 했다.

온천으로 다가가자 은은한 유황 냄새가 코를 찔렀다. 그리운 느낌에 저절로 입가가 치켜올라갔다. 그 익숙한 향기는 정말 몇 달 만에 맡게 되었다. 시간이 꽤 오래 지난 것 같다는 생각도 들었다. 눈을 감고 턱을 올려둔 큰 늑대 근처 바위 가장자리에 몸을 숙이고 탕에 손을 담갔다. 찡하게 뼛속까지 스며드는 열기가 기분 좋았다. 두 손을 그릇처럼 써서 물을 떠보니 점성이 있는 물속에 온천 물때가 떠 있었다.

"……진짜 온천, 이야……."

나도 모르게 감탄하는 목소리가 새어나왔다. 둥실둥실 떠 있던 큰 늑대가 한쪽 눈을 살짝 떴다. 그 존안은 저번과 마찬가지로 매우 의기양양한 느낌이었다.

"터무니없네……."

어이없어하는 목소리에서 외경심과 외포심을 느낀 산신이 만족스러워하며 콧김을 내뿜었다.

"어떠한가, 그대도 아침 목욕을 하겠나?"

"고맙네, 사양하지 않고 그렇게 할게요."

큰 늑대는 미나토보다 몸집이 크다. 그 거구가 들어가 있는데도 충분히 여유가 있는 온천은 미나토가 한 명 늘어났다고 해도 아무렇지 않았다. 집 주위는 높은 담장으로 둘러싸여서 다른 사람을 신경 쓸 필요도 없이 마음 편히 들어갈 수 있다. 서둘러 수건과 갈아입을 옷을 준비한 다음, 들어갔다.

열이 오를 때까지 오랜만에 온천을 만끽한 미나토는 마루에 늘어져 있었다. 차가운 바닥에 엎드려서 볼을 찰싹 붙인 채 뻗어 있다.

"크아~, 행복하네~."

"그러한가, 그러한가."

산신은 열이 오르지도 않았고, 목욕을 하고 나와서 바로 고구마 양갱을 즐겼다. 온천에 몸을 담그고 있었을 때보다 훨씬 더 행복해보이는 것 같았다.

바닥에 굴러다니고 있던 미나토가 그제야 몸을 반쯤 일으켰다.

"온천이 딸린 단독 주택이라니, 여긴 정말 사치스러운 곳이네. 예전 집주인은 사장님이었다고 했으니 그 정도까지는 아닌…… 가?"

아직 머리에 열기가 조금 남아있고, 멍한 목소리. 맞은편에 있던 큰 늑대는 얼마 전에 엄선을 거듭해서 고른 말차 사발을 앞발로 잡고 코를 밀어넣었다. 뜨거운 것보다는 미지근한 것을 좋아하기 때문에 적당히 식은 호지차는 목욕하고 나와서 마시기에 딱 좋았다. 만족할 때까지 마신 다음, 고개를 들었다.

"온천을 사치라고 생각할 수도 있군."

"사람에 따라서는 말이지."

"나로서는 찬물과 별로 다를 게 없다만."

"호오."

신에게 있어서 온천은 사치품이 아니라는 것을 알게 된 미나토도 물을 마셨다. 산신이 마지막 고구마 양갱을 물어뜯었다. 최대한 시간을 오래 들여서 씹으며 날카로운 눈빛으로 뒷문을 힐끔 보았다. 3초 정도 뒤에 나뭇잎이 부스럭거리는 소리가 울렸다. 세리와 토리카가 쿠스노키의 줄기를 뛰어 올라갔고, 우츠기가 털썩, 땅바닥에 떨어졌다.

갑작스럽게 소동이 일어나자 평온한 분위기가 깨졌고, 깜짝 놀란 미나토가 쿠스노키를 보았다.

"어? 뭐야? 무슨."

"흥, 느리군."

산신이 묵직하게 꾸짖는 목소리가 들리자 뒷문으로 달려가는 세리와 토리카의 속도가 빨라졌다. 빠르게 몸을 일으킨 우츠기도 합류하기 위해 뛰어갔다.

약간 거칠어졌던 심기를 한순간에 다스린 산신이 꼬리를 흔들고는 일어서려 하던 미나토에게 말했다.

"또, 손님이 온 모양이다."

"나한테?"

머리 위에 물음표를 띄운 채 뒷문으로 향한 미나토의 앞을 누군가가 막아섰다. 연못에서 올라온 영귀와 응룡이 잠이 덜 깬 눈으로 가로막았다. 두 신은 숙취와는 인연이 없지만, 비틀거리는 걸 보니 조금 위태로운 느낌이었다. 미나토가 멈춰 섰다.

"……설마, 거북이 씨하고 용 씨가 아는 손님이야?"

두 신이 고개를 끄덕였다. 혹시나 해서 물어봤는데 역시 그랬던 모양이다.

둥실둥실, 느릿느릿, 그렇게 앞장선 그들을 따라갔다. 뒷문 문기둥 옆에 있던 담비 일행이 문 밖을 내다보며 몇 번이나 돌아보았다. 마치 뭔가 말하고 싶은 듯이. 의아해하면서도 손님을 우선 확인했다. 두 번째이니 이미 익숙하다. 이번에는 대체 어떤 분께서 오셨을까, 들뜬 마음으로 문밖을 보았다.

문기둥 그늘에 숨어서 창살문 틈새로 한쪽 눈을 내밀었다. 한쪽만 보이는 앞다리가 비늘로 뒤덮여 있고, 크림색 기운이 감도는 진주색 존재. 특이한 용의 머리에서 긴 수염이 늘어져 있었다.

"그, 그때 봤던!"

저번에 산에서 구해주었던 폭발적인 속도의 사슴 비슷한 존재, 기린이었다.

큰 소리를 내서 놀란 건지 당황하며 구석에 숨어버렸다. 살짝 보이는 그 떨리는 뒷다리 사이에 꼬리가 완전히 들어가 있다. 왠지 모르겠지만 겁을 먹었다. 함부로 말을 걸면 또 도망칠 것 같다.

곤란해진 미나토가 돌아서서 영귀, 응룡을 보았다.

이런, 이런, 손이 많이 가는군, 그런 분위기를 풍기는 두 신이 미나토 옆을 지나 창살문 너머로 기린과 마주보고 섰다. 아마 설득하려는 것 같다. 권속들은 대화의 내용을 알아들을 수 있지만 조용히 미나토의 발치에 서 있기만 했다.

잠시 후, 문앞에 있던 영귀가 돌아서자 세리가 미나토를 올려다보았다.

"들어가도 되냐고 하네요."

"그러시죠."

문을 열기도 전에 스윽, 뚫고 들어왔다. 언제든 마음대로 들어올 수 있는데도 불구하고 일부러 허락을 받는 이유는 산신이 있기 때문일 것이다. 풍신, 뇌신은 뭐라고 하기가 힘들다. 잠깐만 함께 지내보면 자유로운 성격이라는 걸 이해할 수밖에 없다.

아무튼, 들어오긴 했지만 창살문 바로 앞에서 움직이려 하지 않았다. 완전히 굳어 있었다.

겁을 먹고 있다. 미나토가 두려운 걸까, 아니면 인간 자체가 두려운 걸까. 이렇게까지 무서워하니 아무런 잘못을 하지 않았는데도, 짐작되는 것이 없는데도 미안한 기분이 들었다.

거리를 벌리는 게 나으려나? 미나토가 그렇게 생각하고는 성큼 성큼 세 발짝 물러섰다. 이야기는 중간에 권속을 통해서 할 테니 문제가 없을 것이다. 세 마리도 이해해준 건지 함께 물러났다. '잘 부탁해'라고 작은 목소리로 속삭이자 세리가 믿음직스럽게 고개를 끄덕여주었다.

미나토가 거리를 벌리자 기린의 떨리던 몸도 멈췄다. 표정을 다 잡고 땅을 내디뎠다. 하지만 꼬리는 여전히 뒷다리 사이에 들어가 있다. 용기를 낸 그 모습은 기특하기까지 했다.

"저번에 구해주셔서 정말 감사합니다."

세리를 통해 고맙다는 말을 듣고 실실 웃으며 한쪽 손을 살짝 저었다. 자극하지 않게끔 움직임은 최소한으로. 목소리는 내지 않는 게 좋겠다고 판단했기 때문이다.

"당신 덕분에 다시 자아와 자유를 되찾을 수 있었습니다. 고맙습니다. 감사한 마음을 어떻게 표현해야 할지 모르겠습니다. 이 은혜는 평생 잊지 않겠습니다. 그런데도 불구하고 인사조차 하지 않고 도망치다니, 그렇게 예의없기 그지 없는 짓을 저질러 진심으로 죄송———."

그 이후로 계속 사죄와 감사의 말이 주절주절 이어졌다. 겁이 많은 것치고는 수다쟁이일지도 모르겠다. 미나토 본인만 해롭지 않게끔 보일 거라고 생각하는 미소를 드리우고는 조금씩 맞장구를 치며 이야기를 들었다.

5분 경과.

끊임없이 이어진 세리의 목소리를 자장가 삼아 영귀와 응룡은 서로의 몸에 기댄 채 꾸벅꾸벅 졸고 있었다. 그 옆에 바른 자세로 서 있던 기린은 감동했는지 눈이 촉촉해졌다. 몸 앞에 깍지를 끼고 영업용 미소를 계속 드리우고 있는 미나토의 입가는 약간 굳어졌다. 세리만이 진지한 태도로 계속 담담하게 통역을 맡아주고 있었다.

"――그때, 당신의 힘이 사악한 존재를 없앴을 때, 저는 하늘로 날아오르는 듯한 기분이었습니다. 뭐, 실제로 날아올랐지만요. 나잇값도 못하고 매우 들떠버렸습니다. 아니, 정말, 부끄럽군요. 하지만 어쩔 수 없다는 생각도 듭니다. 왜냐하면 그때 받은 충격을 말로 표현하기에는 너무나도, 너무나도――."

아직 끝나지 않고 계속 이어지는 감사의 말과 성난 파도 같은 자기 이야기. 따분해진 우츠기가 어느새 몸을 구부리고 있던 미나토의 다리에 몸을 기댔다. 옆에 있던 토리카가 우츠기의 등을 찔렀다.

그리고 15분 경과.

"――그건 그렇고 이곳은 정말 멋진 곳이로군요. 지내기가 편할 것 같아 매우 부럽습니다. 저는 지금 세계를 방랑하고 있어서 지낼 곳도 마땅치 않아서요. 그 왜, 오랜만에 세상으로 나간 거잖습니까. 모든 것이 바뀌어버린 탓에 마치 우라시마 타로――."

끝나지 않는다.

미나토의 얼굴에서 영업용 미소가 사라졌다.

그리고 다시 5분 뒤, 그제야 흐르는 물처럼 유창하게 나오던 말이 '――그러니, 제가 사소하나마 보답을 해드릴까 하는데요'라며 목이 빠지게 기다리던 결론으로 넘어갔다.

오, 슬슬? 그렇게 다들 마음을 다잡고 자세를 가다듬었다.

그리고 공손한 태도로 말하는 세리의 어린애 같은 목소리로 폭탄이 날아들었다.

"당신을 세계의 절반을 손에 넣을 수 있는 위정자로 만들어드리겠습니다."

"마음만으로도 충분한데요."

척수반사, 진지한 표정으로 거절했다. 무조건 거절할 생각이다.

기린이 움찔거리며 몸을 세게 떨었지만, 나도 심장이 움찔거렸고, 순식간에 식은땀이 흘러내렸다. 도저히 받아들일 수 없는 그 무시무시한 보답 때문에 몸이 떨리기까지 했다. 영귀와 응룡의 위대한 힘을 몸소 겪어서 알고 있기에 기린의 힘도 의심할 여지가 없다.

그렇게 대단한 사람이 될 그릇이 아니라는 건 나 자신이 잘 알고 있다. 내 주제에서 너무나도 벗어났다. 되고 싶지도 않고, 그럴 생각도 없다. 누구에게도 불행에 불과할 세계의 미래가 내 대답에 따라 결정되어버린다. 압박감 때문에 목도 바싹 말랐다.

"진짜로 마음만으로 충분하거든요. 지금 이대로도 행복해요. 평범한 일반인으로 지내고 싶어요. 그냥 서민이면 충분해요. 기타 등등, 이름없는 마을 사람 정도가 딱 좋은 그릇인 사람이라서요. 진심으로 부탁드립니다. 그러지 마세요."

정신을 차리고 보니 몸을 살짝 앞으로 내밀면서 필사적으로 호소하고 있었다. 기린이 겁을 먹으면서도 이해가 안 된다는 듯이 고개를 갸웃거렸다. 거부당할 줄은 예상하지 못했던 모양이다.

"어째서죠? 인간은 토지나 자원을 서로 빼앗고, 다른 종족을 먹거나 죽이는 것만으로는 모자라서 같은 종족들끼리 사투를 벌이는 것도 정말 좋아하는 천박하고 잔인한 생물이잖습니까. 권력을 쥐고 휘두르면 마음껏 동족들의 시체를 산더미처럼 쌓을 수 있을 텐데요."

감정이 담기지 않은 세리의 어린애 같은 목소리가 오히려 가슴속에 울렸다. 부정할 수는 없다. 인류가 걸어온 과거도, 현재도, 그리고 미래도. 언제나 인간은 그런 짓을 반복했으니까.

하지만 모두가 그런 건 아니다, 그렇게 강한 태도로 반론할 수도 없었고, 다가갈 수도 없었기에 더더욱 초조해졌다.

그렇게 미나토 혼자만 위기에 처한 와중에 하늘 위에서 살짝 웃는 목소리가 두 개 내려왔다.

"고맙다는 말만으로 충분하대. 사람에게는 상성이 있으니까. 이 애는 그런 욕심이 별로 없거든."

"세계의 절반을 손에 넣더라도 행복할 거라는 보장은 없겠죠."

그렇게 웃음 섞인 도움을 받았다. 귀에 익은 목소리를 듣자 온몸에서 힘이 빠져나갔고, 위쪽을 올려다보았다. 쿠스노키 위쪽, 풍신과 뇌신이 공중에 서 있었다.

그런데 신기하게도 어린 몸이 아니었고, 어느 정도 성장한 소년의 모습이었다.

기린은 두 신의 말을 듣고 납득한 모양이었다. 다시 한참 동안 작별 인사를 늘어놓고 돌아갔다. 폭풍은 무사히 지나간 것이다.

마루에서 나란히 의젓하게 앉은 풍신과 뇌신에게 미나토가 진지하게 엎드려 절했다.

"정말로 덕분에 살았어요. 감사합니다."

그들 덕분에 행운이 아니라 불행을 뒤집어쓸 뻔한 상황을 피할 수 있었다.

목숨을 건진 듯한 기분이다. 멋대로 그런 선물을 슬쩍 두고 가면 큰일이다. 모처럼 아침에 목욕을 했는데 식은땀을 잔뜩 흘려버렸다. 열심히 통역해준 세리와 함께 물을 잔뜩 마셔서 잃은 수분을 보충했다. 물론 생명의 은인에게는 고맙다는 말뿐만이 아니라 그들이 좋아하는 전통주를 잔뜩 늘어놓고 대접했다.

깔깔대며 유쾌하게 웃는 풍신, 뇌신의 잔에 차례대로 전통주를 넘실넘실 따랐다. 풍신이 칠기 잔을 슬쩍 돌리자 금박이 휘날렸다.

"고생했어. 상대방은 선의로 그렇게 했다는 게 참."

"뭐, 그 애는 예전부터 사람들에게 그런 부탁만 들었으니까."

"겁을 정말 많이 먹은 걸 보니 인간들에게 무슨 짓을 당했나 싶었는데요."

"글쎄. 산 자는 그 애를 어떻게 해볼 수가 없을 테니까."

"생리적으로 꺼려하는 거 아닐까? 애초에 인간을 싫어하기도 했고, 악령에게 붙잡힌 게 결정타였을지도 몰라."

뇌신이 잔을 기울였다. 여전히 능숙한 그 모습을 보면서 미나토가 물었다.

"그런데, 그 몸은……."

얼마 전에 놀러왔을 때는 세 살 정도였는데, 지금은 일곱 살 정도 외모가 되었다. 몸은 성장했지만, 허리에 두른 천 한 장은 그대로다. 정원이 항상 봄이긴 하지만, 바깥 세상은 날마다 겨울로 나아가고 있고, 계속 쌀쌀해지고 있다. 방한이 전혀 안 되는 천 한 장만으로는 추울 것 같아서 옷을 입혀주고 싶다고 생각하는 건 어쩔 수 없을 것이다. 추위 같은 건 전혀 느끼지 않는 것 같긴 하지만.

정원을 바라보고 있던 뇌신이 '온천에 들어가도 돼?'라고 물었기에 '물론이죠'라고 바로 대답했다. 꼭 좀 몸을 데우고 갔으면 좋겠다.

잔을 비우고 숨을 돌린 풍신이 어깨에 메고 있던 천주머니를 내려놓았다. 자그마한 그 천주머니에 손을 넣고 부스럭거리는 소리를 내며 안을 뒤졌다. 처음 보는 물건이다. 미나토는 뭘까 궁금해하며 녹차가 든 잔을 기울였다.

"원래 모습으로 돌아가고 있거든. 네 덕분에."

"……제가 뭔가 한 게 있나요?"

"우리를 '있다'고 인식해주면서 공경해주니까 존재가 강화되었거든. 사용할 수 있는 힘도 늘었고. 고마워."

지금은 아무도 신의 존재를 믿지 않는다.

느낄 수 있는 자도 예전에 비하면 극히 일부에 불과하다. 사람들로부터 외경심을 얻지 못하더라도 존재 자체는 사라지지 않지만, 모습을 유지할 수 없게 된다고 한다.

"이건 보답이야. 항상 신세진 것도 포함해서."

풍신이 얇은 막대기 모양 물건을 잡고 천주머니에서 단숨에 끄집어냈다.

두둥, 거대 황새치가 나타났다. 은색으로 빛나는 방추형 몸, 길쭉하고 뾰족한 턱. 맑은 눈. 방금 낚아온 건지 바다 향기가 마루에 퍼졌다. 미나토와 양옆에 앉아 있던 담비 세 마리가 동시에 깜짝 놀랐다. 길이가 3미터는 넘었기에 아무리 생각해도 작은 천주머니에 들어갈 크기는 아니었다.

시선보다 위로 떠오른 거대 물고기 건너편에 있던 풍신이 천진난만하게 방긋 웃었다.

"피는 미리 빼두었어."

"······신경 써 주셔서, 감사합니다."

어떻게 손질하라고. 가정 요리를 대충 할 수 있는 실력에 불과한 미나토에게는 무거운 짐이다. 물고기를 손질한 경험도 별로 없고, 무엇보다 부엌칼로는 손질 자체가 힘들 것이다. 굳은 표정으로 겁을 먹어버렸다.

'농담이야. 잘 봐', 풍신이 그렇게 가벼운 말투로 말하고는 황새치를 정원으로 옮겼다.

공중에 떠 있던 그 불쌍한 황새치와 눈이 마주치자 조금 껄끄러워진 미나토와 다른 모두가 지켜보는 가운데, 마루 밖으로 나간 곳에서 멈췄다.

풍신이 손가락을 살짝 움직이자 샤샤샥, 잘려나갔다. 곧바로 초승달 모양인 바람의 칼날 여러 개가 물고기의 살을 발라나갔다. 겨우 몇 초만에 살만 남았다. 그리고 거의 모두 비슷한 크기였다. 지방이 윤기를 드러낼 정도로 예리하게 잘린 흔적. 정말 맛있을 것 같다. 양이 엄청나게 많긴 하지만.

흥분한 우츠기가 미나토의 팔을 잡고 흔들며 '미나토도 저거 할 수 있어?!'라고 순진하면서도 잔혹한 기대가 담긴 눈빛으로 바라보았다. 평범한 사람에게 신 같은 솜씨를 발휘하라니, 터무니없는 말씀을 하시네. 보잘것없는 긍지에 등을 떠밀려 '어, 언젠가……, 할 수 있으면 좋겠, 네요'라며 쥐어짜낸 목소리로 선언했다. '왜 존댓말로 말하는데?', 토리카가 그렇게 조용히 태클을 걸었다.

　할 수 있는 미래가 상상되지 않는다. 여전히 최대 풍속이 선풍기 '약' 정도인 산들바람만 뿜어낼 수 있는 나로서는.

　헛웃음으로 둘러댔다. 공중에 떠 있는 물고기 살점을 대접에 담기 위해 드러누워 있던 큰 늑대의 옆을 지나 실내로 돌아갔다.

　회를 잔뜩 먹은 담비 일행이 부풀어오른 배를 끌어안고 집인 산으로 돌아갔다.

　좋은 기회라고 생각한 미나토는 풍력을 다루는 법을 봐달라고 했다. 자신의 풍력은 풍신과 천지차이다. 권속들 앞에서 보여주기에는 아무래도 껄끄럽다.

　누워있던 큰 늑대의 등을 향해 미나토가 손바닥을 내밀었다. 하늘하늘 뿜어져 나간 미풍으로 인해 털이 살짝 나부끼자 풍신이 자비로운 표정을 지으며 고개를 끄덕였다.

　"어느 정도 조절은 할 수 있구나."

　"……네."

　지금 담을 수 있는 가장 큰 힘을 담았다. 약간 기세가 강해진 바람을 맞은 털이 코를 간질였고, 자다 깬 큰 늑대가 세차게 재채기를 한 번 했다.

"죄송합니다."

"괜찮다, 괜찮아."

관대하게 대답하긴 했지만, 인상을 찌푸리며 앞발로 코를 긁었다. 바람을 뿜어내는 모습을 알아보기 편하게끔 긴 털을 이용한 시범이 끝났다. 하늘하늘, 부드럽게. 미지근하게. 그 정도로만 표현할 수 있는 미풍은 풍신의 명검이라고 할 만큼 예리한 바람과는 비교도 되지 않는다.

턱에 손을 댄 풍신이 고개를 갸웃거렸다.

"힘을 꽤 억누르고 있는 것 같던데, 무서워서 그래?"

"……무섭다. 무서운……, 걸까요?"

"한 번 온 힘을 다해서 그 힘의 한계를 알면 좀 더 자유롭게 다룰 수 있을지도 몰라."

"온 힘을……."

"마음 가는 대로, 마음에 들지 않는 녀석을 날려버려보든가."

"그런 사람은 없어요……, 지금까지는요."

앞날은 알 수가 없다. 여기에서 지낼 때는 복잡하고 번거로운 인간관계 때문에 고민할 일이 거의 없는 거나 마찬가지고, 마음은 항상 잔잔하고 평온하다. 날마다 미지근한 탕에 몸을 담그고 있는 것처럼 행복한 느낌에 감싸여 있다. 애초에 날마다 봄이다. 그 때문인지 모처럼 능력을 받았는데도 잘 다루겠다는 의욕도 거의 없었고, 그럭저럭 정도면 괜찮을 거라 생각했다.

하지만, 계속 여기에서 지낼 수는 없다.

계속 여기서 평화에 찌들어 있을 수는 없다.

여차할 때를 대비해서 자신의 의지로 완벽하게 제어할 수 있게끔 해두어야 할 것이다.

그리고 분노에 몸을 맡기고 자기도 모르게 풍력을 폭주시킨다면 주위의 피해뿐만이 아니라 최악의 사태에 빠질지도 모른다. TV, 잡지, 그리고 인터넷에 소문이 퍼질 수도 있을 것이다. 언제 어디에서 누가 보고 있을지 모르니까.

그제야 위기감을 느낀 미나토가 자세를 바로잡았다.

"해볼게요. 좀 더 정진해야겠네요."

"응, 열심히 해. 마음에 들지 않는 녀석의 집을 여유롭게 두 동강 낼 수 있을 정도는 되어야지."

"너무 살벌한데요."

쾌활하게 웃는 얼굴은 사랑스러웠지만, 내용물은 정말 사납다.

미나토가 약간 정색했다. 황새치 회를 간장에 듬뿍 담그던 뇌신이 고개를 들었다.

"내 힘도 빌려줄까?"

"마음만으로도 충분해요!"

"어~? 왜? 사양하지 않아도 되는데."

"아뇨, 괜찮아요. 지금은 됐으니까!"

"엄청 도움이 될 것 같거든. 열받게 구는 상대를 한방에 없애버릴 수 있어."

"좀 봐주세요!"

번개라니, 너무 겁난다. 안색이 안 좋아진 미나토가 고개와 두 손을 필사적으로 저으며 온 힘을 다해 거부했다. 두 신이 유쾌하다는 듯이 바라보면서 깔깔 웃었다.

그렇게 시끌벅적한 분위기 속에서 마음에 드는 방석에 드러누

운 큰 늑대가 황새치 머리 앞에서 기분 좋은 듯이 꼬리를 흔들었
다. 내일은 황새치 머리 구이. 정말 기대된다.

제9장 돌아보면 언제나 거기에 있다

시선이 느껴진다.

찌릿찌릿, 통증까지 느껴질 정도로 뜨거운 시선이 등을 달구었다. 마루에서 호부를 만들다가 그것을 느낀 미나토가 조용히 고개만 돌렸다. 산쪽 담장 위에서 누군가가 재빠르게 사라진 듯한 느낌이 들었다. 눈을 깜빡인 다음, 원래 위치로 되돌린 고개를 한 번 갸웃거리고는 다시 한지에 붓을 놀렸다.

강하디 강한 시선을 뒤쪽에서 감지했다.

쿠스노키가 드리워준 부드러운 나무 그늘에서 대나무 빗자루를 한 손으로 든 미나토가 재빠르게 몸 전체를 돌렸다. 논 쪽 담장 위에서 샤샥, 하얀 무언가가 사라진 것 같은 느낌이 들었다. 잠깐 바라보고 있었지만, 다시 보이지는 않기에 쓰레받기에 낙엽을 담고는 떠났다.

레이저 광선급으로 강렬한 시선이 등에 박혔다.

샛길을 걸어가던 미나토가 그것을 눈치챈 순간, 화악, 머리가 날아가버릴 듯한 기세로 돌아보았다.

뒤쪽 창살문에서 누군가가 사라졌다. 희미한 크림색을 띤 진주색 빛을 남기고.

『명패 완전히 부서짐. 예비 전멸. 곧바로 작성 부탁함.』

그렇게 척 보기에도 범상치 않은 긴급 문자를 친가 어머니에게 받은 것은 겨울이 코앞으로 다가와서 추운 날이었다. 익숙한 의뢰를 받은 미나토는 따스한 마루에서 좌탁 앞에 앉아 명패 양산 체제에 돌입했다.

"완전히 부서지진 않았잖아, 그냥 금이 크게 갔겠지. 어머니는 여전히 호들갑이 심하네."

니스를 여러 겹 칠해서 말린 목재에 적은 글자 테두리를 조각도로 파내기 시작했다. 그렇게 말하면서도 망설임없이 움직이는 손 근처에는 크기가 같은 목재가 쌓여 있었다. 대문에 걸 명패뿐만이 아니라 온천 여관의 방에 걸 명패들이다. 그 밖에 쌓여 있던 작은 나무들은 각 방의 열쇠에 걸 열쇠고리다. 가끔 깜빡 잊고 가져가는 손님이 있기 때문에 항상 여유있게 만들어둔다.

작업 중이던 미나토 맞은편, 진한 보라색 방석 위에 누워 있던 큰 늑대가 일어섰다.

앞쪽 좌탁 위에 놓여 있던 미나토의 아버지 이름이 새겨진 친가용 명패를 앞발로 살짝 건드렸다. 금색 빛이 뿜어져 나와 비취색과 뒤섞여서 더욱 눈부시게 되었다. 미나토가 못 보는 사이에 멋대로 지켜주는 힘을 강화시키고 있었다.

하나만 그렇게 해준 것이 게으르고 변덕스러운 산신다웠다.

"그런데 명패가 쪼개진다는 것도 묘한 일이로군."

"그런가? 예전부터 그랬고, 우리 집에서는 너무 당연한 일이라 아무도 이상하게 생각하지 않았어. 이웃 사람이 가르쳐줄 때도 있었고."

큰 늑대가 다시 방석에 엎드려서 슬쩍 꼬리를 흔들었다.

"아마 일부러 쪼갰을 게다."

"……일부러 쪼개다니, 누가?"

"집에 자리잡고 있을 터인데, 인간이 아닌 존재가."

"설마, 동자님이?"

"아마도. 효과가 사라졌다는 걸 알려주기 위해서일 터."

손을 멈춘 미나토가 허공을 보았다. 짐작되는 게 있긴 하다.

예전에 처음 나들었던 온천 여관의 명패가 몇 번이나 바닥에 떨어진 적이 있었다. 제대로 고정시켜두었는데도 불구하고. 매번 원래대로 돌려두었을 뿐, 교환은 하지 않았다. 당시에는 할아버지가 돌아가신 뒤라 아무도 그 의미를 눈치채지 못했다.

그러던 와중에 아버지에게 이상이 생겼다. 한여름인데도 춥다면서 몸을 떨었다. 볼 수 있는 할아버지의 성질을 약간이나마 물려받은 아버지는 영적인 존재를 피부로 지각했다. 날마다 가장의 건강이 악화되자 평소에는 밝았던 쿠스노키 가문의 분위기가 무거워졌다. 그리고 명패가 완전히 부서진 것이다.

과거를 떠올린 미나토가 납득이 된다는 표정으로 조각도를 고쳐쥐었다.

"어머니가 호들갑을 떠는 이유를 알겠어. 첫 인상이 사라지지 않아서 그렇구나."

지금 생각해보니 산산조각난 이유는 동자가 분노의 철권을 날렸기 때문일지도 모르겠다. 얼른 이걸 바꾸라면서. 아마 할아버지가 세상을 떠나자 의사 소통을 할 수 있는 사람이 없어져서 답답했을 것이다. 새 명패를 달자 아버지는 며칠만에 금방 회복되었다. 쿠스노키 가문에 무사히 평화가 찾아온 것이다.

금방 준비할 수 있었던 건 예비가 있었기 때문이다. 손님에게 명패를 칭찬받은 미나토는 더욱 완성도를 높이기 위해 명패를 계속 만들고 있었다.

그 이후로도 온천 여관, 친가의 명패는 정기적으로 금이 크게 가곤 했다. 동자님이 힘을 조절해서 가르쳐주었던 모양이다. 예전부터 금이 가는 이유는 알지 못했지만, 보기에 안 좋았기에 반드시 교환했다. 이유를 알게 된 지금은 동자님이 고맙기만 하다. 오랫동안 신세만 졌다. 만든 명패를 보낼 때 이쪽 명과와 명주도 반드시 같이 보내야겠다고 다짐했다.

동자님에 대한 감사의 마음을 담으며 한동안 목재를 깎아내다 보니 뒤통수에 뜨거운 시선이 느껴졌다. 꿰뚫릴 것 같을 정도로 날카로웠다. 잠깐 손이 멈췄지만, 동요하지 않고 작업을 다시 시작했다. 하지만.

"그 조각도로 동족을 단숨에 해치울 셈이신지? 아니, 그걸로는 길이가 부족할 텐데. 그렇다면 목을 노리시겠군요. 솜씨가 꽤 좋으신 모양입니다."

살벌한 말이 산신의 중후한 목소리로 들렸다. 시선을 보내고 있던 존재, 산 쪽 담장 너머로 고개를 반쯤 내민 채 들여다보고 있던 기린의 혼잣말을 전해준 것이다. 마치 유쾌하다는 듯이 두 눈을 초승달처럼 뜨고 목소리만은 진지하게.

"저 손놀림, 숙련된 기술일지니. 동족뿐만이 아니라 다른 종족들도 단번에 숨이 끊어지겠군요."

오해도 정도가 있지. 명예훼손감이다. 조각도의 칼날이 미끄러져서 쓸데없는 선을 새겨버렸다.

"이걸 드시고 조금이나마 마음을 가라앉히시면 좋겠습니다만."

기린이 몰래 부지 안으로 들어와 신기한 남국산 과일을 땅바닥에 내려놓았다. 긴 털에 뒤덮인 그 람부탄을 굴리고는 재빨리 담장을 뛰어넘어 도망쳤다.

미나토는 살짝 한숨을 쉬고는 땅바닥에 굴러다니는 람부탄을 주우러 나섰다. 불만이 많긴 하지만 과일은 기대가 되었기에 발걸음은 매우 가벼웠다.

"정말 유쾌한 녀석이로구나."

뒤쪽에서 산신이 재미있다는 듯이 웃는 소리가 따라붙었다.

미나토에게 고맙다는 인사를 하면서 시간을 빼앗으며 폐를 끼치는 것에 불과한 보답까지 하려던 그 기린. 다음날 다시 나타나서 부지 밖에서 미나토를 한참 관찰하다가 외국 과일까지 두고 갔다.

그 이후로 거의 날마다 훔쳐보다가 세계를 방랑하며 가져온 선물을 몰래 두고 가는 것을 질리지도 않고 반복하고 있다. 매번 두고 가는 과일은 매우 희귀한 것들이라 일본에서는 손에 넣기 힘든 것들뿐이었다.

고맙긴 하지만, 훔쳐보고 있으니 마음이 어수선한 데다 말이 너무 많다. 혼잣말이기에 원래 미나토에게는 들리지 않겠지만, 재미

있어하는 산신이 전부 통역해 주어서 결국 다 듣게 되었다.

인간의 어두운 부분을 너무 많이 본 그 성수는 인간은 야만스러운 생물이라는 고정관념을 품고 있다. 미나토의 일거수일투족을 끊임없이 관찰하며 멋대로 살벌한 망상을 펼치고 있다. 그걸 전부 듣게 된 미나토는 견딜 수가 없었다.

계속 변함없는 흡입력을 발휘해주는 청소기로 마루 전체를 청소해 나갔다.

항상 뿌리를 내린 듯이 가운데에 자리잡고 있던 큰 늑대가 다가오는 청소기를 화려하게 피했다. 실내로 이동해서 영차, 소리를 내며 방석도 앞발로 끌어당겼다. 언덕이 사라진 곳에 청소기가 밀고 들어갔다. 매번 하던 행동이라 미나토도 전혀 신경 쓰지 않았다.

길을 비켜라, 길을 비켜라. 신을 사정없이 밀쳐내고 관리인으로서의 임무를 수행하겠다. 산신은 털이 빠지지 않기에 별로 힘들진 않았다. 저렇게 몸집이 큰데 털까지 빠진다면, 털갈이 하는 시기를 상상하니 겁이 났다.

다음에는 재빠르게 걸레질을 했다.

"참극을 벌이고 뒤처리를 하는 걸까요……?"

방석에 자리잡고 있던 산신이 조용히 중얼거렸다. 대걸레 손잡이를 잡은 손에 힘이 들어갔다. 눈을 돌리지 않아도, 돌아보지 않아도, 그 존재는 쉽사리 알아볼 수 있다.

훔쳐보는 기린이 틀림없다.

"피 같은 것들은 바로 닦지 않으면 잘 지워지지 않으니까요. 바닥이 상해버릴 수도 있고요. 중요한 일이지요."

산신의 웃음소리가 덤으로 딸린 목소리였다. 즐거워 보인다. 멋 대로 어레인지를 한 모양이다. 바닥에 힘껏 누른 대걸레가 반짝이 는 선의 흔적을 남겼다.

"이건 양이 좀 될 테니 분명히 만족하시겠지요. 부디 마음을 다 스리시길."

소리가 살짝 들리며 한아름 정도 크기인 카눈이 담장 옆에 놓였 다. 약간 달달한 향기가 바람을 타고 마루까지 다가왔다. 미나토 가 돌아보았을 때는 이미 어디에도 진주빛 궤적은 남아있지 않았 다.

삼실 두 다발을 다리로 고정하고 두 손을 비비고 꼬아서 새끼줄 을 하나 만들었다. 손으로 여러 번 문질러서 당기자 황금색 빛, 광 택이 늘어났다.

마루에서 열심히 손을 움직이며 신목 쿠스노키에 걸어둘 금줄 을 만들고 있던 미나토의 어깨가 흔들렸다.

"……저 새끼줄로 동족을 꽁꽁 묶으려는 거군요. 그리고 조리돌 림을 한 다음, 목을 쳐서 지옥으로 보내는 코스겠고요. 물론 저도 봐서 알고 있습니다. 아, 그립습니다."

목소리의 억양까지 표현하면서 통역해 준 산신이 세 다발을 꼬 아서 만든 새끼줄을 앞발로 쓰다듬었다. 엄청난 빛을 뿜어내자 만 족스러운 듯이 코웃음쳤다.

고개를 든 미나토가 따지려고 입을 벌렸지만, 결국 아무런 말도 하지 못하고 다른 삼실을 집어들었다. 함부로 목소리를 내면 도망 처버릴 것이다.

"이걸 드시고 응룡처럼 온화한 성격이 되어주시면 좋겠습니다만. 뭐, 이건 이름뿐이라 별로 닮진 않았지만요."

그렇게 말하며 용과를 부지 안에 굴렸다.

"아니, 응룡은 그렇게까지 성격이 온화하진 않았군요."

조용해진 연못을 의미심장한 태도로 보았다.

"실수를 한 건지도 모르겠습니다."

그렇게 중얼거리며 가볍게 담장을 뛰어넘었다. 짐작되는 게 있는 산신이 몸을 떨었다.

○

미나토는 해야만 하는 잡일들을 이것저것 마치고 슬슬 바람을 자유자재로 다룰 수 있게끔 하는 훈련을 제대로 하기 위해 일어섰다.

그렇다면 그에 맞는 곳으로 가자꾸나, 산신이 그렇게 말했기에 뒷문 쪽으로 왔다. 미나토가 창살문 너머로 이른 아침에 안개가 낀 바깥을 바라보았다. 옆에 있던 산신이 발을 내디뎠다.

"가자꾸나."

"……그래, 응."

제대로 이해하지 못한 미나토가 문을 열기 위해 앞으로 나섰다. 그 순간, 고막이 팽창하는 듯한 느낌과 온몸의 피부를 쓰다듬는 것 같은 기묘한 감각으로 인해 소름이 돋았다. 막 비슷한 무언가를 통과한 것 같은 느낌이 분명히 들었다.

"우와, 조금 기분이 나빴는데……, 뭐야, 여긴 어딘데?"

"아직 멀었구나. 위화감을 느끼게 하다니."

산신이 엄숙하게 말했다. 단숨에 바뀐 경치로 인해 미나토가 깜짝 놀랐다. 잠시 후 주위를 둘러보니 커다란 나무들이 솟아 있고 완만한 경사에 있었다. 보아하니 산속인 것 같았다.

근처에 있던 나무줄기를 따라 올려다보았다. 하늘을 찌를 듯한 나무들의 가지 사이에 구름 한점 없이 푸른 하늘이 보였다. 태양은 보이지 않았다. 턱을 내리자 하늘을 뒤덮고 있는 나뭇가지와 나뭇잎 때문에 햇빛이 거의 들지 않을 텐데도 묘하게 밝다. 시야는 양호했고, 딱히 공을 들이지 않아도 먼 곳까지 내다볼 수 있었다.

뭔가 물어보고 싶은 듯한 눈빛으로 옆에 있던 큰 늑대를 보았다.

"권속들이 만든 신역이다."

"아, 이거 말이었구나."

잘 만들 수 있게 되었다고 그 세 마리가 기뻐했던 게 이 공간이었구나, 그렇게 납득이 되었다. 큰 늑대가 긴 꼬리를 흔들었다.

"여기서 마음껏 날뛰도록 하거라."

"쓸데없이 나무에 상처를 입히고 싶진 않은데."

"뭐, 상관 없다. 가짜이니."

줄기에 손을 대 보아도 아무런 위화감이 없었고, 생김새도 진짜 같기만 했다. 하지만 가까이 다가가 보니 나무의 향기가 나지 않았다. 이야기를 듣고 보니 주위에서도 산 특유의 축축한 나무와 흙 냄새가 풍기지 않았다. 숲의 향기를 뿌리고 다니는 산신이 거리를 두자 더욱 잘 느껴졌다.

"……정말이네."

"잘게 쪼개든 베든 마음대로 하거라. 산을 두 동강 내버려도 상관없다. 할 수 있다면 마음껏 해보거라."

슬쩍 가늘게 뜬 두 눈과 놀리는 기색이 섞인 목소리를 느낀 미나토는 의욕을 불태웠다.

조용히 두 눈을 감고 호흡을 가다듬은 다음, 몸속에 깃든 힘을 끌어내기 시작했다. 평소에는 제어할 수 없게 되는 사태를 우려해서 억누르고 있던 힘을 전부 해방시켰다.

큰 늑대의 시선 끝, 날씬한 몸 전체에서 희미하게 뿜어져 나오기 시작한 하늘색 일렁임이 조금씩, 조금씩 진해졌고, 피어올랐다. 나부끼는 까만 머리카락. 펄럭이는 겉옷 옷자락. 발치에 흩어져 있던 낙엽이 떠올랐다.

천천히 눈을 뜨자 드러난 올리브색 눈동자.

미나토를 기점으로 폭발적으로 부풀어오른 바람이 거세게 휘몰아치자 낙엽, 나뭇가지가 날아갔고, 머리 위를 뒤덮고 있던 나뭇가지와 나뭇잎들이 흔들렸다. 근처에 있던 거목이 흔들리는 모습을 본 것을 마지막으로 미나토의 기억은 끊겼다.

○

미나토가 자신의 힘에 삼켜져서 정신을 잃기 조금 전, 아무도 없던 쿠스노키 저택 정원에 침입자가 나타났다.

그렇다, 항상 찾아와서 훔쳐보던 기린이다.

담장 위로 얼굴을 반쯤 내밀고 두리번거리며 정원을 구석구석

살펴보았다.

"……외출하신 걸까요."

실내의 기척을 살피고는 없다는 걸 깨달았다. 다 알겠다는 듯한 표정으로 고개를 살짝 끄덕이자 수염이 하늘거리며 흔들렸다.

"동족의 목을 따러 가신 건지도 모르겠군요. 아니면 기분 내키는 대로 토지를 빼앗으러 가셨거나. 당연히 모조리 몰살시키시겠지요. 그도 일본인인 건 마찬가지이고, 피는 속일 수 없을 터. 정말, 젊은 탓인지 혈기가 왕성하신 모양입니다."

어이없어 하면서도 망설임없이 담장을 뛰어넘었다. 공중에 띄워둔 가시돋힌 과일과 함께.

"그럼 이쪽에 두고 가겠습니다. 돌아오시면 드시겠지요."

냄새가 심한 두리안을 마루 앞쪽 땅바닥에 살며시 내려놓았다. 연못 두 군데에서 거품이 일었고, 수면이 거세게 파도쳤다. 타박타박, 경쾌한 발걸음으로 소 꼬리와 비슷하게 생긴 꼬리를 좌우로 흔들며 담장 쪽으로 향했다. 연못에서 가는 물기둥이 두 개 솟구쳤다.

물속에서 튀어나온 영귀가 마루 앞에 털썩, 착지했다. 곧바로 앞발로 두리안을 대각선 위쪽을 향해 후려쳤다. 일직선으로 날아가 공중에 떠 있던 응룡이 빙글, 한 바퀴 돌아서 긴 꼬리로 후려쳤다. 날아간 가시 덩어리가 기린의 뒤통수를 가격했다. 들어갔나, 그렇게 생각했더니 맞기 직전에 멈춰 있었다. 그 밑에서 돌아본 기린이 사나운 기척을 뿜어냈다.

"무슨 짓을 하시는 겁니까?"

"너야말로 뭐하고 있는 거냐."

"정말로 말이야."

기린을 사이에 두고 영귀와 응룡이 분노의 오라를 뿜어냈다. 오랜만에 보인 성수들 사이에 흐르는 분위기는 한없이 살벌했다. 응룡이 수염을 곤두세우며 아래쪽에 있던 기린을 내려다보았다. 영귀도 평소에는 반쯤 감고 있던 눈을 전부 뜨고 기린을 바라보았다.

"여기에 쓰레기를 가져다 두다니, 대체 무슨 짓이냐."

"쓰레기라니, 그게 무슨 소리죠? 실례로군요. 맛있는 과일이라고요."

두리안을 영귀에게 내던지자 다시 돌아왔다.

'먹을 것으로 장난치면 안 됩니다', 기린이 그렇게 말하며 다시 긴 꼬리로 받아쳤다. 경이로운 속도로 다가오는 두리안을 보고 영귀가 눈을 흘겼다.

"그러한 것은 먹을 것이 못 된다. 이렇게 불쾌한 악취, 몸이 상할 게다. 그걸 아무렇지도 않아 하다니, 정신이 나갔군. 네 코의 기능에 문제가 있는 것 아닌가?"

앞발로 후려친 악취 덩어리가 응룡을 향해 대각선 위쪽으로 날아갔다.

"동의."

긴 몸통을 꿈틀대며 꼬리로 내리쳤다.

"문제 없거든요!"

그렇게 소리친 기린이 다시 영귀 쪽으로 날렸다. 한동안 성수 세 마리 사이에서 랠리가 이어졌다.

슬슬 질린 응룡이 다가온 두리안을 으르렁대며 세 발톱으로 꽉 붙잡았다. 과즙이 흘러내리자 하늘 위에서 정말 질색이라는 듯이 손으로부터 고개를 돌렸다.

"어떻게 할 거냐. 쓰레기 냄새가 짐에게까지 묻어버렸단 말이다."

응룡이 짜증난다는 듯이 그렇게 말했고, 영귀도 냄새를 풍기는 자신의 앞발로부터 고개를 젖혔다. 몸 전체에 과즙과 냄새가 묻은 것은 물론이고, 정원에도 지독한 악취가 가득 차 있다. 기린이 고개를 천천히 저었다.

"이런, 이런, 귀공들은 이 멋지고 맛있는 과일을 모르시는군요. 그렇게 견식이 좁은 이유는 집에 틀어박혀 있기만 했기 때문입니까? 귀공들도 저처럼 세계를 돌아다니며 좀 더 배우는 것이 좋지 않을까요?"

눈을 치켜뜨고 수염을 곤두세운 응룡에게서 청은색 빛이 솟구쳤다.

"가지고 돌아가라."

응룡이 거센 감정을 억누르는 목소리와 함께 다시 던지자, 기린은 고개를 살짝 갸웃거렸다.

"정말 맛있는데……."

납득이 되지 않는다는 듯이 작은 목소리로 중얼거렸다. 형태가 일그러진 과일을 챙겨서 담장을 뛰어넘어 사라졌다.

기세가 강해진 청은빛 한 줄기가 하늘로 솟구쳤다. 동쪽 하늘에서 구름들이 밀려들었다. 금방 두꺼워진 구름이 쿠스노키 저택을 뒤덮었다.

응룡의 몸에서 분노가 담긴 강한 빛이 솟아올랐다. 곧바로 신의 정원에만 빗방울이 일제히 쏟아졌다. 순식간에 정원의 악취가 사라졌다. 정화를 겸한 호우 샤워를 하며 응룡과 영귀가 기분 좋은 듯이 눈을 가늘게 떴다.

그 이후로 쓰러진 미나토를 등에 태우고 느릿느릿 귀가한 산신이 뒷문으로 들어오자마자 멈춰섰다.

흠뻑 젖은 정원. 신이 나서 나뭇가지와 나뭇잎을 살짝 떨듯이 흔들며 물방울을 사방으로 튕겨내는 쿠스노키. 연못을 보니 조용해진 정원수를 비추고 있었다.

코를 울려 소리를 냈다. 이렇게까지 강한 정화의 힘을 지닌 비로 없애고 싶었던 것이 대체 무엇일까. 영귀, 응룡은 말해줄 생각이 없는 모양이었다. 평소처럼 신기가 감도는 정상적인 신역이라면 아무런 문제도 없다.

아무 일도 없었다는 듯이 천천히 다시 걷기 시작했다.

○

날마다 권속의 신역에 다니면서 겨우 쓰러지지 않게 되었을 무렵, 신역에도 변화가 나타났다. 산속에 시원스러운 바람이 불었고, 태양이 나타났다.

나무들 사이에 서 있던 미나토가 나뭇가지 사이로 스며드는 빛을 쬐며 심호흡했다.

"엄청 자연스러운 느낌이야, 진짜와 별 차이가 없네."

"그렇지?"

신역 안에 우츠기의 의기양양해하는 목소리가 울려 퍼졌다. 하지만 산신이 땅바닥에 깔린 뿌리를 할퀴자 쉽사리 드러났다. 흙냄새도 나지 않았고, 마치 모래처럼 물렀다. 떠오른 뿌리를 앞발로 누르자 순식간에 흙에 박혀서 고정되었다.

"아직 멀었다."

"엄하네."

거목을 향해 팔을 휘둘러서 바람을 뿜어냈다. 바람 덩어리를 맞고 자잘한 나무껍질 파편이 튀었다. 위력을 높여서 한 번 더. 넓게 벗겨진 나무껍질이 날아갔고, 나뭇잎이 잔뜩 떨어졌다. 머릿속에 떠올린 풍신의 바람 칼날처럼 되진 않았다. 벨 수가 없다.

미나토가 눈살을 찌푸렸고, 산신은 따분하다는 듯이 하품을 했다.

"……꽤 실력이 좋아진 거 아닌가요? 이제 쓰러지지도 않으니까요."

"……맞아. 위력도 강해졌다고, 확실하게. 응."

"예리함이 없어."

세리와 토리카는 배려해 주었다. 우츠기는 솔직하게 말해줬다. 미나토가 양쪽 주먹을 꽉 쥐었다. 신역 안에 메아리치는 권속들의 응원을 들으며, 옆에 느긋하게 드러누워서 잠든 산신의 숨소리를 들으며, 체력이 바닥날 때까지 바람을 계속 날려댔다.

○

달궈진 가리비 껍질이 터지듯이 벌어졌다.

그리고 드러난 것은 즙을 잔뜩 머금은 탱탱한 조갯살. 석쇠 절반을 차지하고 있는 신선한 가리비가 차례차례 살을 드러내기 시작했다. 나머지 석쇠 절반 부분에 정렬해 있는 꽁치에서 기름이 흘러내리자 연기가 피어올랐다. 두 눈을 가늘게 뜬 미나토가 꽁치를 젓가락으로 뒤집었다.

오늘은 다들 일찌감치 모여서 정원에서 바비큐를 하고 있다.

풍신, 뇌신이 해산물, 산신의 산에서 나는 음식들을 받아서 미나토가 정원에 설치한 풍로로 굽고 있다. 친가에서도 자주 바비큐를 했었기에 익숙하다. 불조절이 신경 쓰여서 풍로 곁을 떠나지 못하는 남자가 가끔 꽁치를 찔러보며 혼자 굽고 있었다.

마루 가장자리에 제각각 자리잡은 신들이 구워질 때까지 얌전히 기다렸다. 그들에게 있어서 식사는 영양을 섭취하기 위해 하는 게 아니라 기호품을 즐기는 거나 마찬가지다. 그래도 정말 많이 먹는다. 구워질 때마다 권속들이 곧바로 신들에게 가지고 갔다.

산신이 접시에 담긴 꽁치를 위에서 내려다보았다. 바삭하게 구워진 껍질. 그 껍질 틈새로 드러난 통통한 살. 고소하게 피어오르는 김. 눈와 코, 수염으로 마음껏 즐기고는 한입에 먹어치웠다. 두 눈을 감고는 느긋하게, 꼼꼼하게 맛보았다.

그 옆에서 영귀와 응룡은 그저 전통주와 붉은 와인만 마셔대고 있었다. 나란히 앉은 풍신과 뇌신은 전통주를 한 손에 들고 향기로운 송이버섯을 먹고 있었다.

풍로 담당자가 된 미나토에게 우츠기가 돌아와서 입을 벌렸다. 버터와 간장을 바른 조갯살을 던져넣었다. 화악, 털을 곤두세우고는 양쪽 볼에 앞발을 대고 발을 동동 구르기 시작했다. 그렇게 몸을 떨 만큼 마음에 든 모양이었다. 미나토가 웃으면서 호일에 싸서 구운 송이버섯 쪽으로 젓가락을 뻗었다. 그 움직임은 매우 어색했다. 날마다 신역에 다니면서도 바람의 힘을 생각대로 다루지 못해서 쓸데없이 힘이 들어가곤 했기에 온몸에 근육통이 왔다.

산신에게 접시를 가져다 준 토리카와 세리도 달려왔다.

볼을 실룩거리던 미나토가 입을 벌리고 기다리던 두 마리에게도 버터 기름기가 빛나는 조갯살을 주었다. 우츠기와 마찬가지로 기쁨의 춤을 선보였다. 그리고 우츠기가 석쇠 빈 자리에 가리비만 잔뜩 늘어놓기 시작했다.

"저기, 바람은 써먹을 수 있게 되었어?"

"……어느 정도는."

뇌신의 질문에 아직 당당하게 대답할 수 있는 상태는 아니다. 뇌신이 자기가 먹을 꽁치에 간장을 뿌리는 김에 풍신의 꽁치에도 간장을 잔뜩 뿌렸다.

"역시 내 힘도 줘봐야 하지 않을까?"

"어째서 그렇게 되는 거야? 그리고 나는 영귤을 뿌려먹는 게 더 좋은데."

"이 간장은 달달해서 맛있어. 추천해."

자유로운 파트너의 만행을 보고 살짝 한숨을 쉬며 흘려넘겼다. 뒤쪽을 돌아보고는 간장을 선호하는 산신에게 '교환하자' '좋다'라며 무사히 교섭을 성공시켰다.

큰 늑대가 간장을 뿌린 꽁치를 입에 물었다.

"으음, 간장을 이렇게 많이 뿌리면 모처럼 신선한 소재의 맛을 해치게 될 터인데."

"그렇지?"

맞장구를 친 풍신이 아무것도 뿌리지 않은 꽁치에 영귤을 짠 다음, 신이 나서 젓가락으로 살을 집었다.

"뭐든지 단번에 해낼 수는 없는 법이잖아. 지금은 바람을 다루는 것에만 집중하는 게 나을 거야. 애초에 인간이 다루기 벅찬 힘이기도 하고."

그냥 넘어갈 수 없는 말이다. 마지막에는 작은 목소리로 말했지만, 확실하게 들어버렸다. 미나토가 미묘한 표정으로 쩍 벌어진 가리비에 간장을 뿌렸다. 갈색 거품이 일었고, 주위에 고소한 향기가 퍼져나갔다. 활짝 웃던 뇌신이 날아왔다. 눈 깜짝할 새에 다가와 가리비 쪽으로 얼굴을 들이대고는 향기를 맡은 다음, 미나토의 온몸을 둘러보았다.

"꽤 열심히 하고 있는 모양이니 말이야."

미나토 뒤쪽으로 돌아와서 목덜미에 툭, 집게손가락을 가져다 댔다. 그곳으로부터 전류가 온몸에 가득 퍼졌다. 몸이 움찔거리며 튀었고, 들고 있던 꽁치를 석쇠 위에 떨어뜨렸다. 미나토는 깜짝 놀라다가 더 놀랐다. 근육통이 전혀 느껴지지 않는다.

양쪽 어깨를 치켜올리고, 팔다리를 돌려보기도 하고, 움직이기도 해보니 몸이 가벼웠다. 이제 통증은 전혀 느껴지지 않는다. 방긋방긋 웃고 있던 뇌신을 돌아보았다.

"감사합니다."

"별 말씀을."

뇌신이 눈앞으로 접시를 내밀었다. 마음을 담아 공손하게 향기로운 가리비를 최대한 많이 얹어주었다. 미소를 지은 뇌신이 산더미처럼 쌓인 가리비 접시를 한 손에 들고 마루 쪽으로 미끄러지듯이 돌아갔다. 가능하면 말을 한 다음에 해줬으면 좋겠는데. 한가운데가 끊어진 꽁치를 자기 접시에 올렸다.

치익치익, 끊임없이 소리를 내고 있는 풍로 옆에 앉은 채, 요즘은 날카로운 시선이 느껴지지 않는다는 게 문득 떠올랐다. 자주 나타나곤 했던 그 성수님은 대체 어떻게 된 걸까. 수행 첫날에 기절해 버렸고, 어느새 마루로 돌아와서 깨어난 그날. 응룡이 신경 써준 건지 정원수에 물을 뿌려준 그날 이후로 보이지 않는다.

언젠가 기린도 마음 편히 놀러와서 영귀, 응룡과 사이좋게 지내주면 좋겠다고 생각하며 꼴뚜기 버터구이를 입에 넣었다.

○

정원 한구석에는 조용히 자리잡은 창고가 있다. 미나토는 내부를 확인하고 청소를 해야겠다는 생각에 문을 열었다. 그곳에는 거대한 항아리가 있었다.

주둥이가 넓은 형식인 항아리. 어린애나 날씬한 어른 정도는 안에 들어갈 수 있을 정도이고, 옮기려면 고생 좀 할 것 같은 크기다. 정원에 두면 괜찮은 느낌이 될 것 같다. 어둑어둑한 창고에 두면 무늬 같은 게 잘 보이지 않는다. 비스듬히 기울여서 굴린 다음, 창고 입구에 걸쳤다.

"아, 동족의 팔다리를 잘라내서 넣는 항아리로군요. 음, 질투에 사로잡히신 겁니까? 성격이 온화하신 줄 알았습니다만, 역시나……. 질투에 사로잡힌 자는 수라가 되어버리니까요. 잘 알고 있고 말고요. 예전에 실시간으로 시청했으니."

오랜만에 찾아와서 훔쳐보던 기린은 여전히 망상이 심한 모양이었다.

창고 밖에서 기다리고 있던 산신이 마치 당연하다는 듯이 통역을 해주었다. 싱글싱글 웃으면서 매우 즐기고 있다는 걸 확실하게 보여주고 있다. 정말 표정이 다양한 늑대다. 산쪽 담장 너머로 몸을 내민 기린이 날린 그 뜨거운 시선을 등으로 느끼며 땅바닥에 항아리를 놓았다.

여전히 말이 많긴 하지만, 기린이 잘 지내는 것 같아 안심이 되기도 한다.

"이게 조금이나마 마음을 위로해주면 좋겠습니다만. 이거라면 영귀와 응룡도 불평하지는 않겠지요. 정말, 그 두 분께서는 예전부터…….'

투덜투덜 불평을 하며 공중에 떠 있던 망고스틴을 벽쪽에 내려놓았다. 이번에는 부지 안으로 들어오지 않고 조용히 떠나갔다.

미나토가 연못을 돌아보았다. 평소처럼 마음에 드는 큰 바위에서 등껍질을 말리고 있는 영귀. 가끔 물거품을 튀기며 느릿느릿 헤엄치는 응룡. 평소와 마찬가지다. 두 신은 항상 그랬듯이 느긋하고 평온하게 지내고 있다.

"거북이 씨하고 용 씨가 불평한다고? 정말?"

"글쎄다."

상상도 되지 않는 모습이다. 둘러대던 산신이 먼지를 뒤집어쓴 항아리를 힐끔 보자 금색 빛으로 감싸였다. 희미한 잔향이 사라지자 도자기가 매끈하게 햇빛을 반사했다.

아침부터 미나토가 집 창문을 전부 다 열고 열심히 청소를 하고 있었다.

마루에 드러누운 산신 덕분에 숲의 향기가 스쳐갔다. 침실에서 교환한 시트 같은 것들을 끌어안고 거실을 빠른 걸음으로 나아갔다.

"어라, 어라. 꽤 열심히 집안을 닦고 계시는군요. 바닥에 먼지 하나 없고. 창문에 얼룩, 지문 하나 없고. 샷시 턱에 얼룩, 먼지도 없고. 훌륭하네요. 전부 반짝반짝하잖습니까. ……혹시 누군가를 초대하시려는 건지?"

거실쪽 창문 밖에서 한쪽 눈을 내밀고 들여다보던 기린이 무언가를 깨달았고, 고양된 기분에 따라 갈기가 곤두섰다.

"아아! 오늘 밤은 토요일 밤! 그렇다면 사바트밖에 없겠군요. 동족상잔이라니……. 너무 무섭습니다."

드러누워있던 큰 늑대가 온몸을 조금씩 흔들었고, 겁먹은 기린이 몸을 부들부들 떨었다. 축 늘어진 미나토의 뒷모습이 세면장으로 사라졌다.

햇빛으로 인해 따뜻해진 바위에서 영귀가 느긋하게 시간을 보내고 있다. 연못에서 올라온 응룡이 타박타박 다가갔다.

"기린도 꽤 익숙해진 모양이로군."

"이제 얼마 남지 않았나."

계속 멋대로 망상을 펼치면서도 부지 안으로 들어오는 데다 집 안까지 들여다보고 있다. 인간을 싫어하는 것치고는 인간의 삶을 관찰하는 것을 멈추지 않는 특이한 동료. 평소였다면 모습을 감추고 멀리서 관찰하기만 했을 것이다. 그런 기린이 미나토에게 이만큼 접근했다는 것은 사실 본심으로는 해롭지 않은 인간이라는 걸 알고 있다는 증거다.

신들은 미나토가 알아볼 수 있게끔 일부러 모습을 드러내고 있다. 자신의 모습을 보여주는 이유는 상대방을 마음에 들어하기 때문이다.

살짝 한숨을 쉰 응룡이 몸을 말고 앉아서 두 눈을 감았다.

"새겨진 기억, 착각은 쉽사리 사라지진 않겠지만……."

"소심한 자이니."

"그렇군. 참으로 골치 아픈 일이야."

포근한 온기가 잠을 불러오자, 두 신은 졸기 시작했다.

부엌 싱크대를 닦고 있던 미나토에게서 눈을 떼지 못하던 기린이 마루에 앉아 있다. 바람이 살며시 불었다. 기린의 갈기털, 바닥에 늘어진 긴 꼬리 끄트머리의 털이 흔들렸다. 창틀에 한쪽 뒷다리를 걸쳐서 몸을 고정시킨 채 곯아떨어진 산신의 배에 난 털도 나부꼈다. 신목 쿠스노키가 재미있다는 듯이 나뭇가지와 나뭇잎을 흔들었다.

〇

　권속이 만든 신역 안. 지면에 뿌리를 뻗은 거목 한 그루 앞에 미나토가 섰다.

　손가락 끝으로 뿜어낸 얇은 바람 띠를 그 두꺼운 줄기에 휘감고 위쪽으로 밀어 올렸다. 날카로운 통 모양 바람 칼날에 베인 나뭇가지가 차례차례 땅바닥에 떨어졌다. 하늘 위까지 흙먼지가 솟구쳤지만, 근처에 있던 미나토와 산신에게는 닿지 않고 튕겨져 나갔다. 항상 자기 주위를 바람의 막으로 뒤덮어서 보호하고 있었다.

　나무껍질까지 벗겨져 나가는 모습을 옆에 앉아 바라보고 있던 산신이 고개를 끄덕였다. "으음. 참으로 재주가 좋구나."

　"꽤 익숙해졌으니까. 몸이 가벼워져서 더 다루기가 편해진 건 뇌신님 덕분일지도 모르겠어."

　어깨를 잡고 한쪽 팔을 돌리는 미나토에게서는 예전처럼 분해하는 낌새가 느껴지지 않았다. 수행에 집중하게 된 지 벌써 열흘이 지났다. 이제야 자기 마음대로 바람을 다룰 수 있게 되었다. 풍력을 다루느라 애를 먹었고, 쓸데없이 힘이 들어가서 항상 몸이 굳어 있었지만, 지금은 자연체. 뇌신이 은근슬쩍 조정해 준 덕분일 것이다. 하얀 꼬리가 기분 좋은 듯이 흔들렸다.

　그리고 소용돌이치는 바람으로 나뭇가지와 나뭇잎을 한데 모아 쌓아둘 수 있게 되기도 했다. 풍신과는 척 보기에도 방향성이 다르다.

　산신이 쌓여있던 나뭇잎과 나뭇가지 쪽으로 천천히 다가갔다.

　"사람에게는 상성이 있으니. 그것 또한 좋다."

"그렇지?"

"자신의 길을 가도록 해라."

"그래."

한 사람과 한 신은 자잘한 것을 신경 쓰지 않았다.

세 개를 한꺼번에, 다섯 개를 한꺼번에, 그렇게 띠 형태의 바람 칼날을 동시에 전개해서 나무를 잘라나갔다. 대체 몇 개까지 동시에 다룰 수 있을까. 한계에 대한 도전을 진지하게, 그러면서도 즐겁게 하고 있는 모습을 산신이 나뭇가지와 나뭇잎으로 이루어진 쿠션 위에 누워 지켜보았다.

이렇게까지 정확하게 힘을 다룰 수 있게 되었으니 슬슬 수행을 끝내도 될 것이다. 그렇게 생각하며 코를 살짝 울려 소리를 냈다. 나뭇잎 향기가 약간 연하다.

"아직 멀었다. 이래선 인간들도 의심할 게다."

"열심히 하겠습니다."

"다음 번에야말로."

"어~? 이 정도면 되잖아요~? 산신의 냄새가 너무 진한 거 아닌가?"

"뭐라고?"

권속들의 목소리가 내려온 푸른 하늘을 큰 늑대가 노려보았다.

이윽고 주위에 있던 모든 거목을 전부 벗겨냈다. 그러자 순식간에 경치가 바뀌었다.

"대단하네. 방금 그거 재미있었어."

느긋하게 기뻐하는 미나토와 자다 일어난 산신이 서 있던 곳은 초원이었다. 눈앞에 녹나무의 동그란 나뭇가지와 나뭇잎이 뒤덮고 있는 높은 산이 보였다. 산의 경사에 따라 고개를 들어보니 목이 아파질 정도로 높았다.

하품을 크게 하며 눈이 촉촉해진 큰 늑대가 말했다.

"마지막으로 이 작은 산, 나의 절반도 미치지 못하는 이 아담한 산의 나무를 베거라."

"크기가 스테이터스인 거야?"

인간은 이해할 수가 없다. 거들먹거리는 큰 늑대가 지켜보는 가운데 바람 칼날을 산 쪽으로 날리기 시작했다. 처음에는 한 개, 다음은 두 개를 동시에. 아랫쪽에서 산꼭대기를 향해 서걱서걱 베어나갔다. 마지막으로 칼날 다섯 개를 날려서 나뭇가지와 나뭇잎을 전부 잘라냈다. 그렇게 정원사 뺨치는 기술을 습득하고는 수행을 마쳤다.

○

쿠스노키 저택을 둘러싸듯이 솟아 있는 거목들 때문에 집 부지 안팎에 떨어진 낙엽은 꽤 많다. 미나토가 시간을 그럭저럭 들이며 갈퀴와 대나무 빗자루를 이용해서 긁어모으고 있었다.

머플러 대신 두른 수건으로 이마에 흐른 땀을 닦았다. 발치에 모인 낙엽 더미를 바라보고 있자니 산신이 뒤쪽 창살문을 코끝으로 밀어서 열고 나왔다.

"모처럼 낙엽을 모았으니 고구마라도 구워먹을까?"

"그렇군, 그것도 좋."

목소리가 끊기자 고개를 들었다. 까만 코끝이 향한 곳, 산을 따라 난 샛길을 걸어오는 기린의 모습이 보였다. 고개를 숙이고 있고, 발걸음도 무거워 보였고, 진주빛도 탁해진 것 같은 느낌이 들었다.

콧등에 주름을 드러낸 큰 늑대가 눈을 가늘게 떴다.

"부정을 탔군. 어디선가 옮아온 게야."

"……내가 다가가면 도망칠 것 같은데."

메모장을 주머니에서 꺼내긴 했지만, 아무리 그래도 던질 수는 없을 것이다. 망설이고 있자니 산신이 입을 크게 벌렸다. 슬쩍 내밀자 뾰족한 송곳니로 콱 물었다.

뒤쪽에 노란 과일을 띄운 채 기린이 느릿느릿 다가왔다. 고개를 들기 전에 미나토가 뒷문 안쪽으로 몸을 숨겼다.

넓은 범위에 비취색 빛을 뿜어내는 메모장을 문 산신이 천천히 다가가자 눈 깜짝할 새에 기린을 둘러싸고 있던 독기가 사라졌다. 숨을 크게 내쉰 기린이 눈을 내리깔았다.

"면목이 없습니다."

"흐어흐어."

정말 맥이 빠지는 대답을 하고는 의젓하게 고개를 끄덕였다. 그 모습을 뒷문에서 한쪽 눈만 내밀고 지켜보던 미나토가 '산신 씨, 마무리가 맥빠지네'라며 꽤 실례가 되는 말을 중얼거렸다. 산신이 날카로운 눈빛으로 돌아보자 재빨리 문기둥 그늘에 숨었다.

○

군고구마는 가을의 묘미다. 찬바람이 불 때 야외에서 모닥불을 둘러싸고 먹는 게 가장 맛있는 법이다. 하지만 부지 밖은 역시 춥다. 완전히 봄 기후에 익숙해진 미나토는 낙엽을 뜰로 가지고 왔다.

반팔에 크롭 팬츠, 그렇게 가벼운 차림으로 타다 남은 잔해에서 까맣게 그을린 알루미늄 호일 덩어리를 집게로 파냈다. 살짝 침을 보이는 산신 앞에 데굴데굴 굴려줬다.

끊임없이 흔들리는 꼬리가 일으킨 바람을 쐬며 미나토가 마루 쪽을 돌아보았다. 거기에 놓인 접시에는 노란 별 모양 과일이 늘어서 있었다. 기린이 두고 간 선물, 카람볼라다. 그리고 기린은 과일을 산신에게 주고 돌아가버렸다. 뭔가 아쉬운 듯이 몇 번이나 쿠스노키 저택을 돌아보면서.

"여기에서 지내고 싶으면 그래도 되는데."

걱정스럽게 중얼거리며 장갑을 낀 손으로 호일과 신문지를 벗겨내고 고구마를 두 쪽으로 쪼갰다. 자잘한 황금색에서 달콤한 향기와 김이 피어올랐다. 코를 울리며 소리를 낸 큰 늑대가 마루에서 술을 마셔대고 있던 영귀와 응룡 쪽으로 귀를 기울였다.

"기린은 맥주를 좋아하는 모양이다."

좋은 생각이 떠오른 미나토가 옆을 보았다. 큰 잔에 달라붙어 있는 거북이, 그리고 용은 와인잔을 끌어안고 떠오르기 시작했다. 그들의 동료이니 술을 좋아할 게 틀림없다.

납득이 된다는 듯한 표정을 짓고는 고구마 껍질을 재빠르게 벗겨내서 산신의 접시에 놓았다.

"내일 사올게."

공교롭게도 맥주를 아무도 마시지 않기에 이 집에는 사둔 것이 없다. 갑자기 영귀가 고개를 들었다. 소리를 내며 하늘을 향해 증기를 뿜어내고 있던 산신이 고구마를 삼키고 대신 말해주었다.

"유사 맥주로는 안 된다고 하는구나."

"나도 알아."

충분히 예상한 범위 이내다. 서민의 아군인 저렴한 맥주는 마음에 들어하지 않을 것이다. 미나토의 머릿속에는 신 = 고급 선호라는 인식이 있다.

'맛에도 꽤 까다롭게 굴 것 같네~', 그렇게 말하고 웃으며 카람볼라 쪽으로 손을 뻗었다.

전통주를 마시던 영귀와 공중에 떠 있던 응룡이 동시에 고개를 크게 끄덕였다.

○

포옹. 맥주병 뚜껑을 딴 순간, 독특하고 경쾌한 소리가 정원에 울렸다. 산쪽 대기가 일렁였다. 처음 보았을 정도로 거센 광선이 담장 위에서 뿜어져 나왔다. 뜨겁다, 등이 타오를 것처럼 뜨겁다.

꼴꼴. 물소리를 내며 좌탁 위에 있던 맥주잔을 기울여 따랐다. 병에는 기린과 비슷하게 생긴 모습이 그려진 라벨이 붙어 있다. 동족상잔이 어쩌고 저쩌고 하는 누명을 썼던 것이 기억나서 사온 맥주, 그 유명한 맥주다.

꿀꺽. 엄청나게 생생한 소리가 뒤에서 들렸다.

천천히, 천천히. 애가 탈 정도로 시간을 오래 들여서 따랐다. 결코 지금까지 제멋대로 떠들어대는 걸 듣고만 있었던 것에 대한 복수는 아니다. 결코.

사박, 흙을 밟는 소리. 좀 전보다 소리가 가깝다. 다가오고 있다.

낚였다. 계획이 성공하자 저절로 얼굴이 실룩거렸다. 말차 사발에서 피어오르던 김을 수염으로 받아내던 산신이 미소를 지은 미나토를 곁눈질로 보았다.

살금살금. 그런가 싶더니 세 발짝 다가왔다가 두 발짝 물러섰다. 희미한 소리를 내며 조금씩 다가오고 있다. 맛깔나 보이는 거품으로 표면이 뒤덮인 맥주잔을 영귀, 응룡 사이에 아무렇지도 않은 표정으로 조용히 내려놓았다.

휘이익, 그렇게 3미터 정도 거리를 단숨에 뛰어오른 기린이 맥주잔을 들여다보며 코끝에 거품을 묻혔다. 이렇게 가까이 접근한 것은 산신의 집에서 구해준 이후로 처음이었다. 빛나는 꼬리가 좌우로 흔들렸고, 찰싹찰싹 몸을 맞은 영귀가 어이없다는 듯이 바라보았다. 응룡은 귀찮다는 듯이 꼬리로 맞서 싸웠다.

맥주에 마음을 빼앗긴 기린이 바로 옆에 있던 미나토를 올려다보았다. 겁을 먹은 듯한 낌새는 전혀 느껴지지 않았다.

만에 하나를 대비해 목소리를 내지 않고 먹으라는 의미를 담아 손바닥을 내밀자 힘차게 맥주잔에 고개를 들이밀었다. 미나토가 옆을 돌아보고는 주먹으로 입가를 가리며 몸을 떨었다. 기린은 아랑곳하지 않고 마음껏 맥주의 강렬한 목넘김을 즐기고 있었다.

쉽사리 포획에 성공한 기린도 그 이후로는 정원에서 지내게 되었다.

보통은 쿠스노키 그늘이나 다리에 있다. 이제 미나토가 곁으로 다가가더라도 도망치지 않게 되었지만, 여전히 뜨거운 시선으로 바라본다. 그래도 계속 신경 쓸 수는 없다. 한도 끝도 없는 데다 해롭지도 않다. 등이 조금 간지러울 뿐이다.

기린은 평온함을 손에 넣었지만, 인간 관찰은 그만둘 수가 없었는지 가끔 훌쩍 세계 여행을 떠났고, 과일을 가져다 주었다.

그렇게 느긋하고 평온한 시간이 흐르던 쿠스노키 저택에 손님이 왔다. 매번 오던 단골, 하리마였다. 마중을 나간 미나토가 대문 앞에 서 있던 하리마의 초췌해진 모습을 보고는 깜짝 놀랐다. 정말 지독한 꼴이었다.

신기하게도 코트를 벗고 마루에 힘없이 앉아 있는 모습은 이 집에 처음 왔을 때와 마찬가지로 축 늘어져 있었다. 차림새는 단정하긴 하지만, 잠을 못 잤다는 걸 쉽게 알아볼 수 있을 만큼 피곤해 보이는 얼굴이었다.

미나토가 은근슬쩍 산신을 보았다. 신기하게도 자리에 앉아 있지 않고 창가에 드러누워 있었다. 그 눈은 탁상 위에 놓여있는 선물 쪽을 향하고 있긴 했지만.

옆에서 압박감이 강한 신기를 뿌려대는 존재가 없기 때문인지, 하리마는 긴장한 낌새를 보이지 않았다. 움직임이 조금 느릿느릿한 하리마에게 호부를 건네려 하자 하리마의 까만 소매가 흔들렸다. 하리마가 연못을 보았다. 연못의 커다란 바위에는 성수들이 늘어서 있었다. 기린이 흥미롭다는 듯이 몸을 앞으로 내밀었고, 앞으로 나선 웅룡이 그 지나치게 날카로운 시선을 가로막았다.

하리마는 기척에 예민하다. 보이지는 않더라도 존재 자체는 감지할 수 있는 것 같다. 기린의 시선이 너무 강하기 때문이기도 할 것이다.

호부를 든 채로 잠시 정원을 멍하니 바라보던 하리마가 숨을 크게 내쉬었다.

"꽤 피곤하신 모양이네요."

"……그렇지는 않은데."

보아하니 긍지가 강한 모양이다. 쉽사리 하소연을 하진 않을 것이다. 하지만 매번 거래가 끝나면 곧바로 자리를 뜨는데 오늘은 움직이려 하지 않고 있다. 하리마는 집에 올 때 자주 정원을 보곤 했다. 나름대로 이곳의 경치가 마음에 든 것 같다.

꽃이 전혀 없는 게 조금 아쉽지만, 녹음이 우거진 신의 정원은 눈도, 마음도 편해진다. 몸의 피로를 풀 수는 없지만, 마음은 치유가 될 것이다. 천연 방향제인 큰 늑대의 숲 향기도 평소보다 진했다. 이곳에서 오래 지낼수록 좋을 게 분명하다.

머무를 시간을 늘리기 위해 차를 한 잔 더 내오려고 자리에서 일어섰다.

미나토가 몇 분 뒤에 돌아오자 하리마가 좌탁 위에 엎드려 있었다. 쟁반을 든 채 눈을 동그랗게 뜬 미나토의 발치에서 산신이 몸을 일으켰다.

'별것 아니로군', 그렇게 가벼운 말투로 말하고는 좌탁 위에 있던 감주 만쥬 봉투 쪽으로 코를 가져다 댔다.

"아니, 무슨 소리야? 설마 자는 건가?"

옆에서 들여다 보았다. 안경을 끼고 있긴 하지만, 편안한 표정으로 잠들어 있다. 다시 실내로 돌아가서 가지고 온 담요를 살며시 오르내리는 어깨에 걸쳐주었다. 자세나 차림새가 결코 휴식에 바람직하진 못하지만, 신기하게도 편하게 앉아 있으니 그나마 나을 것이다.

산신이 사양하지 않고 감주 만쥬를 먹기 시작했다.

"으음, 13대여, 어설프군, 어설프다. 단련이 너무 부족하구나. 이 정도 실력으로 13대를 자칭하는 것은 꿈에 불과할지니. 12대와는 하늘과 땅 차이로군."

"불평이 너무 심하네."

평소 때 목소리, 크게 울린 그 목소리를 듣고 작은 목소리로 나무랐다. 배려할 생각이 전혀 없는 산신이 13대가 만든 흰색 감주 만쥬를 거의 통째로 삼켜서 다 먹었다. 그리고 기대하던 12대가 만든 분홍색 감주 만쥬를 먹을 시간이다. 눈을 감고 정성껏, 천천히 맛보았다. 마치 입가심을 하려는 듯이.

"그렇게 차이가 큰가? 둘 다 맛있는 것 같은데."

흰색 감주 만쥬를 반쪽으로 쪼갠 미나토에게 산신이 고개를 저었다.

"이 차이를 모르겠나? 으음……, 말로 표현하기가 힘들군. 허나, 그것도 나름대로 행복일 테지."

"뭐, 그렇지. 고집하는 게 너무 많으면 살기가 힘들 것 같아. 어지간한 음식은 전부 먹을 수 있으면 편해서 좋거든."

"얼마 전에 모자는 꽤 신경 썼던 모양이다만."

"그건 별개고. 물건은 잘 골라서 사면 몇 년뿐만이 아니라 10년 넘게 다른 걸 안 사도 되니까."

예전에 함께 쇼핑하러 갔을 때, 내가 모자를 고르느라 산신이 오랫동안 기다린 적이 있었다. 그때 미나토는 결국 고민만 하고 사지 않았다. 산신은 이해가 되지 않는 것을 보는 듯한 눈으로 미나토를 보고 있었다.

"다음에 또 모자를 찾으러."

하리마가 살짝 끙끙대며 몸을 움직여서 대화를 끊었다. 한편, 산신은 아랑곳하지도 않고 마지막으로 남은 분홍색 감주 만쥬 쪽으로 코를 가져다 대고 향기를 즐기느라 바빴다. 미나토도 만쥬를 입에 넣었다.

힘차게 고개를 든 하리마와 우물우물 입을 움직이고 있던 미나토의 눈이 마주쳤다. 멍한 표정을 짓고 있던 하리마는 상황을 잘 이해하지 못한 채 재빠르게 주위를 둘러보았다. 그제야 자신이 잠들었다는 사실을 이해한 모양이었다. 몸을 일으키고 어깨에 걸쳐 있던 담요를 조심스럽게 접었다. 껄끄러운 모양이다.

그 모습을 계속 바라보고 있던 미나토가 만쥬를 삼켰다.

"감주 만쥬, 먹었어요. 정말 맛있네요."

"……그런가……."

"하리마 씨도 드실래요?"

새로 차를 타와서 하리마 앞에 내려놓았다. 숨을 크게 내쉬고 나서 고맙다고 인사를 하는 그의 안색은 오늘 처음 왔을 때보다 훨씬 좋아졌다. 하지만 아마 수면부족은 만성적인 문제일 것이다.

쪽잠을 잔 정도로는 해소가 될 리 없다.

잘 시간도 없을 만큼 일이 바쁜 건가? 뭔가 큰일이 벌어진 건가? 음양사라는 특수한 직업이니 수비의무도 있을 것이다. 일부러 묻진 않았다. 최대한 쉴 수 있을 때 쉬었으면 좋겠다.

"여기서 좀 더 주무시고 가셔도 저는 전혀 상관없는데요."

"……아니, 충분해. 미안하군."

"으음, 벌써 다 먹어버린 모양이로구나……."

산신이 풀죽어서 아쉽다는 듯이 한탄했다. 하리마가 흰색 감주 만쥬 포장지를 벗겼다.

"저 자, 평범한 자는 아닐 테지요. 대체 정체가 무엇인지."

하리마가 자던 동안에는 얌전했던 기린이 하리마가 깨어나자 곧바로 다시 빤히 바라보았다. 커다란 바위 가장자리의 아슬아슬한 위치에 자리잡고 마루 쪽을 감시하느라 여념이 없다.

햇빛을 뾰쪽한 등껍질에 쬐고 있던 영귀가 적당히 말했다.

"이왕 볼 거면 좀 더 가까이 다가가서 보지 그러나."

"그건 싫어요."

진지한 표정으로 딱 잘라 거절했다. 흥미는 있지만, 인간 곁으로 다가가는 건 기본적으로 사양한다. 기린은 인간을 정말 싫어했다.

계속 빤히 바라보고 있던 기린을 보고 포기한 응룡이 연못으로 뛰어들었다. 몸을 빙글 돌려서 자신의 영역인 바위들 위를 가로질렀다. 거친 동작으로 인해 파문이 퍼져나갔고, 주위 바위에 물거품이 튀었다.

제 10 장 자, 출진이다

　희미한 산들바람이 부는 가운데 나뭇잎이 흔들렸다. 손 위에 소용돌이치는 바람 기둥 안에서 나뭇잎 여러 개가 춤췄다. 그 회전 속도가 빨라지기도 했고, 느려지기도 했다. 상승 회전에 맞춰 나뭇잎들이 천장 근처까지 올라갔다. 이번에는 역회전으로 바뀌어 아래로. 좌탁을 둘러싸고 있던 담비 세 마리가 지켜보는 가운데 미나토가 자유자재로 바람을 다루었다. 급격하게 변화하는 회전 속도. 계속 돌고 있는 나뭇잎. 미나토 옆에 앉아 그 모습을 빤히 바라보고 있던 우츠기가 어지러워했다.

　쓴웃음을 지은 미나토가 바람을 멈추고, 나뭇잎을 공중에 모으고, 한데 겹치고, 소리도 없이 좌탁 위에 내려놓았다. 자신의 재주를 한껏 발휘해서 전혀 손대지도 않고 바람의 힘만으로 그렇게 했다.

　맞은편에서 바라보고 있던 세리가 들고 있던 나뭇잎을 그 잎더미 위에 살며시 겹쳐서 올려놓았다.

　"미나토는 꼼꼼하네요. 그런 구석이."

　"흩뿌리면 치우는 게 귀찮으니까."

　"뭐, 그렇겠구나."

　비틀거리고 있던 우츠기를 토리카가 옆에서 받쳐주며 고개를 끄덕였다.

"이제 바람의 힘을 완전히 다룰 수 있게 되었군."

"아직 풍신과 비교하는 것조차 실례일 수준이긴 하지만 말이지. 제어할 수 있게 되긴 했으니까 힘을 폭주시키진 않을 것 같아. 나는 강한 기술보다 잔기술 쪽이 더 맞는 것 같거든."

기쁜 듯이 웃은 미나토가 좌탁 위를 정리하기 시작했다. 그와 동시에 각자 접시에 담겨 있던 쿠키 쪽으로 손을 뻗으려던 세 마리의 움직임이 멎었다. 그 모습을 본 미나토도 눈치챘다. 그들은 외부의 침입자에게 매우 민감하게 반응한다. 아무래도 손님이 온 모양이다.

꺼냈던 벼루를 다시 집어넣었다. 그 옆에서 우츠기가 재빠르게 쿠키 다섯 개를 입에 밀어넣었다.

목이 메인 우츠기를 포함한 담비 일행이 지붕 위로 올라갔다. 그곳 바로 아래, 약간 굳은 표정을 지은 하리마와 매우 미안해하는 듯한 미나토가 좌탁 앞에 앉아 있었다. 하리마는 오늘도 축 늘어져 있었다. 저번에 쿠스노키 저택에서 자기도 모르게 잠들어버렸을 때보다 더 초췌해졌다. 그런 그가 더 무리를 하게 만들어버렸나 하는 죄책감에 시달리고 있었다.

몸을 움츠린 미나토와는 달리 두 사람 사이에 끼어 있는 형태인 산신은 무슨 일이 있더라도 결코 자리를 뜨지 않겠다는 부동의 자세였다. 한껏 신이 난 기분에 맞춰 꼬리를 빠르게 흔들고 있다.

왜냐하면 오늘 가져온 선물은 평소와는 다르게 호화로웠기 때문이다.

화과자를 비롯해서 서양 과자, 전통주, 와인이 좌탁에 빽빽하게 늘어서 있었다. 보아하니 저번에 준 호부에 적혀 있던 것들을 전부 가지고 온 모양이었다. 미나토도 너무 심했던 것 아닐까라고 생각하며 반성했다. 이거, 전부 합치면 얼마나 될까, 그런 생각에 새파랗게 질렸다. 선물이라고 할 수 없는 수준이다. 뇌물인가?

이유가 뭐지? 가게 이름은 평소처럼 두 장에만 적었는데. 가게 이름이 없어도 알 수 있는 상품 이름이었기 때문인가? 와인의 최고봉인 로마네 콩티를 적은 건 그냥 호기심이었고.

등에 식은땀이 흘렀다. 조심스러운 태도를 보이던 하리마가 이야기를 꺼냈다.

"……긴히 부탁하고 싶은 게 있어서."

"제가 할 수 있는 거라면 뭐든지 해드리죠."

성심성의껏, 온 힘을 다해 해주고 싶다. 이렇게까지 해주는데, 아니 하게 만들었는데 거절할 수 있을 리가 없다. 얼굴에 힘을 주고 등도 쭉 폈다. 하지만 좌탁 위에 펼쳐진 화과자 에리어를 방황하는 코에서 청소기급 콧김 소리가 들리는 탓에 긴장감을 유지할 수가 없다. 게다가 그뿐만이 아니라.

"……으음, 이 팥소, 처음 맡아본 향기로군. 소금콩 찹쌀떡인가……, 아니, 밀기울 만쥬인가. 그것도 아니면———."

예상하느라 정신이 없나 싶었더니.

"끄응, 이렇게까지 많으니 냄새가 섞여서 못 쓰겠군. 앞에 있는 서양 과자 향기가 걸리적거리는구나. 그대도 마찬가지다, 에치고야. 방금 찐 것은 기쁘다만, 주장이 너무 강하지 않은가? 옆으로 비키거라."

그렇게 혼잣말까지 하고 있다. 솟구치는 웃음을 억누르기 위해 이를 악물고 무릎 위에 쥔 주먹에 힘을 최대한 주었다.

　그럼에도 불구하고 변함없는 흡인력을 세상에 널리 알리던 큰 늑대가 미나토를 슬쩍 보았다. 눈을 가늘게 뜨면서 '쑥도 있다'라며 쓸데 없는 정보를 가르쳐주었다. 그만 좀 했으면 좋겠다. 대답할 방법이 없는데. 웃으면 안 되는 상황이기에 복근에 힘을 주었다.

　하리마가 완전히 들뜬 산신이 있는 곳을 신경 쓰면서 차분하지 못한 미나토에게 말하기 시작했다.

　이야기를 들어보니 지금 소속된 음양사가 모두 모여도 당해내지 못할 만큼 강한 원령이 자리잡고 있는 곳이 있고, 거기에 가서 정화해줬으면 한다는 것 같다. 게다가 꽤 위험한 상대라고 한다.

　놀랍게도 원령 퇴치 의뢰였다. 전혀 예상하지 못했던 내용이었기에 의아해하는 표정을 지은 미나토가 고개를 갸웃거렸다.

　"하라고 하면 하겠지만요, 어째서 저에게 그런 의뢰를 하시는 거죠?"

　"그곳은 우리가 있는 현세가 아니라 특수한 이계에 있거든. 여기와 마찬가지로⋯⋯. 너는 여기에서 살 수 있고, 사는 것을 허락받은 사람이니까."

　"⋯⋯네에. 뭐, 평범한 곳은 아니니까요, 여기가."

　쿠스노키 저택의 부지 안으로 들어오면 눈치챌 수밖에 없는 일이다. 숨길 수가 없다. 두꺼운 체스터 코트를 입고 있는 하리마는 더울 것 같다, 얇은 가디건만 걸친 미나토는 그렇게 생각했다.

큰 늑대를 힐끔 보았다. 하리마 근처에 있던 에치고야 포장지를 원망스럽게 노려보면서 중얼중얼 불평하고 있다. 하지만 귀만은 하리마 쪽을 향해 있는 걸 보니 이야기는 듣고 있는 것 같았다.

하리마가 등을 쭉 펴고 진지한 목소리로 계속 말했다.

"이 사건은 정화해달라고 절에 맡긴 한 인형에서 시작되었어. 그날 이후로 연달아 절 관계자들에게도 이변이 생긴 모양이야. 당시에 정화할 수 있는 사람이 세상을 떠난 직후라 아무도 정화하지 못했고, 정신을 차리고 보니 그 인형은 원령이 되어 있었지. 지금은 영적 장해가 너무 심해서 사람이 다가가지도 못해."

일단 이야기를 멈춘 하리마가 몸을 살짝 움직였다. 미나토를 보고 있으면서도 산신을 신경 쓰고 있는 것 같았다.

"……그 원령은 아마 원래 신이었을 거야. 이계는 부정함을 탄 신역인 것 같고. 일반적으로는 초대받은 자만 들어갈 수 있지만, 너라면……, 들어갈 수, 있을 것, 같."

"나의 힘에 의존하려는 건가."

감정이 없는 중저음이 말을 가로막았다.

결코 화를 내며 소리친 것이 아니었다. 하지만 뇌가 뒤흔들릴 정도로 강한 충격이 미나토까지 덮쳤다. 소름이 끼쳤고, 핏기가 가셨다. 제대로 신위를 뒤집어 쓴 하리마는 얼굴이 창백해졌다.

고개를 든 신성한 짐승으로부터 싸늘한 신기가 솟구쳤다. 온몸의 하얀 털이 곤두섰고, 일렁였다. 밀어닥치는 압도적인 신의 힘. 주위에서 단숨에 따스한 봄 기운이 날아가버리고 극한의 겨울이 다가왔다. 좀 전까지 완전히 늘어져 있던 얼굴과는 전혀 다르게 위엄으로 가득 찬 신의 얼굴이 그저 조용히 얼어붙은 하리마를 내려다보았다. 그렇게 바라보는 눈의 냉엄한 느낌으로 인해 깜짝 놀란 미나토의 몸이 무의식적으로 도망쳤다.

그렇게 긴박한 분위기가 순식간에 고조되는 와중에 처마 위에서 담비 세 마리가 거꾸로 매달린채 고개를 쏙 내밀었다. 다들 굳은 표정이다. 세리가 엄한 말투로 나무랐다.

"산신님, 너무 지나치십니다."

"그러게. 아무리 마음 편히 이용할 수 있을 거라 생각하지 못하게 만들기 위해서라고 해도 너무 심했어. 완전히 겁을 먹었다고. 가엾게도."

"이야기 정도는 들어줘도 되잖아요. 항상 그 사람에게서 과자를 얻어먹는 주제에."

"속이 좁네."

"맞아, 맞아. 덩치는 크면서."

시끌시끌 따지고 드는 토리카와 우츠기에게 '시끄럽다'라며 산신이 가볍게 대꾸했다. 그리고 기척을 느슨하게 풀었다. 곧바로 팽팽했던 분위기가 사라졌다. 천천히 꼬리를 흔드는 평소 모습으로 돌아오자 미나토가 숨을 크게 내쉬었다. 축 늘어진 하리마가 좌탁을 손으로 짚었다. 숨도 제대로 쉬지 못했고, 힘없이 떨고 있는 걸 보니 완전히 간담이 서늘해진 것 같았다.

큰 늑대가 턱을 대각선 위쪽으로 들어올리고는 거들먹거리며 코웃음쳤다.

"뭐, 좋다. 가끔은 괜찮겠지. 항상 기특한 마음씨를 보여주었으니 말이다."

심호흡을 한 번 크게 한 미나토가 산신 쪽을 보았다.

"……산신 씨의 힘이 있다면 거기 들어갈 수 있다는 뜻이야?"

여전히 위축된 몸에서 힘을 완전히 뺄 수는 없었지만, 애써 밝은 목소리로 물었다. 하리마가 몸을 움찔거렸지만, 더 이상 신경 쓰지 않는다. 이제 와서 무슨.

하리마도 자세를 바로잡긴 했지만, 시선을 들 수는 없었는지 여전히 좌탁에 올려놓은 손 위를 내려다보고 있기만 했다.

사양을 하지 않게 된 산신이 코끝으로 서양 과자 상자를 옆으로 밀쳤다. 스르륵, 과자의 바다를 헤치고 나아가는 상자를 하리마가 빤히 바라보았다. 그에게는 저절로 움직이고 있는 것처럼 보일 것이다. 음양사라는 직업 특성상 괴기 현상에 익숙한 건지 그렇게까지 놀라진 않은 것 같았다.

강한 버터 냄새가 나는 포장지를 뜯자 거기에는 원하던 까만 상자가 있었다. 은색 리본으로 묶여 있고 고급스러운 화과자 상자. 거대하고 까만 코가 상자의 냄새를 전체적으로 맡아댔다. 평소에는 신경을 써서 닿지 않게끔 했지만, 알려진 지금은 아랑곳하지 않는다. 덜컹덜컹, 상자가 움직인 탓에 주위에 있던 과자 상자가 밀려났다.

불쌍한 에치고야. 비스듬하게 기울고는 좌탁 밑으로 떨어지려 했다.

예상과는 달리, 거기에 구세주가 나타났다. 하리마가 손으로 살며시 받쳐주었다. 덕분에 13대가 만든 감주 만쥬 꾸러미는 무사했다.

"물론. 나는 산신이다. 으음, 이건, 무엇인고? 팥소라는 건 틀림 없겠다만. 그건 그렇고, 이렇게까지 엄중하게 포장할 필요는 없을 터인데. 어차피 뜯어서 버릴 것이니."

"힘을 빌려주겠다는 뜻이야?"

"으음, 상관없다. 이 녀석에게 전해다오. 너무 심하게 위협한 모양이기도 하고."

"하리마 씨. 산신 씨가 힘을 빌려준다고 하네요. 그리고 그 은색 리본으로 묶인 과자는 뭔가요?"

"……감사합니다. 스루가 본점의 팥소 찰떡입니다."

황금빛 눈에 혜성이 스쳤고, 거대한 몸이 크게 떨렸다. 전국에 이름을 떨친 유명 명과. 꼭 한 번 먹어보고 싶구나, 그렇게 잡지를 보며 중얼거리던 도시의 명물 팥소 찰떡이다. 배달은 해주지 않는다.

미나토는 설레며 몸을 흔드는 큰 늑대를 보고 훈훈해 하면서도 역시 무시무시한 신이라는 사실을 새삼 느끼게 되었다.

○

엿새 뒤, 이른 아침. 펜던트 라이트가 밝게 빛나는 쿠스노키 저택 거실에서 테이블 앞에 미나토가 조용히 자리잡고 있었다. 내려다본 시선 끝에는 산신의 산 나무로 만든 한지 호부, 신수가 든 먹물을 넣은 붓펜, 예비로 펜 여러 종류, 그리고 원조 메모지 호부가 있었다. 예전에 쓰던 얄팍한 재활용 종이가 아니라 두꺼운 종이 타입이다. 큰맘 먹고 장만했다.

그 모든 것들을 다운 조끼, 파카, 카고 바지 주머니에 각각 나누어서 넣었다. 마지막으로 보디백에도 글자를 적은 한지 다발을 가득 채웠다.

하루에 정화하는 힘을 담을 수 있는 숫자는 그리 많지 않다. 그렇기에 하리마에게서 의뢰를 받은 뒤로 닷새에 걸쳐 만든 것들이다.

"좋아."

전부 넣었다. 주머니가 약간 부풀어오를 정도로. 어제는 만에 하나를 대비해서 하루 내내 잤기에 몸 상태는 매우 좋다. 완전한 건강체라고 할 수 있을 것이다. 하지만 목소리도 그렇고 움직임도 딱딱하다. 원령 퇴치는 한 번밖에 경험이 없었기에 초보나 마찬가지다. 그리고 악령이 만연한 이계에서는 무슨 일이 일어날지 예측조차 할 수가 없다. 긴장을 하지 말라고 할 수도 없을 것이다.

현장은 손을 쓸 수 없는 상황인 모양이지만, 문외한이 가봤자 도움이 되지 않을 것이다. 자칫하면 걸리적거리기만 할 수도 있다.

그렇기 때문에 꼼꼼하게 준비를 갖추었다. 생각보다 양이 많아져버렸다. 움직임이 둔해졌다.

"……펜을 줄일까."

주머니 하나당 한 개는 너무 많다. 오른쪽 주머니에만 다시 넣고, 천천히 팔을 들었다가 내려보았다. 그리고 몸을 숙여서 다리를 구부리고 펴보았다. 동작에는 문제가 없다. 고개를 크게 끄덕였다.

현관 밖으로 나와서 문을 잠그고 뒤쪽으로 돌아갔다. 바깥 세상 기후에 맞춰서 고른 동복이 덥게 느껴질 정도로 따스함으로 가득 찬 정원을 트래킹 슈즈가 조용히 나아갔다. 마루 한가운데, 방석 위에 자리잡고 있던 큰 늑대 앞에 섰다. 최대한 밝은 목소리로 말을 걸었다.

"산신 씨, 집 좀 부탁드립니다."

"으음. 충분히 조심하거라."

의젓하게 대답하며 꼬리를 좌우로 흔드는 모습을 바라보고는 고개를 끄덕인 다음에 돌아섰다.

연못 위로 튀어나온 큰 바위 위쪽, 영귀와 응룡이 조용히 자리 잡고 샛길을 걸어가는 미나토를 바라보고 있었다. 그 두 신에게도 마찬가지로 인사를 했다.

"다녀오겠습니다."

영귀가 목을 세로로 흔들었고, 응룡이 고개를 크게 숙였다. 돌아본 미나토가 쿠스노키를 보고 푸르게 우거진 나뭇잎을 올려다보았다.

"최대한 빠르게 돌아올게."

사락사락, 나뭇가지와 나뭇잎이 떨렸다. 한 손을 들고 뒷문으로 걸어가기 시작한 그 뒷모습을 향해 부드러운 바람이 불었다. 쿠스노키의 꼭대기에서 푸른 잎 하나가 떠올랐다. 그리고 빨려들어가듯이 파카 후드로 들어갔다.

그 모습을 신들만이 조용한 눈빛으로 보고 있었다.

뒷문을 열었다. 부지 밖으로 한 발짝 내디디자 싸늘한 공기가 온몸을 감쌌다. 토해낸 숨결이 하얗다. 숨을 쉴 때마다 몸속까지 차가워졌다. 바깥 세상은 얼어붙을 듯한 겨울이다. 찬바람이 부는 와중에 담비 세 마리가 바깥에 나란히 서서 기다리고 있었다. 그들과 함께 현지로 간다.

목적지는 다른 현. 마을 안에 있는 작달막한 산기슭에 세워진 사원이다.

산신은 산의 신이고, 기본적으로 이 지역에서 움직이지 않는 법이다. 수행의 성과를 보이거라, 그런 사명을 받은 그들의 표정은 당당하고 듬직하다.

살짝 웃은 미나토가 보디백 벨트에 손을 댔다.

"오래 기다렸지? 갈까?"

"잊은 건 없어? 물론 과자는 잊으면 안 돼."

"우츠기."

토리카가 억누른 목소리로 우츠기를 나무라며 살짝 찔렀다. 가장 끝에 있던 세리가 이마를 눌렀다.

○

오른쪽을 보니 두꺼운 유리문 너머, 유리 케이스 안에 서양 생과자가 나란히 진열되어 있었다. 하얀 생크림이 잔뜩 들어있는 쇼트 케이크. 침을 꿀꺽 삼키게 되는 진한 갈색 초콜릿 케이크. 여러 가지 과일이 듬뿍 얹혀 있는 타르트. 버터를 듬뿍 넣은 케이크들이 한껏 유혹하고 있었다.

왼쪽을 보니 전면 유리 너머로 가게 안의 나무 선반에 빵이 가지런히 진열되어 있었다. 내용물이 삐져나온 채소빵, 초콜릿, 잼이 흘러넘칠 듯한 빵 등등. 바구니에 산더미처럼 담긴 채로 표면이 번들거리는 버터 롤빵이 손짓했다.

꿀꺽. 거리 한복판에 멈춰 선 우츠기가 큰 소리를 내며 침을 삼켰다. 방심하면 침이 흘러내릴 것 같다. 좌우에는 매혹적인 서양 제과점과 빵집이 있다. 대체 어느 쪽을 봐야 하는 걸까. 몇 번이고 좌우로 돌아가는 고개는 멈출 줄을 몰랐다.

먹고 싶다, 먹고 싶다. 지금 당장 달려가서 입안 가득 집어넣고 씹어서 먹어치우고 싶다.

하지만. 그렇게 생각하며 주먹을 꽉 쥐고는 버티고 서서 자신을 타일렀다.

안 된다. 나는 구경하러 온 것이 아니다. 미나토에게 힘을 빌려주기 위해 여기 온 것이다. 산신님께서 맡긴 임무를 수행하기 위해 멀리 떨어진 이곳까지 온 거니까.

안 된다, 안 된다. 절대로 안 된다. 참아야만 한다.

우츠기는 두 눈을 꽉 감고 유혹에 휩쓸려버릴 것 같은 자신의 번뇌를 시야와 함께 차단했다. 슬프게도 코는 계속 꿈틀대고 있긴 하지만.

순조롭게 나아가던 미나토 일행은 설마 하던 미인계가 아니라 미식계에 걸려서 발목이 묶인 상태였다. 이제 거의 다 왔다. 걸어서 15분 정도만에 도착할 예정이었는데.

카고 바지의 정강이 부분을 붙잡은 우츠기가 움찔움찔 떨고 있다. 필사적으로 자기 자신과 싸우는 기특한 모습을 내려다본 미나토는 정말 죄가 무겁다는 생각을 했다.

우츠기뿐만이 아니라 반대쪽 발치에 있던 세리와 토리카도 연달아 좌우로 코를 들이대며 냄새를 계속 맡고 있었다. 의식을 완전히 빼앗겼다. 그럴 만도 하다. 그들은 처음으로 다 먹어치울 수 없을 정도로 많은 서양 과자와 빵을 본 거니까.

이른 아침에 쿠스노키 저택을 출발해서 택시, 신칸센, 급행 열차를 갈아타고 도착한 곳은 어떤 오래된 마을이었다.

스마트폰 어플을 따라 길을 헤매지도 않고 순조롭게 도착했다. 역을 나선 다음, 쭉 뻗은 벽돌길 양쪽에는 고색창연한 가게들이 늘어서 있었다. 이제 곧 오후 두 시가 되어가는 시간대. 하늘에는 구름이 조금 끼었고, 태양의 은혜는 은은해서 기온도 낮고 쌀쌀했다.

멍하니 서 있던 미나토 일행 위쪽을 큰 새가 날카로운 울음소리를 내며 가로질렀다. 가게 앞에 세워둔 깃발이 돌풍에 나부끼며 시끄러운 소리를 냈다. 움직이지 못해서 몸이 싸늘해진 미나토가 어깨를 으쓱였다.

외출을 많이 하지 않는 미나토는 나갈 때마다 바깥의 떨어진 기온과 싸우고 있다. 게다가 이번에 온 곳은 일본 북쪽에 있어서 쿠스노키 저택보다 훨씬 추웠기에 한기가 뼛속까지 스며들었다.

미나토는 바깥으로 놀러 가는 것보다는 집에서 모두 함께 모여 떠들썩하게 지내는 것을 좋아하는 타입이다. 그렇기 때문에 유명한 관광지인 이 마을에 처음 왔는데도 별로 흥미가 없었다. 관광을 할 생각은 아예 없었다.

원령을 최대한 빠르게 퇴치하고 돌아가고 싶지만, 담비 일행은 뿌리를 내린 것처럼 움직이지 않았다. 그야말로 움직이지 않는 것이 산과도 같았다. 대체 누구의 권속인지는 굳이 생각해볼 필요도 없다.

침을 억누르지 못하고 있는 것 같은 이 세 마리는 이동 중에 식사를 했으니 배가 고프진 않을 것이다. 예약되어 있던 개인실에서 주위를 신경 쓰지 않고 도시락을 사이좋게 먹었다.

신들은 허기를 느끼지 않는 모양이지만, 권속들은 어느 정도 느끼는 것 같았다. 일반적인 동물에 가깝게 만들었다고 산신이 말한 적이 있다.

권속들은 일반인의 눈에 보이지 않는다.

일반석이었다면 도시락에 담겨 있던 음식이 증발하는 것처럼 사라지는 호러 현상이 되어버린다. 하리마가 개인식을 예약해준 덕분에 살았다. 그런 배려심으로 넘쳐나는 그는 이미 현지에 와 있다. 돌아갈 시간은 정하지 않았다. 상황에 따라서는 머무를 수도 있겠지만, 오늘 안으로 돌아가고 싶다. 열심히 할 생각이다.

하지만, 한 발짝도 나아갈 수가 없다. 도무지 답이 없다.

거리 한복판에 서 있던 미나토는 무표정했다. 실실 웃고 있으면 기분이 나쁠 거라 생각했기 때문이다. 생기를 잃어서 죽은 눈이 애절했다. 오가던 많은 사람들이 무아의 경지에 도달한 미나토를 피해서 지나갔다. 다들 하나같이 수상쩍어하는 표정으로, 이 녀석, 걸리적거리네, 그렇게 말하려는 듯한 표정으로. 산신과 외출

했을 때와는 상황이 많이 다르다. 격의 차이인가?

답답해하던 미나토가 아래쪽을 내려다보니 세리와 토리카도 번뇌에 맞서고 있는 모습을 알아볼 수 있었다. 그들은 산에서 나온 적이 없다. 이동 중에도 택시를 타고 역까지 곧바로 갔기에 역 내부만 보았다. 제과점과 빵집을 처음 보고 놀란 나머지 의식을 완전히 빼앗겨 버렸다.

거리에 희미하게 감도는 구워진 빵의 고소한 냄새 또한 강력한 함정이라 할 수 있을 것이다. 인간보다 몇 배는 예민한 후각을 지니고 있으니 버틸 수가 없을 것 같다. 배가 충분히 부르다 하더라도 서양 과자를 좋아하는 그들의 식욕을 극도로 자극하고 있을 것이다.

세리와 토리카도 떨리는 손으로 미나토의 정강이를 붙잡았다. 두 다리가 완전히 붙들렸다. 움직일 수가 없다. 이 사태는 예상했어야만 했다. 식후 디저트로 그 유명한 스푼으로 도전하는 명물, 꽁꽁 아이스크림을 줬어야 했나? 추울 것 같아서 그러지 않았는데.

아무튼, 얼른 원령을 퇴치하고 빠르게 돌아가고 싶다. 작은 목소리로 속삭였다.

"돌아갈 때 케이크하고 빵을 사가자."

"정말?! 그래도 돼?!"

꽉 감고 있던 눈을 곧바로 뜨고는 반짝반짝 빛나는 눈으로 올려다보았다. 힘없는 표정을 지은 미나토가 어쩔 수 없다는 듯이 웃었다. 세리와 토리카의 기척도 밝아졌다. 이 정도로 의욕이 생긴

다면 싸게 먹히는 것 같다.

산신 씨와 다른 신들에게 가져다 줄 선물은 어떻게 할까, 그렇게 느긋한 생각을 하며 움직임이 둔해진 세 마리를 재촉하자 그제야 발을 내디딜 수 있었다. 그 직후.

악마가 찾아와서 딸랑, 딸랑. 핸드벨을 울렸다.

바로 옆에 있던 빵집 목제 문을 열고 나온 점원의 손에서 울린 소리. 조리복을 입고 미소를 드리운 새끼 악마가 들뜬 목소리로 노래하듯이 말했다.

"애플파이, 방금 구워졌습니다~, 방금 구운 거예요~, 하나 어떠세요~?"

화악, 방금 구워 고소한 파이 향기를 잔뜩 담은 공기탄이 미나토 일행에게 제대로 명중했다. 온몸을 감싸는 새콤달콤한 사과의 향기. 코를 찡하게 만드는 시나몬 특유의 향기. 결정적으로 진하고 그윽한 버터의, 향…….

부들부들 세차게 몸을 떨면서 털을 곤두세운 세 마리가 미나토의 정강이에 달라붙었다.

가게 입구 근처에서 세 털뭉치가 달라붙어서 진퇴양난의 상황에 처한 와중에 방긋 웃고 있던 점원과 눈이 마주쳤다.

이제는 살 수밖에 없다.

바깥에서 유리창에 달라붙어 지켜보고 있는 세 마리의 뜨거운 기대에 부응해서 방금 구운 애플파이를 세 개 샀다. 가게를 나서자 침을 흘려대는 맹수들이 덤벼들었다.

"잠깐만 기다려. 어디 좋은 곳 없나……."

종이봉투를 끌어안고 주위를 둘러보고 있자니 까악, 새의 굵은 울음소리가 들렸다. 미나토도 담비 일행보다 늦게 위쪽을 올려다보았다.

거기에는 까마귀 한 마리가 있었다.

온몸이 새까맣고 작은 까마귀가 슬레이트 지붕 끄트머리에 앉아서 이쪽을 내려다보고 있었다. 다시 울었다. 이번에는 약간 길게. 우즈기가 바지 정강이 근처를 붙잡고 살짝 끌어당겼다. 그와 동시에 까마귀가 돌아선 다음, 고개만 돌아보았다.

따라와라.

그렇게 말한 거라는 사실을 굳이 물어보지 않아도 알 수 있었다.

○

앞장서서 날개를 퍼덕이는 까마귀를 따라 골목으로 들어가서 잠시 따라가자 주택가 사이에 높은 철책으로 둘러싸인 아담한 공원이 나왔다. 구색 맞추기 정도로 설치된 놀이기구와 벤치뿐, 인기척은 없었다. 여기라면 괜찮을 것 같다.

재빠르게 달려간 담비 일행이 미끄럼틀 아래로 향했다. 따라잡은 미나토가 애플파이를 건넸다. 둥글게 모여 앉아서 일제히 입에 넣었다. 그들이 각자 몸으로 가려줘도 전혀 의미가 없긴 하지만, 다른 사람들의 이목을 신경 쓰면서 살금살금 움직이는 모습이 귀여워서 굳이 소리내어 말하지는 않았다.

거리에 인접한 쪽에 미나토가 앉았다. 이제 혹시나 다른 사람이 오더라도 시선을 가릴 수 있을 것이다.

"사, 사과가, 사각사각해요."

"파이라는 게 이렇게나 바삭바삭했나?!"

"……우물우물!!"

"우츠기, 전부 삼키고 나서 말하렴."

"버릇이 안 좋군. 단숨에 입에 넣으니 그렇게 되는 거라고."

"……윽."

뒤쪽에서 절찬하는 목소리와 항상 주고 받던 대화가 들렸고, 어깨 너머로 페트병을 내밀었다. 곧바로 받아들었고, 목을 울리며 마셔댔다.

미나토가 공원 출입구 양쪽에 서 있는 돌기둥을 바라보았다. 거기에는 안내해 준 까마귀가 앉아서 이쪽을 보고 있었다. 울지도 않고, 움직이지도 않고.

기다리고 있다.

그런 느낌이 들었다. 최대한 서두르면서도 제대로 맛 본 세 마리가 미나토 뒤에서 나왔다.

"미나토, 미안해요."

"미안하군, 폐를 끼쳐서."

"맛있었어. 방금 구운 건 대단하구나, 완전히 다른 음식 같았어!"

"괜찮아, 파이는 방금 구운 게 제일 맛있으니까. 그런데 저 까마귀가 뭐라고 말하는 거야?"

빈 페트병을 받아들고 가방에 넣은 다음에 일어섰다. 미나토 대각선 앞쪽에 선 세리가 돌아서서 올려다보았다.

"확실하게는 모르겠지만, 안내해주려는 것 같네요."

"모르는구나."

"동물은 사람만큼 지능이 높지 않고, 공통 언어도 없으니까. 강한 감정을 부딪히려는 듯이 전달하거든."

토리카가 까마귀를 보며 보충 설명을 해주었다. 공원 출입구로 다가가자 까마귀가 날아올랐다. 좀 전에 들어왔던 골목과는 반대 방향으로. 모두 함께 서로 얼굴을 마주보고는 고개를 끄덕였다. 낮게 날아가는 까만 그림자를 좇아갔다.

몇 분 뒤. 주택 사이의 골목을 빠른 걸음으로 걸어갔다. 양쪽 옆에는 집들이 여러 채 있었다. 넓은 정원이 있는 옛날 방식 전통 가옥. 가끔 요즘 방식인 세련된 서양식 주택. 그 사이에 깔린 복잡한 골목에서도 결코 길을 헤매지는 않았다. 길을 안내해주는 새가 까마귀 한 마리뿐만이 아니라 차례차례 여기저기 하늘에서 날아온 덕분에.

까마귀, 비둘기, 참새가 양쪽 담장에 잔뜩 모여들어서 목적지를 향해 안내해 주었다. 한 번도 멈추지 않고 나아갈 수 있었다.

머리 위에 깔린 전선에도 비둘기와 까마귀들이 앉아 있다. 수많은 시선을 한몸에 받으며 계속 울리는 날갯짓 소리에 재촉당하는 듯이 서둘러 갔다. 아무도 울음소리를 내지 않았다. 그저 줄지어 모여들어서 미나토 일행을 맞이해 주기만 했다. 이상한 광경이었지만, 기대가 매우 크다는 느낌이 들었다.

미나토 앞에서 달려가던 담비 일행의 표정이 점점 굳어졌다.

"……지독하네요."

"부정함이 이렇게까지 지독하다니, 사람은 도저히 살 수가 없겠지."

"지저분해~, 냄새나~."

이상한 것은 주위에 있던 집도 마찬가지였다. 낮인데도 불구하고 집의 커튼이 전부 쳐져 있었다. 나뭇가지와 나뭇잎이 제멋대로 뻗어서 어수선한 나무가 눈에 띄는 정원, 빈집이라는 간판이 달린 집도 많았다. 쓸쓸하고 쇠퇴한 기운으로 가득 차 있고 공허한 구역이다. 미나토는 적막한 경치라는 건 알아보았지만 그 밖에는 아무것도 느끼지 못했다. 심호흡을 해봐도 딱히 이상한 냄새가 나지도 않았다. 빤히 바라보아도 딱히 지저분한 곳도 보이지 않았다.

나아갈수록 세 마리의 발걸음이 느려졌다. 진해지는 독기를 오감으로 지각하지 못하는 미나토의 표정이 어두워졌다.

"괜찮아? 안 될 것 같아?"

"아직 갈 수 있습니다."

"괜찮아."

"갈 수 있어, 갈 수 있어."

"내가 먼저 갈게."

세 마리가 동시에 알았다며 한목소리로 말했다. 미나토가 앞으로 나섰다. 걸어다니는 공기청정기가 된 미나토가 선두에 서고 나머지가 뒤에서 둘러싼 진형으로 바꾸었다.

담비 일행의 기척에서 안도하는 느낌이 새어나왔다. 수행을 통해 부정함 내성을 키우긴 했지만, 주위의 부정함이 너무 지독해서 구역질이 나왔다.

시야는 최악이다. 냄새도 마찬가지다.

구름으로 가려지긴 했지만, 아직 태양이 건재할 텐데도 앞쪽에서 해일처럼 흘러드는 독기로 인해 주위 일대는 마치 밤 같은 모습이었다. 그런 와중에 옷 여기저기 넣어두었던 호부의 효과로 인해 비취색으로 빛나는 막이 구체 형태로 감싸주고 있는 미나토가 나아가자 독기와 덤벼든 악령들이 차례차례 흩어지기 시작했다.

더러운 진흙 같은 어둠을 가르는 한 줄기 청정한 비취색 빛. 미나토가 활로를 헤쳐나갔다.

단숨에 경치가 맑아지는 모습은 웃음이 나올 만큼 호쾌했다. 사정없이 정화되어 가는 인간, 동물이었던 악령들이, 끊임없이 신음하며 원한에 가득 찬 목소리, 단말마의 비명. 그것들을 전혀 듣지 못하는 미나토는 분명히 행복할 것이다, 신의 권속들은 그렇게 생각했다.

이윽고 작달막한 산이 보이기 시작했다.

완만한 경사에 우거진 거목의 나뭇가지와 나뭇잎에 뒤덮인 커다란 기와지붕 건물이 있었다. 그 앞쪽, 흐르는 개울에 놓인 붉은색 다리를 경계로 새들의 마중 행렬이 딱 끊겼다. 다리를 다 건넌 미나토가 돌아보았다. 흐린 하늘을 배경으로 전선, 집의 지붕, 담장을 새들 무리가 뒤덮고 있었다.

눈부신 비취색 빛을 두른 미나토를 향해 모든 새들이 큰 소리로 울었다. 마음이, 소원이 강하게 담긴 절규로 인해 대기가 흔들렸다.

완만한 오르막길을 올라가자 이중문이 나타났다. 팔작지붕 형식, 맞기와 방식 지붕의 중층 대문이 정면에 자리잡고 있는 엄숙한 사원. 격식 있는 문 앞에서 미나토 일행이 멈춰 섰다. 내걸린 현판에 적힌 글자에는 까만 안개가 끼어서 알아볼 수가 없었다.

아래쪽을 보니 양쪽 옆에는 금강역사상 두 개가 서 있었다. 떡 버티고 서 있는 그 듬직한 모습도, 용감한 표정도 희미하게만 보였다.

그제야 미나토는 독기를 눈으로 보았다.

그렇기에 부정함이 지독한 곳이라고 할 수 있다. 이 사원은 나름대로 유명해서 참배하는 사람이 끊이지 않았지만, 주지에 이어 승려들이 불행한 사고를 당하자 참배자들도 오지 않게 되었기에 지금은 폐사가 되었다. 주위에는 사람이 한 명도 보이지 않았고, 기분 나쁠 정도로 조용했다.

숨을 살짝 내쉰 미나토가 보디백에서 스마트폰을 꺼냈다. 조작해서 귀에 가져다 대자 신호 3번만에 연결되었다.

"……쿠스노키입니다. 네, 방금 도착했어요. 하리마 씨는 어디 계신가요?"

『뒷문 쪽에 있는데. 넌 대문 쪽에 있나?』

"그런가요? 금강역사상이 있네요."

『그럼 대문이군. 미안하다. 우리는 그쪽으로 다가가지도 못해.』

"……네."

의외로 쉽사리 도착했는데요, 그런 말은 할 수가 없다.

아래쪽을 보니 양쪽 다리에 찰싹 달라붙은 담비 세 마리가 문 안을 빤히 바라보고 있었다. 그 굳은 표정은 이제 결코 마음 편히 생각해선 안 될 거라는 사실을 말해주고 있었다.

"안에 들어가도 되는 거죠?"

『……의뢰를 해놓고 이제 와서 하는 말이지만, 절대로 무리하진 말아줘. ……최악의 경우에는 도망쳐도 상관없고.』

"최대한 해보긴 할게요."

전화를 끊고 문 쪽으로 돌아섰다. 뻗어 있는 참배용 길이 문이라는 경계를 넘어 안쪽을 향해 똑바로 이어져 있었다. 어둑어둑하게 물든 채 네모 형태로 고정된 건너편에 기와지붕이 있는 본당이 보였다.

미나토와 권속들이 낮은 돌계단을 천천히 올라가기 시작했다.

더욱 두꺼워진 구름이 태양을 가리기 시작했다. 겨울 바람이 휘몰아치자 사원을 둘러싸고 있던 나무들이 소리를 질렀다. 마치 이물질을 거절하려는 듯이 거세게 웅성댔다.

제 11 장 자, 간다

문앞에 나란히 선 권속들의 몸에서 서서히 빛이 솟구쳤다. 문 너머는 신이었던 존재가 부정함을 탄 뒤에 만들어낸 신역이다. 원래는 초대받은 자만 들어갈 수 있는 특수한 이계에 신의 권속들이 신력으로 구멍을 뚫어서 억지로 길을 열었다.

신역을 만들 수 있다는 건 부술 수도 있다는 뜻이다.

아직 미숙한 그들은 다른 신의 신역을 파괴할만큼 강한 힘을 지니지는 못했다. 하지만 미나토 한 명이 지나가기에 문제가 없는 크기의 구멍을 뚫을 수 있을 정도로는 수행을 거쳐 성장했다.

긴장하며 옆에서 기다리고 있던 미나토가 바라본 곳, 공간에 엄지손가락만한 구멍이 작게 뚫렸다. 곧바로 세 마리가 구멍 가장자리를 붙잡고는 잡아당겨서 벌리기 시작했다. 어둑어둑한 어둠 속에서 문 한가운데에 미나토 한 명이 들어가기에 충분한 구멍이 뚫렸다. 세 마리가 눈짓을 보내자 고개를 끄덕인 미나토는 구멍을 지나 부지 안으로 발을 내디뎠다. 세 마리도 구멍을 뛰어넘어 따라왔다.

신역 안은 바깥 경치와는 크게 달랐다.

불어오던 바람이 멎어서 추위를 느끼지는 않았지만, 말로 표현하기 힘든 그 미지근한 기온은 불쾌함만 느껴졌다. 기묘하게도 해가 뜨지 않았는데도 약간 밝았고, 밋밋한 회색 하늘이 펼쳐져 있었다. 조용하고 불길한 공간이었다. 돌바닥이 깔린 참배용 길 너머에 있는 본당이 희미하게 보였다.

좀 전보다 까만색 기운이 훨씬 진해졌고, 미나토가 침을 삼켰다.

본당을 노려보고 있던 세리가 미나토를 올려다보았다.

"저 건물 안에 원인이 있는 것 같네요."

"건물은 저것밖에 없기도 하고……, 가자."

양쪽, 그리고 뒤에서 '네!'라고 힘찬 목소리가 들렸다. 천천히 돌바닥을 나아가는 미나토 일행의 발소리만 울렸다. 원래는 장엄한 느낌이 드는 본당이었을 것이다. 하지만 지금은 그렇지 않다. 귀가 따가울 정도로 정적만으로 가득 차 있었기에 기분 나쁘기만 했다.

걸어가다 보니 시야가 또렷해졌고, 본당 정면에 도착했다. 양쪽 옆에 석등이 늘어선 돌계단 너머, 낡은 목제 대문에는 빗장이 걸려 있었다. 그 양쪽에 있는 창문은 어두워서 내부가 보이지 않았다.

계단에 발을 내디디려 한 순간, 주위에 있던 세 마리가 송곳니를 드러내고는 털을 곤두세웠다. 그와 동시에 본당의 문, 창문이 열렸다. 꿍음과 함께 빗장, 한쪽 문, 창문이 날아가버렸다. 미나토 일행이 재빨리 물러섰다. 폭발적으로 새어나온 까만 안개가 빠르게 다가왔다. 그 안에서 까만 덩어리 여러 개가 날아들었다. 하지만 미나토를 뒤덮고 있던 비취색 막에 튕겨져 나간 뒤에 차례차례 땅에 떨어졌다.

그것은 인형이었다.

지저분해진 채 반쯤 삭은 흑발 전통 인형 다섯 개가 인간의 몸이었다면 불가능한 방향으로 팔다리가 구부러진 채 굴러다니고 있었다.

깜짝 놀라 물러선 미나토를 노리고 다시 돌격했다. 하지만 차례차례 1미터 정도 떨어진 위치에서 튕겨져 나간 다음 땅, 계단에 쌓였다. 전통 인형, 서양 인형, 동물을 본떠 만든 것들. 전부 반쯤 삭았고, 팔다리가 없는 것들도 많았다.

이 사원은 제령으로 유명했고, 전국에서 사연 있는 물건들이 잔뜩 모여들었다.

어느 날, 제령을 홀로 도맡고 있던 늙은 고승이 세상을 떠났다. 중요 인물이 사라진 뒤에는 제대로 정화할 수 있는 사람도 없었기에 부정한 물건들이 쌓이기만 했다. 꽤 큰 금액을 받았기에 거절하지 못한 결과, 악령들의 소굴이 된 모양이다.

본당에서 끊임없이 쏟아져 나오는 인형들 무리가 미나토에게 덤벼들었다.

하지만 그저 정신없이 몸통박치기만 할 뿐이었다. 굴러떨어지고 부서지는 인형을 보면서 지혜나 의지가 없는 것 같다, 미나토는 그렇게 생각했다. 별로 위기감이 느껴지지 않는 와중에 더욱 진해진 독기가 신역 내부를 뒤덮었다. 미나토를 둘러싸고 있던 비취색의 채도, 명도가 떨어지기 시작했다. 정화의 효과가 급속도로 약해졌다.

예상했던 것보다 부정함이 지독하다.

그렇게 생각한 담비 일행이 뛰어가기 시작했다. 호부의 숫자에는 한계가 있다. 최대한 아껴두어야만 한다.

눈에 보이지도 않는 속도로 인형 무리 쪽으로 돌진했다. 공격 대상을 담비 일행으로 바꾸어서 덤벼드는 인형들과 날카로운 발톱, 송곳니로 맞서 싸웠다. 뛰어오른 우츠기가 전통 인형의 얼굴에 달라붙어서 물어뜯었다. 다가온 인형을 옆으로 뛰어서 피한 토리카가 몸을 날려서 까만 머리카락이 늘어져 있던 목덜미를 발톱으로 잘라냈다.

마치 악귀처럼 변한 신의 권속들이 해치우고 있던 인형들의 숫자가 점점 줄어들었다. 마지막으로 남은 프랑스 인형의 목을 세리가 뾰족한 발톱으로 갈랐다. 앞다리에 달라붙은 긴 머리카락이 달린 머리를 짜증난다는 듯이 떨쳐냈다. 돌아보며 날카로운 목소리로 외쳤다.

"미나토, 호부의 효과가 끊길 거예요."

"알겠어."

보디백에 손을 넣으려 한 순간, 한층 더 까만 전통 인형이 본당에서 모습을 드러냈다. 몇 미터 앞 상공에 둥실, 떠올랐다. 헝클어진 채 길게 자란 까만 머리카락, 금이 간 도자기 피부, 낡아서 색이 바랜 기모노. 예전에는 정말 우아하고 사랑스러웠을 것이다. 하지만 지금은 눈을 돌리고 싶어질 정도로 지독한 꼴이 되어버렸다.

뒤따라 나온 다양한 것들이 전통 인형을 둘러싼 채 뒤쪽으로 떠올랐다. 부하를 거느린 채 지저분해진 얼굴에 드리운 긴 앞머리 사이로 보이는 어두운 눈. 원한, 질투가 담긴 증오의 시선을 본 미나토의 등골이 오싹해졌다. 지금까지 싸웠던 인형들, 뒤쪽에서 둘러싸고 있는 인형들과는 비교도 되지 않았고, 엄청나게 끔찍한 느낌이었다. 아마 원흉이 된 인형일 것이다.

일제히 돌진해 왔다. 보디백 안에서 주머니 주둥이를 풀고는 한지로 만든 호부를 끄집어냈다. 능력이 강해진 호부는 한 장만으로도 강한 악령 다섯 마리 정도는 문제없이 정화할 수 있다고 하리마가 이야기해주었다.

주머니는 호부의 힘을 일시적으로 봉인해주는 물건이다. 하리마에게 받았던 그 주머니에서 꺼낸 한지 다발에는 먹의 흔적이 선명한 글자들이 있다. 인형들이 순식간에 정화되어 떨어지기 시작했다. 중심에 있던 전통 인형만은 아직 공중에 떠 있다. 부풀어오르는 분노. 사방으로 풀어 헤쳐지고 펼쳐진 머리카락. 뿜어져 나오는 독기. 권속들이 몸을 숙이고는 자세를 취했다.

"……화가 꽤 난 것 같네요."

"뭐, 혼자만 남았으니까. 어쩔 수 없겠지."

"진짜~, 시끄러워~."

전통 인형이 앙칼진 목소리로 외치며 귀를 찌르는 듯한 저주의 말을 내뱉었다. 너무 시끄러운 그 소리로 인해 권속들이 짜증난다는 듯이 돌바닥에 발톱을 세웠다.

다시 까만 안개가 주위를 뒤덮기 시작했다. 독기가 섞인 미지근한 바람을 쐬자 숨을 쉬기가 힘들어졌다. 미나토가 인상을 썼다.

"얼른 나가고 싶네, 이런 곳."

"동감이에요."

"얼른 끝내고 돌아가자고."

"얼른 가지 않으면 제과점이 문을 닫아버리겠지?"

그래, 그렇게 대답하고는 한자 다발 중 절반을 공중에 던지고 돌풍을 일으켰다. 일직선으로 전통 인형을 향해 갔다. 하지만 뻗은 머리카락이 예리한 창으로 바뀌어 한지를 뚫고는 갈기갈기 찢어버렸다.

"앗."

곧바로 소리를 울리며 휘어진 머리카락이 미나토 앞에 있던 권속들을 후려쳤다. 굴러가는 담비 일행을 돌아보고 있던 미나토에게도 마수가 뻗쳤다. 계속 늘어난 머리카락이 비취의 막을 휘감기 시작했다. 눈 깜짝할 새에 거대하고 까만 고치가 되었다.

뿌득뿌득, 소리를 울리며 까만 머리카락 다발이 모여들자 조금씩 좁아졌다. 얼마 전에 괜히 휘말려들었던 산신의 신위 이상의 압박감이다. 공포로 인해 몸이 움츠러들었다. 서서히, 서서히 다가오는 머리카락과 함께 중압감이 온몸에 얹혔다. 거센 이명과 두통을 견디지 못하고 한쪽 무릎을 꿇었다.

담장까지 날아간 권속들이 몸을 솟구치며 일으켰다. 소리를 울리며 날아든 머리카락을 피하면서 뛰어가기 시작했다. 오므라들고 있는 까만 고치를 세 방향에서 둘러싸고는 정삼각형으로 자리를 잡았다. 털을 곤두세운 신의 권속들의 눈이 검은색에서 황금색

으로 바뀌기 시작했다.

그리고 중심을 향해 일제히 입을 크게 벌렸다.

아우우……우…….

늑대의 울음소리가 크게 뿜어져 나왔다. 이계 안에 힘찬 포효가
울렸다. 세 군데에서 황금빛 충격파가 뿜어져 나왔다. 까만 고치
가 증발하듯이 사라졌고, 공중에 떠 있던 전통 인형이 떨어졌다.

미나토의 몸이 가벼워졌다. 이명도, 두통도, 전부 사라졌다. 고
개를 들자 여전히 꿈틀대고 있던 전통 인형이 보였다. 거의 벗겨
진 기모노를 질질 끌며 본당 쪽으로 기어가고 있었다.

미나토가 일어섰다. 쥐고 있던 호부 다발을 던져서 바람에 실었
다. 희미하게 먹이 남은 한지 다발이 인형에게 날아들었다.

하늘을 보고 쓰러진 인형을 내려다보았다. 머리카락이 절반 넘
게 사라졌고, 드러난 얼굴에 금이 간 눈가 가운데, 겉으로 삐져나
온 눈알이 여전히 이리저리 움직이고 있었다.

어째서 이 인형에 이 정도까지 이 세상에 달라붙으려 할 정도로
강한 미련이 생긴 건지는 모르겠다. 알 수도 없다. 하지만 가엾다
는 생각은 들었다. 그러나 산 자, 현세에 이렇게까지 악영향을 강
하게 끼치는 존재를 동정할 수는 없다.

가엾은 인형 때문에 마음이 흐트러지지 않게끔 숨을 크게 내쉬
고는 붓펜을 쥔 손에 힘을 담았다. 펜 끝을 껍질이 벗겨진 이마에
가져다 댄 순간, 파직, 손에 충격이 느껴졌다. 거절당하면서도 밀
어붙이고 있던 붓펜을 꽉 쥐었다. 힘을 더욱 주면서 단숨에 턱까
지 끌어내렸다. 미나토가 원래 지니고 있던 힘과 더불어 신력으로
인해 위력이 증폭된 정화의 선이 그어졌다. 그러자 눈알의 움직임

도 멋었다.

원래대로 까만 눈으로 돌아온 담비 일행이 미나토에게 달려왔다. 그 모습은 꽤 작아져 있었다. 놀라면서 물어보니 힘을 너무 많이 썼기 때문이라고 했다. 아무런 문제도 없다면서 밝게 웃는 담비 일행을 보고는 미나토가 복잡한 듯한 표정을 지었다.

"구해줘서 고마워. 그리고 미안해."

"신경 쓰지 않아도 돼요."

"맞아. 산신님 곁으로 돌아가면 금방 돌아올 테니까."

"버터 케이크를 먹으면 금방 돌아올 거야."

괴로워하는 모습은 전혀 보이지 않았다. 정말로 문제가 없는 모양이다. 일단 원령은 전부 정화했구나, 미나토가 그렇게 생각하며 안심하고는 자세를 바로잡았다.

하지만.

"……완전히, 정화되진 않은 모양이네요……."

세리가 안타깝다는 듯이 그렇게 말하자 세 마리가 짜증난다는 듯이 본당을 노려보았다.

"이제 얼마 남지 않았어."

"응. 조금만 더."

토리카가 말하자 우츠기도 고개를 끄덕였다. 발치에 있던 세 마리에게 미나토가 신경 쓰이던 것에 대해 물었다.

"아까 그 울음소리는 산신 씨야?"

"네."

"원격으로 신력을 보내준 거라고."

"대단하지!"

뽐내는 듯한 담비 일행을 훈훈하게 바라보면서도 드는 생각이 있었다.

"산신 씨가 그렇게 큰 소리로 포효하기도 하는구나."

"일단은."

"큰 늑대니까."

"힘 좀 쓴 모양이야."

"처음 들었어."

세 마리도 고개를 끄덕이며 맞장구를 쳤다.

그건 그렇고, 정말 덕분에 살았다. 산신의 신력이 없었다면 지금쯤 어떻게 되었을까. 상상하기만 해도 무섭다. 피가 얼어붙을 것 같다. 돌아갈 때 선물을 제대로 골라야 할 것 같다.

훈훈한 분위기도 이제 끝. 본당으로 돌입하기 전에 준비를 해두어야 할 것이다. 옷에 넣어두었던 메모지, 한지를 전부 꺼내보니 한 글자도 남아있지 않았다.

정화하는 힘을 담아 적은 종이는 효력이 사라지면 다시 힘을 담을 수가 없다. 종이를 재활용하는 건 불가능하다.

새 메모장을 꺼냈다. 확실하게, 그러면서도 빠르게 글자를 적어나갔다.

메모장을 절반 정도 글자로 채우고 나서 열려 있던 본당 입구를 바라보았다.

"그럼, 가볼까."

'네!', 그렇게 한목소리로 외친 권속들이 미나토의 몸에 달라붙었다. 왼쪽 다리에 세리, 오른쪽 다리에 토리카, 머리에 우츠기. 작아진 세 마리는 그리 무겁지 않았다. 힘이 약해져버린 그들과 떨어지는 건 불안하다. 모두 함께 뭉쳐서 가기로 했다.

신중한 발걸음으로 문을 지나자 본당 안은 텅 비어 있었다.

천장이 높고 넓은 내부는 좌우에 늘어선 창문으로 스며든 빛에 의해 조금 밝았다. 하지만 원래는 본존이 있어야 하는 곳, 내진 바닥 위에 굴러다니던 까만 덩어리에서 독기가 새어나와서 조금씩 바닥을 타고 범위를 넓혀가고 있었다.

널찍한 판자 바닥을 따라 안쪽으로 나아갔다. 한 손에 메모장을 들고 천천히 들어갔다. 발치에 감돌던 독기가 신발에 닿기도 전에 사라졌다.

둥근 기둥 사이, 내진 앞에 서서 내려다보았다. 그곳에는 사람 머리 크기 정도인 까만 덩어리가 있었고, 표면이 이리저리 꿈틀대고 있었다. 세 마리가 미나토에게 달라붙은 손에 힘을 주었다.

"……예전에는, 산의 신이었어."

"……그랬구나."

긴장한 토리카의 목소리. 미나토는 암담한 기분이 들었다. 지금 쿠스노키 저택에 있는 산신도 이렇게 되었을 수도 있겠다는 생각에. 신으로서의 위엄이나 신성함은 전혀 없고 혐오감만 불러일으키는 부정함 덩어리가 되어버렸을지도 모르겠다는 생각에.

차분한 표정으로 덩어리 위에 메모지를 뿌렸다. 차례차례 바닥으로 떨어진 하얀 종이. 한 장, 한 장, 떨어지던 도중에 글자가 사라졌다.

마지막 한 장이 남았는데도 부정함은 완전히 정화되지 않았다.

미나토의 눈으로도 까만 안개를 볼 수가 있었다. 심호흡을 한 번 크게 하고는 주머니에서 붓펜을 꺼냈다. 한 획, 한 획, 정화하는 힘을 담아 적었다. 적자 마자 떨어뜨렸다. 덩어리 곁으로 미끄러져 떨어진 종이 쪽지 여러 장에서 글자가 사라졌다. 이마에 땀을 흘리고 있는 미나토는 이미 하루에 적을 수 있는 한계를 넘어선 상태다. 떨리는 손으로 마지막 한 장에 혼신의 힘을 담았다.

팔랑, 새하얀 종이 쪽지가 바닥에 떨어졌다.

덩어리의 색은 희미해졌고, 확실하게 약해졌다. 하지만 완전하게 정화되지는 않았다. 붓펜을 세게 쥐었다. 예전에 하리마의 손등에 적은 것처럼, 자신의 몸에 새길 수는 없다. 권속의 몸도 마찬가지다.

초조해하면서 주위를 둘러보았다.

"뭔가 적을 만한 물건은······."

"어깨에 걸치고 있는 건?"

"가방, 천이라. 해본 적은 없지만, 시험해볼게."

보디백을 내리려고 벨트에 손을 댔다.

"으앗."

머리 위에서 몸을 내밀고 있던 우츠기가 발을 헛디디고는 후드 안으로 떨어졌다. 발버둥치며 날뛴 탓에 목이 졸린 미나토가 고개를 뒤로 젖혔다.

"잠깐만, 숨막혀."

"아~! 나뭇잎! 나뭇잎이 들어 있어!"

후드 밖으로 힘차게 고개를 내민 우츠기의 손에는 끄트머리가 뾰족한 달걀 모양 나뭇잎, 낯익은 나뭇잎이 있었다. 신목 쿠스노키의 나뭇잎이다.

세리와 토리카의 얼굴이 빛났다.

"여기에 쓰면 될 것 같네요!"

"틀림없어. 신목의 나뭇잎이라고. 게다가 이거, 신기가 강해. 어째서 지금까지 눈치채지 못했던 거지?"

"뭐, 그런 건 상관없잖아. 이제 깔끔하게 정화할 수 있다고!"

우츠기에게 나뭇잎을 받았다. 세리가 걱정스러운 듯이 구슬땀을 흘리면서 창백해진 미나토의 얼굴을 옆에서 들여다 보았다.

"미나토, 적을 수 있겠어요?"

"할 거야."

힘차게 대답하긴 했지만, 권태감이 너무 심했다. 몸은 나른하지만, 할 수밖에 없다.

그리고. 재빠르게 시선을 주위로 돌렸다. 군데군데에 파직, 파직, 금이 가면서 기분 나쁜 소리가 울렸다.

아마 이 세계는 그리 오래 버티지 못할 것이다.

급해진 마음을 억누르고, 차분하게 다스리고, 나뭇잎 앞쪽, 뒷쪽에 글자를 적었다. 일반적인 먹물이라면 번져서 쓸 수가 없지만, 신수가 들어간 먹물은 그렇지 않다. 선명한 먹색이 새겨지기 시작했다.

지켜보고 있던 세 마리가 깜짝 놀랐다. 글자가 늘어날 때마다 나뭇잎에서 뿜어져 나오는 빛이 더욱 강해졌다. 비취색과 쿠스노키의 은색이 뒤섞여서 하나로 합쳐지자 강대한 제령의 빛이 되었다.

다 적은 다음, 덩어리에 가져다 댔다.

화악, 안개가 걷히는 것처럼 원령이 먼지가 되었고, 잠시 후 사라졌다.

그 대신 나타난 것은 구슬이었다.

젖은 듯이 빛나면서 분홍색 기운이 감도는 진주색 구슬을 주워들었다. 영귀, 응룡, 기린과 마찬가지로 낯익은 진주색 광택이 손안에서 탁하게 빛났다.

"이건, 윽."

파지직, 뒤쪽에서 찢어지는 소리가 울렸기에 깜짝 놀라며 돌아보았다. 본당 출입구에 남아있던 대문이 완전히 부서졌고, 건물 전체에서 거센 균열음이 작렬했다.

이계의 붕괴가 시작되었다.

건물 자체가 거세게 좌우로 흔들렸다. 비틀거리는 몸에 세 마리가 달라붙었다. 아주 잠깐, 진동이 약해졌기에 서둘러 구슬을 가방에 넣었다.

"꽉 잡고 있어!"

바닥을 박찼다. 사방에서 벗겨져 내리는 듯이 무너지는 본당 안을 달려가 바깥으로 뛰쳐나갔다. 돌계단 여러 개를 한달음에 뛰어내려가자 다시 서 있기 힘들 정도로 강한 진동이 생겨났다. 근처에 있던 석등에 몸을 기댔다.

흔들리는 시야 너머, 십몇 미터 앞에 있는 문이 너무 멀다. 한없이 멀다.

멈추지 않는 지진에 휘둘리면서도 뛰어가기 시작했다.

뒤쪽에서 꽝음이 울렸다. 본당이 위에서 짓눌린 것처럼 무너져 내렸다. 흙먼지가 뒤섞인 폭풍이 날아들자 발을 헛디뎌서 넘어졌다. 그럼에도 불구하고 세 마리는 미나토에게서 떨어지지 않았다.

문까지 몇 미터밖에 남지 않았다. 저기까지만 가면 여기서 나갈 수 있다. 이제 곧 원래 세계로 돌아갈 수 있다. 이를 악물고 기어서 나아갔다.

하지만, 현실은 매정했다.

희미한 시야에 들어온 광경을 보고 다들 깜짝 놀랐다. 권속들이 뚫어서 열어둔 구멍이 작아져 있었다. 담비 한 마리조차 지나갈 수 없을 것이다.

"……어, 째서."

"……왜?"

"제대로 열어두었는데."

모두의 입에서 절망한 목소리가 새어나왔다. 풍선이 쪼그라드는 듯이 이계가 좁아지고, 닫히기 시작했다. 모든 방향으로부터 짓눌릴 것 같은 압박감, 폐쇄감. 미나토가 세 마리를 한 꺼번에 팔로 끌어안고 자갈 위에 몸을 웅크린 순간.

천둥소리가 울렸다.

땅울림을 동반한 굉음과 함께 초승달 모양으로 거대한 바람의 칼날이 하늘에서 휘둘러졌다. 뭉개진 본당이 두 쪽으로 쪼개졌다. 이계까지 통째로 단칼에 잘려나갔다.

벼락이 떨어지자 이계 절반이 타올랐다. 신의 불꽃이 단숨에 모조리 태워버렸다. 그리고 곧바로 수많은 번개가 회색 하늘을 이리저리 내달렸다. 마치 그물처럼 펼쳐져서 이계의 붕괴를 막아냈다.

진동이 멈추고 파직파직, 번개 소리가 울리는 와중에 주저앉은 미나토가 하늘을 올려다보았다.

　하얀 연기가 뭉게뭉게 피어오르고 있던 곳 중심에 작고 까만 사람 그림자 두 개가 보였다.

　곧바로 바람이 휘몰아쳤고, 맑게 개었다. 거기서 드러난 것은 절반이 사라진 본당이었다. 그 너머로는 현세가 이어져 있었다. 주황색 하늘 아래, 멀리 이어진 집들의 지붕, 전선을 뒤덮고 있던 수많은 새들이 보이자 아직 있었나, 멍하니 그런 생각이 들었다. 남자와 여자들 몇 명의 모습도 보였고, 제일 앞쪽에 하리마가 있었다.

　멍하니 서 있던 미나토의 앞으로 풍신과 뇌신이 공중을 미끄러지며 다가왔다.

　평소처럼 시원스러운 두 신의 모습을 보고 살았다는 실감이 들자 안도의 눈물이 새어나왔다. 품속에서 몸이 굳어 있던 담비 일행의 몸에서도 힘이 빠져나갔고, 다리를 축 늘어뜨렸다.

　"내가 말했지?"

　고개를 살짝 기울인 풍신이 천진난만하게 웃었다.

　"마음에 들지 않는 녀석의 집을 가볍게 두 동강 낼 수 있게 되어야 한다고."

　"……아, 네. ……면목이 없네요."

　"갈 길이 먼 것 같네~. 뭐, 일단 얼른 여기서 나가자고."

　믿음직한 신들이 그렇게 말하며 힘이 빠져 주저앉은 미나토에게 손을 내밀었다.

제 12 장 신의 정원에는 오늘도 봄바람이 분다

한가운데에 솟아오른 쿠스노키가 몸에 두른 줄, 미나토가 만들어준 금줄을 흔들며 바람과 장난을 치면서 나뭇가지와 나뭇잎으로 소리를 냈다. 연못 위로 삐져나온 큰 바위 위에서 영귀가 느긋하게 등껍질을 말리고 있었다. 그 옆을 응룡이 신수를 헤치며 가로질렀다. 파문이 퍼져나간 곳 위에 걸린 다리에 엎드린 기린이 꾸벅, 꾸벅, 졸고 있었다.

부드러운 온기에 감싸인 신의 정원을 한눈에 둘러보기에 제일 좋은 곳은 마루의 가운데. 거기에 평소처럼 당당하게 커다란 방석 위에 드러누운 큰 늑대가 하품을 한 번 크게 했다. 그 옆에서는 미나토가 좌탁 앞에 앉아 한지에 글자를 쓰고 있었다. 원래 크기로 돌아온 담비 세 마리가 그 모습을 맞은편과 양쪽 옆에서 지켜보고 있었다.

그리고 한 마리 더. 좌탁에 앉은 봉황이 있다.

분홍색 기운이 감도는 진주색 몸이 통통한 병아리가 정면에 자리잡은 채 미나토의 손가를 빤히 바라보고 있었다. 생김새는 어리지만, 원래는 영귀 같은 성수들과 마찬가지로 오랜 세월을 지내온 존재다.

호기심이 왕성해서 무엇이든지 흥미를 보인다. 인간이 만들어낸 것들을 정말 좋아하며, 원령에게 붙잡혀 있던 시기가 길었던 탓도 있기에 지식을 업데이트하느라 여념이 없다. 미나토의 능력에도 큰 관심이 있어서 호부를 만들 때는 곁에 달라붙어서 감시하기에 귀여운 생김새와는 달리 날카로운 시선을 받게 된다. 글자를 쓰기가 껄끄러워진 미나토가 몸을 움찔거렸다.

하리마에게 의뢰를 받고 원령을 퇴치하기 위해 다른 현까지 갔었던 그날 이후로 2주 정도가 지났다.

원령이 만든 이계는 풍신에게 두 동강 나고, 뇌신의 업화로 인해 절반이 타버렸다. 현세로 이어지는 길이 강제로 열렸고, 무사히 탈출에 성공했다. 한 발짝, 그 경계를 나선 순간, 하늘 여기저기에서 새 무리가 잔뜩 날아와 빈틈없이 포위했기에 다시 간담이 서늘해지게 되었다.

그들이 목이 빠지게 기다리고 있던 것은 진주 구슬일 거라고 생각하며 가방에서 꺼내자 다들 하나같이 기뻐하며 지저귀는 소리를 냈다. 환희하는 감정이 담겨 있던 그 소리, 거의 소음 같은 대합창에 호응하는 것처럼 구슬이 깜빡이는 모습을 보였다. 잠시 후, 고동 같던 빛이 사그라들자 구슬이 녹아내리는 듯이 사라졌고, 분홍색 병아리가 나타났다. 미나토의 손바닥 위에서 기운차게 날개를 퍼덕이며 '삐익', 힘차게 울자 주위가 다시 환호성으로 가득 찼다.

그 이후로 견디기 힘든 피로로 인해 현지에서 하룻밤 머무를 수밖에 없었고, 다음날 쿠스노키 저택으로 돌아왔다.

나중에 산신에게 들은 이야기다.

그 병아리는 봉황. 길한 일들을 가져다 주는 성수, 사령 중 하나다. 사령이란 네 분류로 나뉜 동물들의 우두머리를 맡고 있는 존재다.

단단한 껍질이나 등껍질을 지닌 갑각류의 우두머리, 영귀.

비늘을 지닌 물고기나 뱀들의 우두머리, 응룡.

털을 지닌 짐승들의 우두머리, 기린.

깃털을 지닌 조류의 우두머리, 봉황.

수많은 새들은 자신들의 우두머리를 걱정했던 것이다.

참고로 영귀가 처음으로 쿠스노키 저택에 찾아왔을 때, 미나토가 길을 가다 뭔가 말하고 싶어하는 갑각류 생물들을 본 것은 '우리 우두머리를 잘 부탁드립니다'라는 의미였던 모양이다. 그들의 힘을 빌려 쿠스노키 저택에 도착했다고 한다.

어째서 사령이 악령들에게 붙잡혀 있었던 걸까.

그 이유는 영장의 우두머리이기 때문이다. 그들을 따르는 동물령들이 모여들기에 미끼로 이용당했다. 악령은 싸우고, 서로 잡아먹으며 힘을 키워나간다. 사령을 미끼로 동물령을 끌어들여 잡아먹고 원령이 된 모양이다.

사령은 성수이며, 전투를 벌일 수 있는 능력을 전혀 지니고 있지 않다. 맞설 수단도 없이 쉽사리 포획당한 채 그저 자신의 몸을 지키기 위해 버티고 있었다. 오랜 기간에 걸쳐 붙잡혀 있던 봉황은 구슬로 돌아갈 정도로 약해져버렸다.

영귀, 응룡, 기린도 아직 힘을 완전히 되찾지는 못했다.

최근에 영귀가 조금 커지면서 원래 힘을 되찾아가고 있는 이유는 쿠스노키 저택의 정원에서 지내고 있는 덕분이다. 미나토가 새로 만든 명패로 수비는 완벽하고, 원래 신력을 되찾은 산신으로 인해 신역이 된 곳이기도 하다. 사악한 존재는 전혀 다가올 수 없다. 안전지대인 이곳에서 느긋하게 요양할 수 있을 것이다.

모두 모인 사령들은 사이가 좋았고, 밤마다 술을 마시고 있다. 봉황은 소주를 좋아하고 달콤한 과자도 좋아하는지 으깨지 않은 팥소를 선호했다. 으깬 팥소와 으깨지 않은 팥소, 어느 쪽이 더 뛰어난지 산신과 자주 의견 충돌을 벌이고 있다. 지극히 평화롭다.

미나토가 한지에 자연스럽게 붓을 놀려나갔다.

"삐익."

"아, 미안."

정화하는 힘을 조금 조잡하게 담았다. 악귀 교관처럼 엄격한 봉황이 마음을 다잡고 하라는 듯이 좌탁 위에서 툭툭, 뛰어올랐다.

버터 케이크를 포크로 찍으려 하던 세리가 눈앞에 있던 병아리를 보았다.

"엄하네요."

"조금 엇나간 것뿐인데."

"너무 예민한 거 아니야?!"

"삐삑!!"

"안 된다니, 그렇게 소리칠 필요는 없잖아. 너무 뭐라고 하지 말라고, 케이크 먹을래?"

"삐익~."

먹던 버터 케이크를 내민 우츠기 곁으로 봉황이 열심히 날개를 퍼덕이며 다가갔다. 매우 다루기 편한 조류의 우두머리다.

노천탕에서 나온 뇌신이 마루 쪽으로 날아왔다. 더 빨개진 그 발이 바닥에 소리도 없이 착지했다.

"뜨거워~, 그래도 온천은 좋네. 나도 모르게 몸을 오래 담가버려."

뒤늦게 날아온 풍신이 소리도 없이 잘 닦인 바닥에 발을 얹었다.

"목이 마른데."

"시원한 술 드릴까요?"

미나토가 기쁜 듯이 떠들어대는 그들을 대접하기 위해 좌탁 위를 정리했다. 일어나려 하자 퍼엉, 산신의 코에서 커다랗게 부풀어 올랐던 콧물 방울이 터졌다. 번쩍 뜬 눈. 옆을 향해 움직인 귀. 힘차게 흔드는 꼬리. 기대감이 잔뜩 담긴 신기를 진하게 흩뿌렸다.

다들 곧바로 이해했다.

하리마가 찾아온 모양이다. 그는 의뢰를 마치고 보답으로 화과자를 잔뜩 봉납한 이후로 처음 오는 것이다. 물론, 이미 전부 먹었다.

"이제야 왔는가."

힘차게 현관 쪽으로 돌린 코가 꿈틀댔다.

"……오늘도 틀림없이 으깬 팥소. 으음, 수고하였다."

만족스러워하는 신의 목소리가 대기에 전파되자 논 쪽 담장 위에 있던 낙엽이 날아가버렸다. 가끔은 하리마도 그 목소리를 들으면 좋을 텐데, 미나토는 그렇게 생각했다.

살짝 떠오른 풍신이 하늘을 손가락으로 가리켰다.

"그럼, 우리는 위로 올라갈게."

"어~? 여기 있어도 딱히 문제는 없지 않아? 우리가 있다는 걸 눈치챘잖아."

뇌신이 의아하다는 듯이 고개를 갸웃거렸다.

맞는 말이긴 하지만, 솔직히 신경을 좀 써줬으면 좋겠다. 신들이 제멋대로 이야기를 하는 탓에 수상쩍은 모습을 보이게 되어버린다. 하지만 목숨을 구해준 두 신에게 딱 잘라 거절하는 게 쉬운 일도 아니었고.

대답하기를 망설이고 있던 미나토에게 버터 케이크를 먹고 있던 네 마리가 올려다보는 시선이 결정타를 날렸다.

그리고 영귀와 응룡도 연못에서 올라와서 봉황의 터전이 된 석등을 지나 이쪽으로 다가왔다. 기린도 가벼운 발걸음으로 뒤따라왔다. 연회 개최가 결정된 모양이었다. 쉽사리 패배했다.

"……최대한 조용히 부탁드릴게요."

앗싸~, 그렇게 들뜬 목소리를 어깨 너머로 들으며 재빠르게 시원한 술을 비롯한 주류를 준비했다. 곧바로 조심스럽게 현관 벨이 울렸다.

좌탁을 사이에 두고 하리마와 마주보고 앉은 미나토가 껄끄럽다는 듯이 정좌하고 앉아 발가락을 움직였다.

좌탁 한쪽에서 주류, 과자들이 차례차례 사라졌다. 선물이라는 명목으로 신에게 바치는 공물로 가져온 화과자도 예외가 아니었다. 바로 옆에서 튀어나온 우츠기가 '저것도 먹어도 돼~?'라고 묻자, 침을 계속 흘리고 있던 산신을 보고는 '……먹어도 돼'라고 작은 목소리로 허락해주었다. 곧바로 포장지가 벗겨지기 시작했다. 이제는 변명의 여지가 없다.

그들은 일단, 이웃 신이다.

뻔뻔하기 그지없게 쿠스노키 저택을 마치 자기 집처럼 점령하고 있는 산신네 집 일가도 어디까지나 이웃이다. 멋대로 이 집의 물건을 먹지는 않는다. 그런 선은 제대로 지키고 있었기에 반드시 허락을 받으려 한다. 안 된다고 한 적은 없지만.

부자연스러운 대화를 보고도 조심스럽게 구석에 앉은 하리마는 곧바로 적응하고는 시원스러운 표정으로 평소처럼 거래를 해나갔다. 심장이 강철인가? 그렇게 감탄한 미나토도 사실 마찬가지다.

"그렇군, 이 자는 음양사였나요?"

"삐!"

가장 멀리 떨어진 위치에서 맥주잔을 기울이던 기린이 하리마를 빤히 보았다. 그 머리 위에 있던 봉황이 '너무 빤히 보지 마라'라고 나무랐다. 전혀 들을 생각이 없는 기린의 뿔을 병아리가 짜증난다는 듯이 쪼아댔다.

옆에 있던 영귀가 기울이고 있던 대접을 원래 위치에 되돌려놓았다.

"소용없다, 소용없어. 말해봤자 헛수고다."

"완전 동의."

응룡이 그렇게 말하자마자 와인잔을 돌리자 적자색 액체가 파도쳤다.

뇌신이 새 됫병 뚜껑을 비틀어서 땄다.

"그건 그렇고, 배짱이 두둑한 인간이네. 시원스러운 표정을 짓고 있어."

풍신이 잔을 뇌신 앞으로 내밀었다.

"뭐, 우리 모습을 한 번 보여주기도 했으니까."

"아, 그랬지. 깜빡 잊고 있었어."

이계를 두 동강 내고 불태우는 모습을 멀리서 보여주었다. 겁나서 벌벌 떠는 다른 사람들 사이에서 혼자 조용히 바라보고 있었다.

시끌시끌 제멋대로 놀거나, 마시거나, 먹거나, 소란스럽게 떠들고 있는 이웃 신들을 힐끔 본 미나토가 부드러운 미소를 지었다.

어찌 됐든 날마다 즐겁고, 충실하고, 행복하니까.

바깥 세상은 몸도 마음도 얼어붙을 정도로 추운 한겨울.

하늘을 뒤덮은 두꺼운 회색 구름에서 내리기 시작한 눈은 신의 정원에는 떨어지지 않는다. 쌓이지도 않는다.

메마른 나무색인 겨울 산을 배경으로 선명한 녹색투성이인 신의 정원은 봄이다.

사계절이 바뀌지는 않지만 지내기가 편한 쿠스노키 저택, 그곳의 자랑거리인 정원. 신들의 휴게소.

포근한 바람이 어루만져주자 쿠스노키가 기쁜 듯이, 즐거운 듯이, 동그란 나뭇가지와 나뭇잎을 크게 떨었다.

후기

처음 뵙겠습니다, 엔쥬라고 합니다.

이번에 『신의 정원이 딸린 쿠스노키 저택』을 읽어주셔서 진심으로 감사드립니다.

이 소설은 제가 반쯤 즐기면서 재미 삼아 썼고, 한 분이라도 저와 마찬가지로 즐겨주시면 좋겠다고, 가능하면 감상도 받으면 좋겠다는 흑심을 담아 '소설가가 되자' 사이트에 투고한 이야기입니다.

그러던 와중에 생각지도 못하고 많은 독자분들께서 반응을 보여주셨고, 왠지 모르겠지만 담당 편집자분께 연락을 받아서 어쩌다 보니 서적화를 하게 되었습니다. 너무나도 전개가 빨라서(집필로부터 출판까지 9개월) 여전히 제가 쓴 이야기가 책으로 나오고 서점에 진열된다는 현실을 머리가 따라잡지 못하고 있습니다.

그건 그렇고, 제 이야기 같은 건 아무도 흥미가 없을 테니 뒷이야기라도 보시죠.

———신목은 녹나무(쿠스노키)와 벚꽃, 어느 쪽으로 할지 꽤 많이 고민했다.

거기 맞춰서 주인공도 '쿠스노키 미나토'로 할지 '사쿠라기 미나토'로 할지 고민했습니다. 최종적으로 신목이라고 하면 역시 녹나무일 거라 생각해서 쿠스노키로 했습니다.

———권속은 사실 열두 마리 있었다.

너무 많아요. 계속 줄여서 세 마리로 했습니다. 사실은 삼귀신(아마테라스, 츠쿠요미, 스사노오)의 이름을 빌려올까도 생각했습니다만, 너무 불손할 것 같아서 일본 3대 독초(도쿠제리[독미나리], 토리카부토[투구꽃], 도쿠우츠기[코리아리아])에서 일부를 따왔습니다.

———에치고야에 대하여.

12대에게는 아들이나 후계자가 없어서 그의 대에서 가게를 접을 예정이었습니다. 하지만 위장병에 걸린 12대가 점점 초췌해졌고, 초조해진 손자가 직접 자기가 이어받겠다고 나섰다는 설정입니다. 13대(예정)는 할아버지의 제자가 된 지 1년도 안 된 남자 중학생입니다. 아직 산신의 기준에 합격할 만한 실력은 못 되는 것 같습니다.

———마지막화, 풍신, 뇌신, 산신은 힘을 너무 많이 써서 몸이 작아질 예정이었다.

그렇게 할 걸 그랬다고 약간 후회하고 있습니다. 자그마한 것들이 많이 생기면 신의 정원은 더욱 행복한 공간이 될 테니까요. 다들 내용물은 똑같아서 제멋대로 굴긴 하겠지만요.

———미나토는 육탄전이 특기인 남자로 만들 예정이었다.

절정 부분에서 선보일 예정이었습니다만, 막상 그 단계가 되었을 때 육체파는 어울리지 않을 것 같아 포기했습니다. 제가 생각해도 잘 내린 결단이라고 생각합니다.

———하리마와 이치죠에 대하여.

두 사람의 이름과 가문의 문양에서 유명한 두 분을 연상하셨겠죠. 자손 설정인지 아닌지는 상상에 맡기도록 하겠습니다.

그럼 슬슬, 산신을 비롯해서 신들이 제멋대로 움직이는 이 이야기. 느긋하고 꾸물대는 부분을 즐겨주셨다면 좋겠습니다.

이 작품의 한 문장이라도, 한 장면이라도, 어떤 부분이든, 무엇이든, 읽어주신 분들의 마음에 남은 게 있다면 좋겠다고 생각합니다.

마지막으로 서적화, 출판에 있어서 힘써주신 관계자 여러분께 감사의 말씀을 드립니다. 정말로 감사합니다.

신의 정원이 딸린
쿠스노키 저택

초판 1쇄 인쇄 2025년 4월 10일
초판 1쇄 발행 2025년 4월 15일

저자 : 엔쥬
번역 : 천선필

펴낸이 : 이동섭
편집 : 이민규
디자인 : 조세연
영업·마케팅 : 조정훈, 김려홍
기획편집 : 송정환, 박소진
e-BOOK : 홍인표, 최정수, 김은혜, 정희철, 김유빈
라이츠 : 서찬웅, 서유림
관리 : 이윤미

㈜에이케이커뮤니케이션즈
등록 1996년 7월 9일(제302-1996-00026호)
주소 : 08513 서울특별시 금천구 디지털로 178, B동 1805호
TEL : 02-702-7963~5 FAX : 0303-3440-2024
http://www.amusementkorea.co.kr

ISBN 979-11-274-8727-0 04830
ISBN 979-11-274-8726-3 04830 (세트)

KAMI NO NIWATSUKI KUSUNOKITEI
Vol.1
©Enju 2021
First published in Japan in 2021 by KADOKAWA CORPORATION, Tokyo.
Korean translation rights arranged with KADOKAWA CORPORATION, Tokyo.